古典詩歌研究彙刊

第七輯

龔鵬程 主編

第 12 冊

二晏詞研究

黃 瓊 誼 著

國家圖書館出版品預行編目資料

二晏詞研究／黃瓊誼 著 —— 初版 —— 台北縣永和市：花木蘭文化出版社，2010〔民 99〕

目 2+210 面；17×24 公分

（古典詩歌研究彙刊 第七輯：第 12 冊）

ISBN 978-986-254-127-2（精裝）

1.（宋）晏殊 2.（宋）晏幾道 3. 宋詞 4. 詞論

852.4514　　　　　　　　　　　　　　　99001746

ISBN - 978-986-254-127-2

9 789862 541272

古典詩歌研究彙刊
第七輯　第十二冊　　　　　ISBN：978-986-254-127-2

二晏詞研究

作　　者　黃瓊誼
主　　編　龔鵬程
總 編 輯　杜潔祥
出　　版　花木蘭文化出版社
發 行 所　花木蘭文化出版社
發 行 人　高小娟
聯絡地址　台北縣永和市中正路五九五號七樓之三
　　　　　電話：02-2923-1455／傳眞：02-2923-1452
網　　址　http://www.huamulan.tw 信箱 sut81518@ms59.hinet.net
印　　刷　普羅文化出版廣告事業
初　　版　2010 年 3 月
定　　價　第七輯 20 冊（精裝）新台幣 28,000 元

二晏詞研究

黃瓊誼 著

作者簡介

　　黃瓊誼，1965 年出生於高雄，國立政治大學中文研究所碩士。現任教於南開科技大學通識教育中心。

　　近年來專注於紀昀之研究，已發表〈淺論紀昀的文學觀——以四庫提要與簡明目錄為中心〉、〈紀昀的小說理論與實踐〉、〈談鬼說狐之外——文論大家紀昀〉、〈《閱微草堂筆記》中老儒形象探析〉、〈二十一世紀以來紀昀文學與文論研究的現況與趨勢〉、〈紀昀詩論的時代背景與特色〉等論文。

提　　要

　　本論文共分七章，約十八萬言，乃就晏殊、晏幾道詞集作一探討。茲將各章旨趣略述於下：

　　第一章：緒論。概述宋代以前詞之發展，以至二晏詞之出現，並說明研究動機與範圍。

　　第二章：以臨川縣志、宋史、晏元獻神道碑、續資治通鑑長編、宋人筆記、二晏年譜等資料為主，說明二晏之家世及生平概況，並述其所處之時代背景。

　　第三章：介紹二晏詞集——珠玉詞、小山詞之版本，以筆者所見者為論述重點，並各舉二、三版本做比較，以明其間之異同。

　　第四章：考察二晏詞集中作者有爭議者。珠玉詞常與歐陽修、蘇軾、馮延巳等人作品相混；小山詞常與晏殊、秦觀、張先等相混。筆者以毛本、吳本、晏本及彊村本之二晏詞為主，其他詞選集中出現之二晏詞為輔，並參考諸詞話和宋人筆記中之相關記載，同時配合唐圭璋宋詞互見考一文及所編全宋詞之注，討論二晏詞中與他人相混者，是否為二晏作品。

　　第五章：珠玉詞之探討。先將晏殊詞作內容加以歸納分類，並對每一首詞作簡單的繹述，次論其藝術風格，藉以顯現珠玉詞之特色。再經由與相關詞家之比較，了解其間的承襲與創新之處。

　　第六章：小山詞之探討。研究方法與重點和第五章相同。

　　第七章：結論。二晏父子在北宋詞壇同享盛名，然而，由於彼此的個性、生活環境、經歷等各方面的差異，導致作品內容、風格各具特色，於上列各章分別探討之後，本章對二晏詞各方面的表現作一綜合性比較，舉出其間的異同點，說明雖親如父子，然作品則因種種內在、外在條件的不同，而各呈風貌，並對二晏詞之成就加以論述。

目
次

第一章　緒　論

第一節　宋代以前詞之發展

　　詞是一種介於詩與曲之間的特殊文體，不僅體製繁多，〔註1〕且名稱不一，例如稱之為「曲子」或「曲子詞」〔註2〕、「樂府」、「長短句」、「詩餘」等。〔註3〕由這些不同的名稱，可知其特性及形式：將詞稱作「樂府」，是因漢以來凡能歌唱者都叫樂府，而詞可歌入樂，具有與樂府相同的特性，故名之；稱詞為「長短句」，乃因其形式長短參差，有別於律絕詩整齊的形式；而「詩餘」之名起於宋，認為詞是詩之餘，〔註4〕然清代則有反對用此稱者。〔註5〕其他尚有題詞人

〔註1〕如單式句、雙式句、攤破、重疊等等，詳見梁榮基《詞學理論綜考》上編第二章所列舉。

〔註2〕歐陽炯〈花間集序〉稱作「曲子詞」，其云：「今衛少卿字弘基（即趙崇祚）以拾翠洲邊，自得羽毛之異；織綃泉底，獨殊機杼之功。廣會眾賓，時延佳論。因集近來詩客曲子詞五百首，分為五卷，以炯粗預知音，辱請命題，仍為敘引。」

〔註3〕樂府——如歐陽修《歐陽文忠公近體樂府》、蘇軾《東坡樂府》、張孝祥《于湖居士樂府》。長短句——如秦觀《淮海居士長短句》、辛棄疾《稼軒長短句》、劉克莊《後村長短句》。詩餘——如李石《方舟詩餘》、韓元吉《南澗詩餘》、王炎《雙溪詩餘》。

〔註4〕稱詞為「詩餘」所持的觀點，一般而言，即如元微之在〈樂府古題序〉（元氏長慶集卷二十三）裡所云：「詩訖於周，離騷訖於楚。是

專集爲「樂章」〔註6〕、「歌曲」，〔註7〕「琴趣外編」〔註8〕、「漁唱」「漁笛譜」〔註9〕……據饒宗頤先生詞籍考所輯，宋人詞作專集之名稱，除「詞」外，尚有將近二十種，〔註10〕可見詞之別名甚多。簡言之，詞是一種句式長短不齊，可入樂歌唱的詩，與音樂有密切的關係，具特殊的性質，它「突破了中國詩之言志與文之載道的傳統，而在歌筵酒席間伴隨著樂曲歌唱而成長起來的作品」。〔註11〕

關於詞的起源時代，眾說紛紜，莫衷一是，〔註12〕然自敦煌曲發現之後，獲得大批有關唐詩的直接資料，據部份學者研究，詞成立於盛唐的推論應是可靠的，〔註13〕詞肇始於唐，逐漸蘊釀，發展而盛於五代，至兩宋到達顛峰，而成爲宋代文學的主流。

後，詩之流爲二十四名，賦、頌、銘、讚、文、誄、箴、詩、行、詠、吟、題、怨、歎、章、篇、操、引、謠、謳、歌、曲、詞、調，皆詩人六藝之餘。」文人以爲後世一切歌曲都是「三百篇」之餘，於是稱詞爲詩餘。

〔註5〕 如清毛先舒〈塡詞名解〉云：「塡詞不得名詩餘」；清汪森〈詞綜序〉云：「以詞爲詩之餘，殆非通論。」

〔註6〕 如柳永《樂章集》、洪道《盤洲樂章》、劉一止《苕溪樂章》。

〔註7〕 如王安石《臨川先生歌曲》、姜夔《白石道人歌曲》。

〔註8〕 如晁補之《晁氏琴趣外編》、黃庭堅《山谷琴趣外編》。

〔註9〕 如陳允平《日湖漁唱》、周密《蘋洲漁笛譜》。

〔註10〕 見註1第三章，梁榮基先生已分門別類詳列之。

〔註11〕 見葉嘉瑩《中國詞學的現代觀》一書，頁五。

〔註12〕 關於詞的起源時代，一般多認爲是中唐，如宋胡仔《苕溪漁隱叢話》後集卷三十九云：「唐初歌詞，多是五言詩或七言詩，初無長短句。自中葉以後至五代，漸變成長短句，及本朝則盡爲此體。」又龍沐勛《中國韻文史》頁二十四云：「開元天寶間爲以絕句入曲之極盛時代，倚曲塡詞之風氣，猶未大開。直至貞元以還，詩人始漸注意新興樂曲，而從事於令詞之嘗試。」另有主張詞的起源甚早的，如王灼《碧雞漫志》卷一云：「蓋隋以來，今之所謂曲子者漸興，至唐稍盛，今則繁聲淫奏，殆不可數。」亦有認爲詞遲至晚唐才成立，如陸游花間集跋云：「唐自大中後，詩家日趨淺薄。…會有倚聲作詞者，…故歷唐季、五代，詩愈卑而倚聲輒簡古可愛。蓋天寶以後，詩人常恨文不治，大中以後，詩衰而倚聲作，…。」

〔註13〕 詳參林玫儀〈由敦煌曲看詞的起源〉一文，收入其《詞學考詮》一書，頁1～43。

　　晚唐之前的詞無論在內容或風格上都與詩十分接近，是五七言詩的一種變調，尚未具有獨立的體式與風格，且當時文人填詞大多只是偶爾興至為之，堂廡未大。至晚唐，溫庭筠是第一位專力於作詞的詩人，他精通音律，創調甚多，如南歌子、女冠子、荷葉杯、酒泉子、訴衷情等。溫詞的特色是，著重在描摹女子的外表形貌或刻劃男女戀情，幾乎全是客觀的描寫，甚少融入主觀的情感，其詞筆觸穠豔、華麗，王國維人間詞話云：「畫屏金鷓鴣，飛卿語也，其詞品似之」。儘管溫詞不免失之惻豔、雕琢，但在詞的發展史上卻有不可磨滅的功績，他可說是詩詞過渡期的重要橋樑，詞至此終於在題材、風格上與五七言詩分途而行，而發展為一種正式的文學體裁，得到了獨立的地位。〔註14〕

　　至五代，填詞之風益盛，詞體漸次滋衍壯大，陸游花間集跋云：

　　　　詩至晚唐五季，氣格卑陋，千人一律；而長短句獨精巧高
　　　　麗，後世莫及。

五代在政治上是黑暗的時代，長年戰亂，政局混沌，學術文化低落，人們漸由絕望頹廢而走上浪漫宴樂之途，這正適合新興詞體的發展。另一方面就文體本身的演進而言，近體詩發展到唐末已臻極至，難以再創新，如陸游所云，「氣格卑陋，千人一律」，文人對作詩已感厭倦，極思跳脫窠臼，新創的詞體正吸引他們去參與、投入。王國維人間詞話裡的一段話，正可作為詩衰詞盛的註解：

　　　　四言敝而有楚辭，楚辭敝而有五言，五言敝而有七言，古
　　　　詩敝而有律絕，律絕敝而有詞。蓋文體通行既久，染指遂
　　　　多，自成習套。豪傑之士，亦難於其中自出新意，故遁而
　　　　作他體，以自解脫。一切文體所以始盛終衰者，皆由於此。

五代詞的發展可分兩大勢力，一是花間詞派，以西蜀詞人為主；一是南唐詞人。花間詞人，〔註15〕作品多沿襲溫庭筠穠豔的風格，辭

〔註14〕本段主要參考莫礪鋒〈論晚唐五代詞風的轉變〉一文，及劉大杰《中
　　　　國文學發展史》一書第十六章、陳弘治《唐五代詞研究》一書第四
　　　　章等資料加以歸納、論述。
〔註15〕後蜀趙崇祚編《花間集》，正是西蜀詞的代表，共收錄溫庭筠（是晚

句豔麗,色彩華美,內容以香閨繡闥為主,且多屬客觀的描寫。而韋莊詞在花間集中則屬別調,他善於運用清雋的字句、白描的手法填詞,筆調疏淡秀雅,清新自然,且多融入個人的身世之感,抒情寫志的成份提高了許多,與溫詞的作風頗不相類。韋詞在晚唐五代詞壇有著轉移風氣的作用,他是「由純屬客觀描寫、僅供歌兒酒女所唱的『伶工之詞』轉變到從主觀上抒情述懷的『士大夫之詞』,中間過渡的關鍵人物」,〔註16〕李煜、蘇軾、辛棄疾的詞風都受了他的影響。南唐詞人以馮延巳、李璟(中主)、李煜(後主)為重鎮。馮詞所寫的已不限於抒發男女之情的作品,而是包含了對人生及世事的關懷與體認,詞風與以白描著稱的韋莊近似,婉約雅致,開北宋一代風氣,對晏殊、歐陽修等人影響較大。李後主詞,在入宋之前,詞風大致仍籠罩著花間集的色彩,以穠麗的字句描摹女子的容態,且多談情說愛之作。然被俘之後,後主飽嘗亡國之痛,對人生有更深一層的體悟,詞調變為淒婉哀惻之音,面對愁苦的未來,心中充滿亡國的憾恨,已無心鍛鍊筆法、雕琢字句,而直抒胸臆,以白描出之,類似韋莊的風格,但後主詞卻較韋詞具有更深刻的感慨與悲恨。〔註17〕

第二節　二晏詞之出現

　　經過唐五代的孕育、發展之後,詞體已粗具規模。至宋代,政治方面,宋室的建立,已結束了唐末五代以來的長期紛亂,邁入穩定的局面;另一方面,經濟日趨興盛繁榮,而社會亦逐漸安定,這些都是詞體茁壯、成熟的有利條件,因此在北宋,詞得到了進一步

唐著名的詞人,本不屬「花間」範圍,但卻被後人稱之為「花間鼻祖」。《花間集》選錄其詞有六十六首之多)、皇甫松、韋莊、薛昭蘊、牛嶠、毛文錫、歐陽炯、顧敻、魏承班、鹿虔扆、尹鶚、毛熙震、李珣、孫光憲、閻選、張泌、牛希濟、和凝等十八詞。

〔註16〕詳見莫礪鋒〈論晚唐五代詞風的轉變〉一文。

〔註17〕以上八行所論,乃參註14三文之意見而成。

的發揚，不論是體裁、內容或風格，皆有長足的開展，且文人作家熱烈參與，成績十分可觀，故宋代可說是詞的全盛期。今人唐圭璋所編全宋詞收錄宋代詞人一千三百三十餘家，詞作多達一萬九千九百餘首，殘篇五百三十餘首，如此豐富的成果，可以想見當時詞壇的盛況。

　　北宋詞的發展約可分為四期：〔註18〕

　　一、是小詞時期，以晏殊、歐陽修、晏幾道諸人為主幹；

　　二、是慢詞時期，以柳永、秦觀諸人為主幹；

　　三、是詩人詞時期，以蘇軾、黃庭堅諸人為主幹；

　　四、是樂府詞復興時期，以周邦彥、李清照諸人為主幹。

　　宋初詞作大抵仍繼續晚唐五代小詞的形式，同時也保留了綺麗、婉約的詞風。晏殊生於宋太宗淳化二年（991），堪稱北宋詞壇的前輩，歐陽修、張先、范仲淹等皆出其門下。晏詞深受馮延巳影響，筆調舒緩、淡雅，於閒適中蘊含和婉的情致，讀之令人心緒平適恬靜，內容或寫男女情愛、離愁別怨、相思懷人，或傷時之易逝，感嘆人生之短暫無常，其詞以意境和氣象取勝，著重精神氣象的呈現，而摒除外表形似的描繪，故晏殊雖處富貴之門，但詞風卻無雕金鏤玉，花團錦簇的庸俗氣息，寫女性詞細緻纖柔而不流於輕佻，感傷懷思之中有份閒雅的情調，並展現達觀曠放的胸襟，甚至在詞裡流露一種理性的哲思，凡此種種皆是晏詞獨特之處，同時也奠定了晏殊在宋初詞壇的地位。晏殊雖然處於受花間詞影響的環境之下，作品往往不是因現實生活的困厄或心靈受到重大衝擊而發，但他卻非「因文造情」，而是善於捕捉瞬間的感觸，提煉生活的情感菁華，出之以詞，形成意境渾成、言語自然、珠圓玉潤的作品，其詞集曰「珠玉詞」，真是名符其實，馮煦曾稱之為「北宋倚聲家初祖」，〔註19〕即肯定其地位。

〔註18〕見胡雲翼《中國詞史》一書第十章，北宋詞之發展。

〔註19〕見馮煦《蒿庵論詞》。

　　晏幾道是晏殊第七子，其生卒年頗有爭議，歷來學者多作考證，其中較可信的說法應是生年至早在仁宗慶曆之末，卒年至早在徽宗政和之初（約 1108～1118），〔註20〕雖然時代不屬於北宋初年，但因其詞作之風格，形式近於前期宋詞，且造詣不下其父，故論者多將他與晏殊、歐陽修同列爲北宋初期詞壇的大家。〔註21〕

　　晏幾道少年時期曾有一段優裕安適的日子，詞作反映出一位承平公子華貴風流的生活，幾道個性忠厚耿介，情感豐富而又極端執著，其境遇及詞風轉變的型態與李後主有幾分相似，成長之後，仕途不甚得意，晚年幾至衣食不繼的地步，窮愁潦倒，往日悠遊歲月已不復得，不禁感慨唏噓，詞風遂變爲淒怨悲涼。詞之內容大多描寫個人由貴轉衰後的抑鬱和失意的悲哀，充滿憶往傷今的感懷與無奈，晏殊詞中曠達的懷抱和開雅的情調，已不再於幾道詞裡出現。但因幾道所抒寫之悲愁與傷感，皆是出於己身之痛苦經驗，故雖言語淺淡，多兒女言情之詞，自有其感發的力量，深深地打動人心。此外，晏幾道亦有許多描繪歌伎舞女生活之詞，刻劃其心靈世界，反映其受辱的遭遇，付予極大的同情，足見詞人之情深義重。

　　晏幾道經歷兩種極端不同的處境，生活的歷鍊，提高了他的抒情藝術，其詞之長處爲歷來詞評家所認同，如陳廷焯云：「李後主、晏叔原皆非詞中正聲，而其詞則無人不愛，以其情勝也。情不深而爲詞，雖雅不韻，何足感人？」〔註22〕王灼亦說他「秀氣勝韻，得之天然」，〔註23〕是知幾道詞有其獨到之處。

〔註20〕詳見本文第二章第一節二。
〔註21〕如胡雲翼《中國詞史》第十章，即將他們三人同歸爲宋詞發展的第一個時期；又如薛礪若《宋詞通論》一書第二章標題是：「北宋初期四大開祖──晏殊、晏幾道、歐陽修、張先」首段便云：「我們知道詞學到了北宋，乃始跨進了黃金時代的階段。而最先跨進此階段，並手造此燦爛的初頁史蹟者，則爲晏殊與子幾道，和歐陽修三個人，這大約是一般後來詞人所共認的了……」。
〔註22〕見陳廷焯《白雨齋詞話》卷七。
〔註23〕見王灼《碧雞漫志》卷二。

第三節　研究動機與範圍

　　筆者自來喜愛讀詞，尤其偏好婉約派詞作，常醉心於那份細緻幽婉的情思，及那耐人品味的曲折含蓄之美當中。在北宋，晏殊晏幾道父子齊名詞壇，有如南唐之中主後主，毛晉宋六十名家詞小山詞跋謂「晏氏父子俱足追配李氏父子」。二晏同屬婉約派詞家，作品具高度藝術價值，然而二人雖為父子之親，卻風格異趣，各具特色，呈現兩種不同的典型，格外引人注意。其中當然有類同點，但其總體表現是頗有差異的，因此於閱讀欣賞之餘，值得我們作進一步的探索。筆者鑑於對二晏詞的喜愛，期望對們有更深入、更全面的了解，故今不揣鄙陋，以二晏詞研究為題，撰述七章，首先自二晏生平事蹟、家世背景入筆，再考察其詞集（珠玉詞、小山詞）之版本及集子中作者有疑義之詞，繼而探討二晏詞之內容、藝術風格及與幾位詞人之比較，最後綜論二晏詞之異同及其成就。

　　前賢對二晏詞之研究，除了彼岸學者宛敏灝先生於民國二十三年所寫二晏及其詞一書之外，大多是一些將晏殊、晏幾道分開各自獨立成篇討論的文章，專著則都是以詞之箋註或擇要性的賞析為主，亦有學者從事整理、考訂、補正年譜的工作。〔註24〕前賢的這些成果，是寶貴的參考資料，筆者撰寫本論文時不敢有所忽略，然而在此要特別說明的是，本論文與宛氏之著涉及層面有所不同。首先，宛氏是偏重於二晏年譜之撰述及珠玉詞、小山詞的箋校方面，對二晏詞本身的內容、風格及與他人互見的部份較少論及，而筆者則以這幾方面為討論重點，並嘗試將二晏詞加以分類、繹述。其次關於二晏之家世生平及二晏詞的版本方面，因宛氏之書寫成的年代距今已七十餘載，這期間陸續有學者對二晏年譜提出修正、補充的意見，如夏承燾、鄭騫、鍾陵等，故筆者於介紹二晏生平時，整理各方說法，重新撰述。此外，宛氏雖亦言及珠玉、小山詞之版本，但因其所言之本有許多是偏處海

〔註24〕以上詳見本文所附之參考資料。

隅，不易得見者，故今所論乃以筆者於此間所見者爲主，而研究方式則取法宛氏，亦試著在筆者所見的版本之中舉出常見或重要者，仔細地加以考察，說明其間的異同。雖有一、二種版本與宛氏相同，但筆者仍實際逐一翻檢，記錄與其他版本比較之結果。〔註25〕

〔註25〕因筆者所論之版本與宛氏有重複者，故考察的結果難免有相同之處，爲免有掠美之失，特此說明

第二章　二晏生平

第一節　家世及事蹟

　　關於二晏家世事蹟之文獻記載，以晏殊方面所載較詳，今主要參考晏元獻公神道碑、宋史‧臨川縣志、宋人筆記、黃庭堅小山詞序及二晏年譜〔註1〕等資料，約略說明二晏家世、生平概況。

一、家　世

　　晏殊，字同叔，謚元獻。晏幾道字叔原，號小山，晏殊第七子，撫州臨川人（今江西臨川縣）。〔註2〕晏元獻公神道碑云：「公諱殊，字同叔，姓晏氏，其世次晦顯，徙遷不常。自其高祖諱墉，唐咸通中舉進士，卒官江西，始著籍於高安。其後三世不顯。曾祖諱延昌，又徙其籍於臨川，祖諱郜，追封英國公，考諱固，追封秦國公，自曾祖以下，皆用公貴。累贈開府儀同三司太師中書令兼尚書令。曾

〔註1〕包括夏承燾〈二晏年譜〉（收於《唐宋詞人年譜》一書），及鄭騫夏
　　　　著〈二晏年譜補正〉、〈晏叔原繫年新考〉（收於《景午叢編》下集），
　　　　鍾陵〈二晏家世事蹟補辨〉等文。
〔註2〕見《宋史》卷三一一〈晏殊本傳〉。

祖妣張氏，陳國太夫人；祖妣傅氏，許國太夫人；妣吳氏，唐國太夫人。」〔註3〕臨川縣志卷三十七之三選舉‧封蔭載：「晏延昌……殊曾祖，原封太師，康定元年，追贈中書令兼尚書，餘如故。晏郜、殊祖、原封太師，康定元年，追贈中書令兼尚書，餘如故。晏固，殊父，康定元年，追贈金紫光祿大夫、太師、中書令兼尚書令，開府儀同三司，秦國公。」又清康熙五十九年查慎行纂修西江志卷一八六，載錄明吳與弼長山晏氏族譜序一文，敘述晏氏世系云：「諱墉者，唐咸通中舉進士，卒官江西，始著籍高安，墉生延昌，自高安徙臨川長樂鄉之沙河，延昌生郜。郜生旦、固、諫、清亮、聰、貞、漸。固生殊，是為元獻公。」由此段記載，可知晏殊祖父晏郜生八子，殊之父固是晏郜的次子。吳與弼族譜序在敘述晏固生八子後，並詳述晏郜長子晏旦一支的傳繼世系，此將於後表列之，茲不贅述。臨川縣志卷五十三下雜類‧塋墓晏元獻祖墓條云：「元獻曾祖自高安居臨川。……郜生固，固生三子，元獻與弟穎舉神童，入秘閣而穎夭。」李燾續資治通鑑長編卷八二大中祥符八年（1015）十二月，真宗在贊嘆晏殊時提到：「京城賜酺，京官不得預會，同輩召之出遊，不答，但掩關與弟穎讀書著文。」五朝名臣言行錄卷六載：「丞相晏元獻公，名殊，字同叔，撫州臨川人……父本撫州手力節級……」

　　由以上所述，對晏殊祖先稍有認識，亦知其有一弟晏穎早夭。又臨川縣志卷五十一藝文志‧文徵載「宋真宗除晏融殿中丞敕」〔註4〕敕文題下注云：「元獻兄，字華叔」敕曰：「具官晏融，三陞御史，是

〔註3〕見《歐陽文忠公集》卷二十二〈晏元獻公殊舊學之碑〉。
〔註4〕據鍾陵〈二晏家世事蹟補辨〉一文考證，《臨川縣志》以晏融除殿中丞在宋真時與史實不合。宋庠《元憲集》卷二十五，載有〈尚書職方員外郎知歸州沈厚載可尚書屯田郎、殿中丞知平定軍樂平縣張杰可國子博士、太子右贊善大夫通判吉州晏融可殿中丞制〉。宋庠與其弟宋祁俱為晏殊門下士，又同于仁宗天聖二年（2024）第進士，宋庠撰寫這一制文自當在仁宗之時，《臨川縣志》注記于真宗，應屬失誤。

為耳目之官，……可依前贊善大夫加殿中丞。」依此推知，晏殊尚有兄一人。又神道碑云：「事寡姊孝謹。」知晏殊有姊。王銍默記載同叔有甥楊文仲，揮麈前錄又載同叔有甥曰李定：「李定，字仲求，洪州人，晏元獻之甥，文亦奇。」由此二條資料可推斷，晏殊可能有兩個姊妹，一適楊，一適李。

　　神道碑云：「公初娶李氏，工部侍郎虛己之女。次孟氏，屯由員外郎虛舟之女，封鉅鹿郡夫人。次王氏，太師尚書令超之女，封榮國夫人。子八人，長曰居厚，大理評事，早卒。次承裕尚書屯田員外郎・宣禮，贊善大夫。崇讓，著作佐郎。明遠，祗德皆大理評事。幾道、傳正皆太常寺太祝。女六人，長適戶部侍郎同中書門下平章事富弼，次適禮部侍郎三司使楊察，其四尚幼。孫十有二人。」是知晏殊三娶，有子八人，其中晏幾道排行第七，女六人，富弼、楊察皆其婿，孫十二人。神道碑又云：「其薨也，天子尤哀悼之，賜予加等，以其子承裕為崇文院檢討，孫及甥之未官者九人，皆命以官。……」可見當時天子仁宗對晏殊之懷念。

　　宋史晏殊本傳末載云：「子知止為朝請大夫」，然神道碑所舉列之八子中並無知止一名，據臨川縣志卷三十六選舉・進士晏崇讓以皇祐元年己丑馮京榜中進士，於名下注云：「殊子，改名知崇，朝請大夫。」是知知止、知崇應是同一人—即崇讓，但不確定「止」、「崇」二字，何者為是？據宛敏灝氏的推測，宋史之載應較可靠，王銍默記亦作「知止」，疑臨川縣志誤也。〔註5〕至於為何改名，及何時改名就不得而知了。

　　宋史翼卷三十引翟耆年籀史「晏溥字慧開，丞相元獻公之孫，叔厚之子，豪傑不羈之士也。好古文，邃於籀學，作晏氏鼎彝譜一卷，載所親見三代鼎彝及器竅。靖康初，官河北。金賊犯順，散家財，募兵扞賊，與妻玉牒趙氏戎服率義士力戰而死。」宋詩紀事云：

〔註5〕宛敏灝《二晏及其詞》，頁53。

「溥，叔原子也」，是知文中之叔厚乃叔原之筆誤，晏溥爲晏幾道之子。

梁谿漫志八烈女死節條載：「晏元獻公四世孫女。其父孝廣，爲鄧州南陽縣尉。女小字師姑，年十五，從叔孝純官於廣陵……」知師姑爲晏殊孫孝廣之女。

宋史卷三八一有晏敦復之傳云：「晏敦復字景初，丞相殊之曾孫。」晏殊曾孫中以敦復最有名，故正史有其傳。據夏承燾二晏年譜之考察：「敦復弟敦臨，政和五年及第，爲餘姚縣丞。敦臨弟肅，宣和三年及第。又有紹休者，紹聖四年及第。」此外晏殊尚有四世孫表，知雅州，開禧二年曾補晏殊類要，並進於朝廷，〔註6〕五世孫大正作年譜，〔註7〕其他尚有多位家族侄孫，鍾陵二晏家世事跡補辨一文，考之甚詳，可參閱之，茲不贅述，在此引鍾氏所製二晏世系表，以明其家世概況：

〔註6〕見《四庫全書總目提要》卷一百三十七〈晏殊類要提要〉。
〔註7〕見陳振孫《直齋書錄解題》十七。

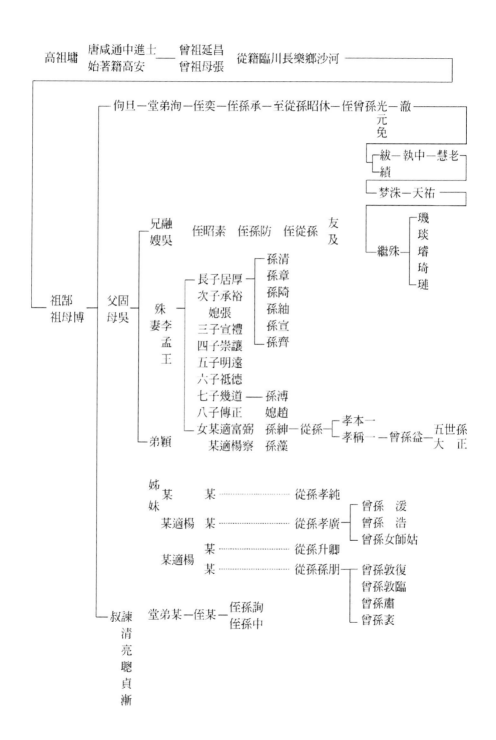

二、事 蹟

關於二晏生平事蹟，史料所載以晏殊較詳，宋史本傳、晏元獻公神道碑、通鑑紀事本末、宋會要等皆有資料可尋。然而晏幾道的生平記載卻很少，僅能自宋人筆記中一些零星的記載，以及他和朋友往來的詩文，約略知曉其生活事蹟！

晏殊之生卒年，具見之文獻，無可爭議，但晏幾道的生平，卻因文獻無徵，備受爭論。

晏元獻公神道碑載晏殊：「至和二年薨，年六十有五」宋史十二仁宗紀亦載：「至和二年正月丁亥，晏殊薨。」依此推算，晏殊乃生於宋太宗淳化二年（991）。碑又云：「公生七歲，知學問，爲文章，鄉里號爲神童。」晏殊天資聰穎，七歲即能爲文寫作，鄉人稱之爲神童。眞宗咸平元年（1003），殊方十三歲，李虛己見他，稱奇欣賞，即將女兒許之，並向楊大年推薦，[註8] 次年（1004）年十四，張知白撫安江南時，以他爲神童向朝廷推薦，此爲其一生宦途之起點。明年（1005）三月，參加廷試，賜同進士出身，擢祕書省正字，宋史本傳載此事：「帝召殊與進士千餘人並試廷中，殊神氣不懾，援筆立成。帝嘉賞，賜同進士出身。……後二日，復試詩、賦、論，殊奏曰：『臣嘗私習此賦，請試他題』帝愛其不欺，既成，數稱善。擢祕書省正字，祕閣讀書。命直史館陳彭年察其所與遊處者，每稱許之。」（卷三一一）神道碑亦有相同記載。

十六歲，遷太常寺奉禮郎。十八歲，遷光祿寺丞。大中祥符二年（1009）四月癸己，獻大酺賦，召試學士院，爲集賢校理。六年（1013）二十三歲，以父喪，歸返臨川，碑云：「丁父憂去官，已而眞宗思之，即其家起復，命淮南發運使具舟送至京師。」眞宗因想念他，所以命

〔註8〕事見《五朝名臣言行錄》六之三引《溫公日錄》：「李虛己知滁州，一見奇之，許妻以女，因薦於楊大年，大年以聞，時年十三。」據夏承燾《二晏年譜》之考察：宋史三〇〇虛己傳，曾知遂州、洪州、池州、河中府、通判洪州。未嘗知滁，而同叔幼家臨川，也未聞至滁，所以疑滁字爲誤。

淮南發運準備舟船，將即全家接至京師。晏殊二十六歲時遷太常寺丞，後又任記事參軍，再遷左正言，直史館，﹝註9﹞任戶部外郎，時殊年二十八歲。三十歲時拜翰林學士，遷左庶子。「帝每訪殊以事，率用方寸小紙細書，已答奏，輒并稿封上，帝重其愼密。」（宋史本傳）可見晏殊是個十分細心謹愼的人，很得皇帝賞識。

乾興元年（1022），二月，眞宗崩，仁宗即位，時晏殊三十二歲，頗受重用，以翰林學士，拜右諫議大夫，兼侍讀學士，遷給事中（神道碑）。並奉詔撰天和殿御覽及眞宗實錄，﹝註10﹞玉海五十四：「乾興初，命翰林侍讀學士晏殊等，於冊府元龜中掇其善美事，得要者四十卷，爲二百一十五門，名曰天和殿御覽」。仁宗天聖二年（1024）三月，預修眞宗實錄成，遷禮部侍郎知審官院（宋史本傳、神道碑）。次年十月，自翰林學士禮部侍郎遷樞密副使（宋史宰輔表），十二月，因上疏論張耆不可爲樞密使而觸怒章獻太后。晏殊個性剛介，言語率直，不畏權貴，言人所不敢言，宋史本傳載：「上疏論張耆不可爲樞密使，忤太后旨。坐從幸玉清昭應宮從者持笏後至；殊怒，以笏撞之折齒。」（卷三一一）其坦率耿介的性格可見，朱熹五朝名臣言行錄六之三所載亦可看出晏殊之個性：「公剛峻簡率。盜入其第，執而榜之，既委頓，以送官，扶至門即死，累典州，吏民頗畏其惕急云。」

天聖五年（1027），殊三十七歲，罷樞密副使、刑部侍郎，出知宣州；數日，改知應天府。﹝註11﹞此間，晏殊大興學校，且延請范仲淹爲教席，神道碑云：「留守南京，大興學校，以教諸生。自五代以來，天下學廢，興自公始。」晏殊興學辦教育，以書院爲府學，延請

﹝註9﹞神道碑云：「今天子始封昇王，公以選爲府記室參軍，再遷左正言，直史館。」
﹝註10﹞《臨川縣志》卷四十九之三〈藝文志・史部眞宗實錄〉一百五十卷下注云：「學士晏殊與肥鄉李維同撰。」
﹝註11﹞此條夏承燾《二晏年譜》載：「罷樞密副使，以刑部侍郎知宋州，原作宣州，誤改應天府。」鄭騫夏著《二晏年譜補正》，《景午叢編》下集，頁178，加以考證，而作此修改。

先生執教，是爲私人講學逐漸變爲書院之始。〔註12〕

　　天聖六年（1028）十二月，推薦范仲淹爲秘閣校理。八年正月，知禮部貢舉，舉歐陽修爲第一，此時晏殊四十歲。仁宗明道元年（1032）八月，自守刑部侍郎復爲樞密副使，未拜。後改參知政事，遷尙書左丞（宋史本傳、神道碑）。次年三月，章獻太后崩，四月，罷參知政事，以禮部尙書知亳州。康定元年（1040），殊五十歲，他自三司使刑部尙書除知樞密院事。九月，加檢校太尉樞密使（宋史仁宗本紀、本傳）。慶曆元年（1041），殊五十一歲，升任樞密副使，次年七月，又從樞密副使加同平章事（宋史宰輔表）。五十三歲時，又升任集賢殿學士，兼樞密使（仁宗本紀）。范仲淹、韓琦、富弼爲執政（宋史宰輔表），晏殊爲人寬厚簡樸，喜推薦、獎掖人才，神道碑云：「公爲人剛簡，遇人必以誠，雖處富貴如寒士，罇酒相對歡如也。得一善，稱之如己出。當世知名之士，如范仲淹、孔道輔等皆出其門。及爲相，益務進賢材。當公居相府時，范仲淹、韓琦、富弼皆進用於臺閣，多一時之賢。」葉夢得石林燕語九亦云：「晏元獻喜推引士類，前世諸公爲第一。」

　　晏殊爲人雖剛簡，然卻雅好歌詞，喜與賓客飲酒塡詞歌唱，展現其生活中輕鬆的一面，葉夢得避暑錄話卷上載：「晏元獻雖早富貴，而奉養極約。惟喜賓客，未嘗一日不燕飲，而盤饌皆不預辦，客至旋營之，頃見蘇丞相子容嘗在公幕府，見每有賓客必留，但人設一空案一杯。既命酒，果實疏茹漸至。亦必以歌樂相佐，談笑雜出。數行之後，案上已粲然矣。稍闌即罷遣歌樂，曰：『汝曹呈藝已徧，吾當呈藝。』乃具筆札，相與賦詩，率以爲常，前輩風流，未之有比也。」晏殊之瀟灑文雅，躍然紙上。仁宗慶曆四年（1044），晏殊五十四歲，嘗於甲申元日會兩禁於私邸，作木蘭花詞，楊湜古今詞話載：「慶曆癸未十二月十九日立春，甲申元日，丞相元獻公會兩禁於私第。丞相席上自作木蘭花以侑觴曰：『東風昨夜回梁苑。』於時坐客皆和，亦不敢改首句

東風昨夜四字，今得三闋，皆失姓名。其一曰：『東風昨夜吹春晝。』
其二曰：『東風昨夜傳歸耗。』其三曰：『東風昨夜歸來後。』由此可
見晏殊喜與賓客以詞唱和。此年九月，因孫甫、蔡襄進讒而罷相，以
工部尚書知潁州（宋史宰輔表）。宋史本傳詳載此事：「及爲相，益務
進賢材，而仲淹與韓琦、富弼皆進用，至於臺閣，多一時之賢。帝亦
奮然有意，欲因群材以更治，而小人權倖皆不便。殊出歐陽修爲河北
都轉運，諫官奏留不許。孫甫、蔡襄言宸妃生聖躬爲天下主，而殊嘗
被詔誌宸妃墓，沒而不言。又奏論殊役官兵治僦舍以規利。坐是，降
工部尚書知潁州。然殊以章獻太后方臨朝，故誌不敢斥言，而所役兵
乃輔臣例宣借者，時以謂非殊罪。」（卷三一一）據阜陽縣志載，晏殊
謫居潁州期間，飲酒賦詩，頗逍遙自適。〔註13〕無爲子西清詩話亦載：
「晏元獻慶曆中罷相守潁，以惠山泉烹茗，日惟從容置酒賦詩。」

　　慶曆八年（1048），晏殊五十八歲，由潁州移陳州。據鄭騫晏叔
原繫年新考一文，其第七子晏幾道應生於本年前後，而約卒於徽宗政
和末（1118），年七十左右。〔註14〕鄭氏之考證，堪稱確實，其有關

〔註13〕引自夏承燾《二晏年譜》。
〔註14〕詳參鄭騫〈晏叔原繫年新考〉一文，《景午叢編》下集，頁200～204，
　　　　鄭氏提出證據反駁夏承燾——晏幾道生於天聖八年（1030）之說，
　　　　而考證出叔原生年至早在慶曆之末，卒年至早在政和之初。今將其
　　　　說之大要略述於此：黃山谷〈小山集序〉云：「晏叔原，臨淄公之子
　　　　暮也。」《邵氏聞見後錄》卷十九云：「晏叔原，臨淄公晚子。」「暮」、
　　　　「晚」字義相同，所以，暮子，當爲暮年所生之子，即老來子。同
　　　　叔卒於至和二年（1055），年六十五歲。如果小山生於同叔卒前十年
　　　　以上，就不得稱爲暮子。所以，最合理的生年假定，應不早於慶曆
　　　　五年（1045），即同叔五十五歲時候，依照一般人的生理狀況，六十
　　　　歲以後生子的可能比較少見，何況同叔六十三歲時即已衰病，而小
　　　　山下面尚有一位弟弟，又，元好問《遺山詩集》卷四〈雲巖一詩序〉
　　　　云：「……聖與（按：即張新軒）三世相家，以文章名海內，其才情、
　　　　風調不減前世賀東山（按：即賀鑄）、晏叔原。……」就元好問編撰
　　　　《中州集》的體例來看，類似這種情形，即方回、小山的同世並列，
　　　　似可解釋爲：他們可能生於同時，或者前後相差不久的年代。賀方
　　　　回生於宋仁宗皇祐四年（1052）；卒於徽宗宣和七年（1125）。就方
　　　　回已知的生卒年來推論，小山的生年，似應也在皇祐初年才對。所

晏幾道事蹟之繫年亦頗嚴謹，今論述晏幾道生平事蹟時皆採其說。

皇祐元年（1049）晏殊又自陳州徙知許州。二年秋，殊已六十歲，秋，遷戶部尚書，以觀文殿大學士知永興軍。五年秋，又自永興軍徙知河南，兼西京留守，遷兵部尚書，封臨淄公（宋史本傳‧神道碑）。仁宗至和元年（1054），殊六十四歲，因病而請歸京師訪醫藥，八月，病情好轉，侍講邇英閣（神道碑）。次年（1055）正月卒，晏殊享年六十五歲，至此結束了他輝煌的官宦生涯，仁宗因未視其疾而深以爲恨，特罷朝二日，贈司空兼侍中，諡元獻。歐陽修爲神道碑，王洙書，仁宗篆碑首曰「舊學之碑」。神道碑：「既葬，賜其墓隧之碑首，曰『舊學之碑』。既又敕史臣修，次公事具書于碑下。」

晏殊去世之年，幾道八歲。晏殊一生仕途順利，生活亦頗富足，其詞多閒適心情之作，此將於本文第五章探討。晏幾道可說是長於官宦之家，然其一生，除在青少年時期，尚稱享樂之外，往後卻頗不順

以，我們假定小山生年在皇祐二年（1050）之前。即同叔六十歲。上下期限大致推定，因此，我們說叔原當生於這年。此其一。宛譜說：「小山最遲生於慶曆元年（1041）。」夏譜說：「小山約生於天聖八年（1030）。」但，小山如生於農曆元年或更早，至崇寧四年，已六十五歲以上；如生於天聖八年左右，則已七十六、七歲了，《宋會要》一百六十八冊《刑法‧獄空門》，其文云：「徽宗崇寧四年閏二月六日詔：開封府獄空。王寧特轉兩官；兩經獄空推官晏幾道，何述、李注、推官轉管勾使院賈炎，並轉一官，仍賜章服。」開封府推官職務甚繁而名位不高，以公家來說，當時朝廷一定不會用此衰老之人任此繁雜的職位；就個人來說，小山故相之子，「磊隗權奇」，一定不會以遲暮之年屈就此職位的。再說，如宛譜所云，則小山當生於同叔卒前十四、五年，即五十歲左右；如夏譜所云，則小山生於同叔卒前二十餘年，即四十歲時候；如此，則「晏叔原，臨淄公之暮子」。「暮子」無法落實，此其二。黃山谷爲小山詞作序，語氣很像平輩，或年歲相仿說的話，《山谷集》中與小山唱和諸詩，亦都是平交的口氣。山谷生於慶曆五年（1045），如宛譜所說，則小山長於山谷五歲以上；如夏譜所說，則小山長山谷有十五歲之多，依宋人習慣，年長於己七、八歲即可尊稱爲前輩，何況是十五歲之多？此外，鍾陵〈晏幾道生卒年小考〉一文，對晏幾道的生卒年亦有詳細的考訂，其結論是「小晏的生年似以仁宗慶曆八年（1048）左右，卒年以徽宗政和三年（1113）以後爲宜」與鄭騫先生所考大抵接近。

遂，仕途連蹇，窮苦潦倒，生活境況堪稱窘迫。

　　幾道個性耿介、高傲、特立，不似其父，黃庭堅小山詞序中謂其：「磊隗權奇，疏於顧忌，文章翰墨，自立規摹。常欲軒輊人，而不受世之輕重。諸公雖稱愛之，而又以小謹望，遂陸沈於下位。平生潛心六藝，玩思百家，持論甚高，未嘗以沽世……」由於他的特立不流俗，遂有曲高和寡之悲。其性格率真豪邁、不熱中名利、不苟求仕進，黃山谷於小山詞序中列舉其四癡，可謂對晏幾道作了最貼切的剖析：「余嘗論叔原固人英也，其癡亦自絕人，愛叔原者皆慍而問其目，曰：仕宦連蹇，而不能一傍貴人之門，是一癡也。論文自有體，不肯一作新進士語，此又一癡也。費資千百萬，家人寒飢而面有孺子之色，此又一癡也。」此四癡正是其人格寫照，同時也是造成他一生遭遇挫折、落魄困頓的原因。而在他年輕時亦曾有過一段得意風發、狎妓闊綽的生活，其小山詞自跋有云：「始時沈十二廉叔、陳十君龍、家有蓮、鴻、蘋、雲，品清謳娛客，每得一解，即以草授諸兒，吾三人持酒聽之，為一笑樂。」足見其時生活之寫意。但他的人生劃分為兩極端，綺麗多彩的生活過後，接踵而來的事件，卻使他日趨困頓、窮愁。神宗熙寧二年（1069），王安石為參知政事，推行新法，因實行不當，反使政治更為紊亂、民生更加困苦。晏幾道好友鄭俠毅然上書近五千言，指出新法推行不之當，又呂惠卿等人推波助瀾，排斥異己，故於文中並請黜呂惠卿，進用馮京。結果於熙寧七年（1074），鄭俠被貶為英州編管，並追查與鄭俠有交往者，於鄭俠家中搜到了叔原寫給他的詩，於是晏幾道被株連下獄，趙令時侯鯖錄四載此事：「熙寧中，鄭俠上書，事作下獄，悉治平時往還厚善者，晏幾道叔原皆（疑亦之誤）在數中。俠家搜得叔原與俠詩云：『小白長紅又滿枝，築毬場外獨支頤。春風自是人間客，主張繁華得幾時。』裕陵稱之，即令釋出。」後來晏幾道反因此詩作得好，而獲得神宗讚賞，終能被釋，雖是不幸中的大幸，但其生命的黃金時刻亦漸告結束，此時幾道約二十六歲左右。

　　神宗元豐二年、三年（1079～80）兩年當中，幾道在開封與黃山

谷、王稚川諸人同游唱和，〔註15〕這是他們三人一段逍遙美好的光陰。

元豐五年（1082），監潁昌許田鎮，寫新詞獻韓維。陸友仁硯北雜志載：「叔原監潁昌府許田鎮，手寫自作長短句，上府帥韓持國，持國報書『得新詞盈卷，蓋才有餘而德不足，願郎君捐有餘之才補不足之德，不勝門下老吏之望云』一鎮監敢於杯酒間自作長短句示本道，大帥之嚴，猶盡門生忠於郎君之意，在叔原為甚豪，在韓公為至德也」（卷上）府帥韓公即指韓維，此時幾道年約三十五歲。

哲宗元祐三年（1088），蘇軾欲因黃庭堅見幾道，幾道辭之。硯北雜志卷上引郡澤民云：「元祐中，叔原以長短句行，蘇子瞻因魯直欲見之。則謝曰：今日政事堂中半吾家舊客，亦未暇見也。」足見其清狂！

徽宗崇寧四年（1106），幾道五十九歲，在開封府任推官，〔註16〕宋會要輯稿載，此年開封府兩經獄空，晏幾道、何述等由推官轉管勾使院，仍賜章服。〔註17〕

晏幾道不喜求取功名利祿、巴結奉承，凡事率性而為，純任率真，表現了他人性中執著癡狂的一面！在當時那種黨派互爭、民生日苦的政治環境下，幾道表明了政治態度，不苟求仕進，更不會去攀緣附會、阿諛諂媚，在其詞中可看出幾許的無奈：

回思十載，朱顏青鬢，枉被浮名誤。（御街行）

官身幾日閒？世事何時足。君貌不長紅，我鬢無重綠。（生查子）

古來多被虛名誤，寧負虛名身莫負。勸君頻入醉鄉來，此是無愁無恨處！（玉樓春）

〔註15〕詳見鄭騫〈晏叔原繫年新考〉元豐二、三年條，《景午叢編》下集，頁205。
〔註16〕慕容彥逢〈通判乾寧軍晏幾道可開封府推官制〉文（《橢文堂集》卷五）言幾道在崇寧初，因「更緣事為、積有聞譽」，而由乾寧軍通判遷為開封府推官。
〔註17〕《宋會要輯稿》一百六十八冊《刑法‧獄空門》載有徽宗崇寧四年（1105）「閏二月六日詔：『開封府獄空，王寧特轉兩官。兩經獄空，推官晏幾道、何述、李注，推官轉管勾使院賈炎並轉一官，仍賜章服』」。

綠鬢皆老大，紅梁新燕又歸來，儘須珍重掌中杯。（浣溪沙）
詞中充滿了苦悶，藉著歌詞飲酒來澆愁，沈醉其中，以忘卻煩憂！但
並非醉生夢死，而是用狂篇醉句，表示對當時政治，社會的鄙棄。

幾道一生漂泊無定，其詞中也有此種生活的寫照：「南去北來今
漸老，難負尊前」（浪淘沙）、「北來人，南去客。朝暮等閒攀折。憐
晚秀，惜殘陽，情知枉斷腸。」（更漏子）晏幾道平日好讀書，收藏
之書亦多，但南北奔波，每有遷徙時，其妻不勝其煩，謂其：「有類
乞兒搬漆椀」，但他卻以幽默的口吻，表達了他的意願，亦可見他未
至晚年即已過著貧困流浪的生活：

> 生計唯茲椀，般擊豈憚勞。造雖從假合，成不自埏陶。阮杓
> 非同調，顏瓢庶共操。朝盛負餘米，暮貯藉殘糟。幸免墙間
> 乞，終甘澤畔逃。挑宜笻作杖，棒稱蕢爲袍。儻受桑間餉，
> 何堪井上螬。綽然眞自期，嘑爾未應饕。世久輕原憲，人方
> 逐子敎。願君同此器，珍重到霜毛（張邦基·墨莊漫錄三）

歐陽修撰晏殊神道碑曾提及幾道曾任「太常寺太祝」，但不知何年？
王灼碧雞漫志謂叔原「年未至乞身，退居京城賜第，不踐諸貴之門」
（卷二）他退居之後，不禁撫今追昔，感慨良深：

> 東野亡來無麗句，于君去後少交親，追思往事好沾巾。白
> 頭王建在，猶見詠詩人。（臨江仙）

晏幾道約於徽宗政和末年（1118）卒，年七十左右。（按：見註14）

第二節　時代背景

晏殊、晏幾道父子二人同生於北宋，然其於詞作內容、風格方面
的表現卻有相當程度的差異，除了他們個人境遇、性格、人生觀等等
的不同之外，整個大時代環境的變化也是原因之一。晏殊生於宋太宗
時，一生主要是歷經眞宗、仁宗二朝，而晏幾道所反映的則是神宗以
後的北宋社會。

北宋自宋太祖（趙匡胤）開基，至太宗太平興國四年，終能結束

晚唐、五代之混亂局面，而使全國復歸統一。然而此時統治者卻更進
一步地要求鞏固自己的政權，而行專制政治，歷史上有名的宋太祖「杯
酒釋兵權」正是此種用心。真宗、仁宗二朝是休養生息的階段，少有
兵亂，社會太平安定，經濟亦頗繁榮，市民階級的享受與宮廷生活的
豪奢自不在話下，在徽、欽二帝被俘之前仍持續這樣的盛況，且更甚
之。孟元老東京夢華錄序云：

> 僕從先人宦遊南北，崇寧癸未到京師。卜居于州西金梁西爽
> 道之南。漸次長立，正當輦轂之下，太平日久，人物繁阜。
> 垂髫之童，但習鼓舞，斑白之老，不識干戈。時節相次，各
> 有觀賞。燈宵月夕，雪際花時，乞巧登高，教池遊苑。舉目
> 則青樓畫閣，繡戶珠簾。雕車競駐於天街，寶馬爭馳於御路。
> 金翠耀目，羅綺飄香。新聲巧笑於柳陌花衢，按管絃於茶坊
> 酒肆。八荒爭湊，萬國咸通。集四海之珍奇，皆歸市場；會
> 寰區之異味，悉在庖廚。花光滿路，何限春遊；簫鼓喧空，
> 幾家夜宴。伎巧則驚人耳目，侈奢則長人精神。

描寫的正是徽宗時代的汴京，所呈現的是一幅繁華享樂的歌舞昇平景
象。其他地區如江南的杭州以及揚州、成都等大都市也是這般景況。
陳元靚歲時廣記鬻蠶器條云

> 樂城文蠶市詩序云：「眉人以二月望日鬻蠶器，謂之蠶市
> 焉。」……張仲殊詞云：「成都好，蠶市趁遨遊。夜放笙歌
> 喧紫陌，春邀燈火上紅樓，車馬溢瀛洲。人散後，繭館喜
> 綢繆，柳葉已饒煙黛細，桑條何似玉纖柔，立馬看風流。」

敘述成都之蠶市，可見其社會之繁榮。

在富足康樂的環境下，當時許多達官顯貴，不是流連坊曲，就是
蓄養聲伎，於宴會或其他場合中，競相填詞歌唱，一時之間，君臣上
下，均以能詞為榮，而一般的詩人詞客更是浪漫悠閒，宴會、賞花、
品茗、飲酒、賦詩、狎妓、歌唱成了他們生活的大部分，作為歌唱的
詞體文學在這樣的生活環境之下蓬勃發展，吳曾能改齋漫錄載：「詞
自南唐以來，但有小令。其慢詞起自仁宗朝，中原息兵，汴京繁庶，

歌臺舞席，競賭新聲。」足見經濟的發展與都市的繁榮能促進宋詞的
興盛，流風所及，當時不僅貴族士大夫、文人、學士塡詞歌唱，連一
般販夫走卒亦能詞，有宋一代的發展，可說登峰造極！

　　晏殊任官於眞宗、仁宗二朝，生活十分優渥，時常飲酒、賦詩、
塡詞、宴樂，在這樣的環境之下，其詞所呈現的是一種「和婉明麗」、
「溫潤秀潔」的閒雅情調。

　　在太祖實行中央集權、鞏固政權之後，眞宗、仁宗亦循此路線，
如眞宗時，天書屢降、祥瑞沓至，改元封禪，藉以保護自己的帝位。
於此天下安定之時，君主並獎勵文人寫作文章詩詞，歌頌太平盛世，
太宗、仁宗、眞宗莫不如此。當時文人近臣多歌功頌德、應制進獻之
作，以博取君主之歡心。晏殊身爲朝廷重臣，在這樣的時代環境之下，
亦不免有祝壽歌頌之詞，如：

> 紫府群仙名籍秘，五色斑龍，暫降人間媚。海變桑田都不
> 記，蟠桃一熟三千歲。(蝶戀花)

> 中秋五日，風清露爽，猶是早涼天。蟠桃花發一千年。祝
> 長壽、比神仙。(燕歸梁)

　　事實上，北宋之太平安樂，僅是苟安的局面，百姓之生計及外患
之侵擾仍是隱憂。仁宗時，范仲淹、歐陽修等有識之士曾上書論政，
以期改革，然不幸爲小人阻撓，以致無成。至神宗時，王安石上書，
推行新法，頗能針對新弊加以改革，若能確實施行，應有所成就，但
王安石新法仍壞於小人之手，最後不僅民生經濟無法獲得改善，反使
農村經濟破壞，民不聊生，晏幾道之友鄭俠曾將當時情況繪爲流民
圖，上奏神宗，以明當時民間實況。

　　再者在朝廷內亦有新舊黨兩派之爭執，屬於新黨的是王安石一派
的新政主張者，包括呂惠卿、章惇、曾布、蔡京等。屬舊黨的是反對
王安石新政者，包括曾鞏、司馬光、蘇軾兄弟等，兩派各執己見，互
爭互鬥，勢力亦互爲消長，結果政策反覆不定，無一定標準，使得農
村經濟更形破敗，民生日益疾苦。晏幾道在這樣的時代裡，對政治毫

無興趣，他之所以持論甚高，不苟求仕進，不攀緣附會，〔註18〕想必是無法接受當時的政治情況。

此外，異族的侵凌亦為北宋之大患。自宋太祖集權中央之後，邊境無堅實之防衛，讓外族有機可乘。而宋代又重文治，不重武功，因此武力匱乏，不足以抵抗外侮，只好割地、賠款、輸絹以言和。面臨如此危機，朝中大臣尚不知共體國事，和舟共濟，而一般人猶仍沈醉於靡華的享樂之中，直到金兵入侵，徽、欽被俘之後，方自迷夢中驚醒，然為時已晚矣。晏幾道後期的詞作流露出悲涼的氣氛，除了是對自己身世的感傷之外，恐怕也是因對當時社會的不滿，而產生的苦悶，轉變成一種悲觀的情緒。事實上，叔原並不是渾渾噩噩地虛渡生命，他有敏銳的觀察力，洞悉時代環境，只是他無力改變，以致形成一種消極的沈吟！

第三節　交遊狀況

一、晏殊之交遊

晏殊為人喜好賓客，又善知人，以進賢為務，故交遊甚廣，然與他交往較密的是范仲淹、歐陽修、宋祁、王琪、梅堯臣、張先等，茲僅舉較知名者敘之。〔註19〕

（一）范仲淹

司馬光涑水紀聞載：「晏丞相殊留守南京，仲淹遭母憂，寓居城下，晏公請掌府學。仲淹嘗宿學中，訓督學者皆有法度，勤勞恭謹，以身先之。夜課諸生讀書寢食皆立時刻，往往潛至齋舍詗之，見有先寢者詰之，其人紿云：『適疲倦，暫就枕耳。』仲淹問未寢之時觀何

〔註18〕詳見黃庭堅〈小山詞序〉。
〔註19〕同註5頁73～84，宛氏亦述及二晏的交遊，今筆者敘述二交遊時，主要是參考宛氏之述及年譜、宋人筆記等材料，並根據一些新的考證資料，加以整理、敘述。

書？亦妄對。仲淹即取書問之，其人不能對，乃罰之，……四方從學者輻輳，其後宋人以文學有聲于場屋、朝廷者，多其所教也。服除至京師，上宰相書，言朝政得失、民間利病，凡萬餘言。王曾見而偉之，時晏殊亦在京師薦一人爲館職，曾謂殊曰：『公知范仲淹捨而不薦，而薦斯人乎，已爲公置不行，宜更薦仲淹也。』殊從之，遂除館職。頃之，冬至，立仗禮官定議，欲媚章獻太后，請天子帥百官獻壽于庭。仲淹奏，以爲不可。晏殊大懼，召仲淹，怒責之，以爲狂。仲淹正色抗言曰：『仲淹受明公誤知，常懼不稱爲知己羞。不意今日更以正論得罪于門下也。』殊慚無以應。」（卷十）由以上這段記載可知晏殊與范仲淹交往不淺。晏殊是因論張耆不可爲樞密使而忤逆太后，出守南京。五代以來，天下學廢，此時晏殊大興學校，並延請范仲淹執教，范公全力以赴，自訂規則，教學認眞，辦得十分成功。是知晏殊頗具慧眼，知人善任。後又推薦范氏任館職。此外，由晏殊責范公奏不可獻媚章獻太后，而范公正色抗言以對一事，及魏泰東軒筆錄所載：「晏謂范曰：『吾一女及笄，仗君爲我擇婿。』范曰：『監中有舉子，富皋、張爲善皆有文行，它日皆至卿輔，並可婿也。』晏曰：『然則孰優？』范曰：『富修謹，張疏俊。』晏曰：『唯。』即取富皋爲婿。皋後改名，即丞相鄭國富公弼。」（卷十四）一事，可以看出晏殊與范仲淹的情誼十分深刻，當晏殊理虧時，范仲淹正言以對，晏殊能不慍不火，自覺慚愧。另外一方面，晏殊也很信任范仲淹，擇婿時還與他商量，聽取他的意見。可見他們倆人絕非泛泛之交。而今在范文正公集中，尚可找到一些與晏殊往來的詩文，如遇陳州上晏相公詩、依韻奉酬晏尚書見示律詩、又用前韻謝晏尚書以近著示及、上資政殿晏侍郎書等等。

（二）歐陽修

晏公神道碑：「知天聖八年禮部貢舉。」〔註20〕夏氏二晏年譜天聖八年條載：「正月，知禮部貢舉，舉歐陽修第一。」歐陽修參加禮

〔註20〕同註3。

部貢舉時，主考官是翰林學士晏殊，得第一名，授祕書省校書郎。慶曆三年，晏殊為相兼樞密使，仁宗重用范仲淹、杜衍、富弼、韓琦諸人，歐陽修也調回京師任諫官。龍州別志上載：「許公免相，晏元獻為政。富鄭公自西都留守入參知政事，深疾許公，乞多置諫官，以廣主聽。上方嚮之，而晏公深為之助。乃用歐陽修、余靖、蔡襄、孫沔等並為諫官。」〔註21〕晏殊與歐陽修同朝任官。今歐陽修全集中可發現有不少與晏殊往來和唱之作，如：

> 晏太尉西園賀雪歌（慶曆元年）、寄謝晏相公（明道二年）和晏尚書夏日偶至郊亭（景祐元年）、和晏尚書自嘲（景祐元年）和晏尚書對雪招飲（慶曆元年）、與晏元獻公書（慶曆七年及皇祐七年各一）

並有一則跋晏元獻公書，其中有一句是「公為人真率，其詞翰亦如其性，是可佳也。」知歐陽修對晏殊頗推崇。至和二年，晏殊卒，仁宗命歐陽修為他撰神道碑銘，翔實、確切地記載晏殊的一生。今存歐陽修全集中，尚有三首晏元獻公挽辭：

> 物襟懷曠，推賢品藻精。謀猷存二府，臺閣徧諸生，帝念宮臣舊，恩隆衰服榮。春風綠野迥，千兩送銘旌。

> 四鎮名藩忽十春，歸來白首兩朝臣，上心方喜親耆德，物論猶期秉國鈞。退食圖書盈一室，開罇談笑列嘉賓。昔人風采今人少，慟哭何由贖以身。

> 富貴優游五十年，泉終明哲保身全。一時聞望朝廷重，餘事文章海外傳。舊館池臺閒水石，悲笳風日慘山川，解官制服門生禮，慚負君恩隔九泉。（居士外傳卷六律詩）

（三）宋　祁

胡仔苕溪漁隱叢話引無為子西清詩話云：「二宋俱為晏元獻殊門下士，兄弟雖甚貴顯，為文必手抄寄公，懇求雕潤。」（卷二十六）二宋即宋祁與其兄宋郊，皆為晏殊門下士。吳曾能改齋漫錄載宋祁曾

以「白雪久殘梁複道，黃頭閒守漢樓船」詩句，向晏殊請求指正（卷十二）。邵博邵氏聞見後錄亦載：「宋景文（按：景文為祁字）問晏元獻劉夢得『讓西春水縠紋生』，生字當作何義？元獻云：作生于縠紋意不合，當作生熟之生。景文歎服以為妙語。」（卷十七）晏殊不僅身任顯官，且文章亦著稱天下，以二宋之文才，並且向他討教，可知其時頗受肯定。此外陸游老學庵筆記載：「李虛己侍郎，字公受，少從江南先達學作詩，後與曾致堯倡酬。曾每曰：公受之詩雖工，恨啞耳；虛己初未悟，久乃造入，以其法授晏元獻，元獻以授二宋，自是遂不傳。」（卷五）二宋詩格律之佳，可說是得自晏殊的教導。此外，宋祁有出麾小集，頗受晏殊重視，曾為他寫敘。由以上這些記載，可知晏殊與宋祁頗有交情。

（四）梅堯臣

晏殊與梅堯臣相交甚篤，時常互相唱和，討論詩詞，魏慶之詩人玉屑五仄體條引西清詩話：「晏元獻守汝陰（即潁州），梅聖俞往見之。將行，公置酒潁河上，因言古人章句中全用平聲，製字穩帖，如『枯桑知天風』是也。恨未見側字詩。聖俞既引舟，遂作五側體寄公云云。」（卷二）此乃晏殊與梅堯臣論詩。梅聖俞宛陵集載和晏詩敘云：「以近詩贄尚書晏相公，忽有酬贈之什。稱之甚過，不敢輒有所敘，僅依韻綴前日坐末教誨之言以和。」（卷二十八）可知他倆常酬答唱和。梅氏與晏殊唱和往來之作甚多，如：謝晏相公、依韻和晏相公、途中寄上晏相公二十韻、得許昌晏相公書、九日擷芳園會呈晏相公……等等。其中，途中寄上晏相公二十韻一首是初謁晏殊時所寫，詩中敘述兩人互相傾慕之情。晏殊卒時，梅堯臣嘗作聞臨淄公薨一首長詩，哀悼他，淒切悲傷之情流露無遺。〔註22〕

（五）王　琪

歐陽修歸田錄記：「晏元獻公以文章名譽，少年居富貴，性豪俊，

〔註22〕內容詳見《宛陵集》卷四十四。

所至延賓客，一時名士多出其門。罷樞密副使爲南京留守時，年三十
八。幕下王琪、張亢最爲上客。亢體肥大，琪目爲牛；琪瘦骨立，亢
目爲猴，二人以此自相譏誚。琪嘗嘲亢曰：『張亢觸墻成八字。』亢
應聲曰：『王琪望月叫三聲。』一坐爲之大笑。」（卷上）是知王琪、
張亢二人十分幽默，互相調侃，製造不少笑語。晏殊與之交遊，想必
頗爲愉快。晏殊之初知王琪，據吳曾能改齋漫錄載：「晏元獻公赴杭
州，道過維揚，憩大明寺，瞑目徐行，使侍史誦壁間詩板，戒勿言爵
里姓名，終篇者無幾。又使別誦一詩云云，徐問之，江都尉王琪詩也。
召至同飯，又同步游池上。時春晚，已有落花，晏云：每得句書牆壁
間，或彌年未嘗強對。且如『無可奈何花落去』，至今未能也。王應
聲曰：『似曾相識燕歸來。』自此辟置，又薦館職，遂躋侍從矣。」
（卷十一）但據宋史三一一王琪傳，王琪是仁宗時，由於上書而除館
臣，非因晏殊拔擢。仁宗本紀亦載晏殊在仁宋初至天聖五年，皆官京
師，並無杭揚之行。〔註23〕較可靠的記載應是續資治通鑑長編一○
五、天聖五年二月：「己亥，以大理評事，館閣校勘王琪簽書南京留
守判官事。館閣校勘無出外者，琪爲晏殊所辟，特許之。」及葉夢得
石林詩話：「晏元獻公留守南郡，王君玉時已爲館閣校勘，公特請於
朝，以爲府簽判，朝廷不得已，使帶館職從公。外官帶館職自君玉始。」
（卷上）詩話中並記王琪與晏殊賓主相得，日以賦詩飲酒爲樂，佳時
勝日，未嘗輒廢。曾經有一次中秋夜陰晦，晏殊已就寢了，王琪曰：
「只在浮雲最深處，試憑絃管一吹開」晏殊聽了竟大喜，立即索衣而
起，復召客治具大合樂，至夜分果月出，遂樂飲達旦（見於卷上）。
其生活之雅致悠然由此可知，難怪葉夢得云：「前輩風流固不凡，然
幕府有佳客，風月亦自如人意也。」〔註24〕今所見胡亦堂輯元獻遺文
中有和王校勘中夏東園〔註25〕五言古詩一首。勞格補輯之遺文中有假

〔註23〕此事夏承燾於《二晏年譜》天聖五年條辨詳，可參之。
〔註24〕事見葉夢得《石林詩話》。
〔註25〕詩見《宋文鑑》卷十五。

中示判官張寺丞、王校勘〔註26〕及次韻和王校勘中秋月等作。

　　除以上所述諸人之外，尚有張先、韓維，亦與晏殊有詩詞唱和之作。五朝名臣言行錄載張子野曾爲珠玉集作序，惜今已亡佚。仁宗皇祐二年，晏殊知永興軍時，曾辟子野爲通判。今於子野詞中尚可見與晏殊有關之作，如《玉聯轊》之「送臨淄相公」，《木蘭花》之「晏觀文畫堂席上」、《碧牡丹》之「晏同叔出姬」等等。

　　韓維字持國，曾是晏殊門下，常陪從晏殊宴遊，於南陽集中可見其和晏之詩作如：和晏相公湖上遇雨，和晏相公湖上四首、和晏相公湖上十月九日等等。

二、晏幾道之交遊

　　幾道由於個性比較耿介、剛直，故交遊並不如其父之廣闊，而且文獻資料上對晏幾道生平事蹟的記載又不多見，所以今僅能略述數位可考者：

（一）黃庭堅

　　黃山谷爲晏幾道小山詞作序，今多數版本的小山詞皆錄有此序，亦收於山谷的豫章先生文集中。兩人年齡相仿，序中山谷描繪幾道的個性、爲人，栩栩如生，由他論幾道之四癡，可知山谷對小山應有相當程度的了解。此外，於山谷外集卷七有「次韻答叔原會寂照房呈雅川」、「同王雅川晏叔原飯寂照房」、「次韻叔原會寂照房」等詩，據鄭騫先生考證的結果，在神宗元豐二、三年，兩年之中，晏幾道在開封與黃山谷、王雅川諸人同游唱和，〔註27〕因此幾道與山谷應確實有過一段交情。

（二）鄭　俠

　　趙令時侯鯖錄載，熙寧中，鄭俠因上書而下獄，並追查平日與鄭俠交往者，晏幾道亦爲其中之一，並搜得幾道寫給鄭俠的詩，此詩裕

〔註26〕詩見《宋文鑑》卷二十四。
〔註27〕同註15。

陵頗為讚賞，終將幾道釋出。由這件事可知兩人交情不淺，平時必常往還唱和。鄭俠因念及百姓疾苦，而不惜犧牲祿位、生命，毅然繪流民圖上書，足見鄭俠也是一位正直、耿介不阿的人，與叔原個性相似，兩人的交往必是志同道合，筆者以為雖然叔原被牽連下獄，應也是無怨無悔吧！

（三）沈廉叔、陳君龍

晏幾道於其小山詞自跋中提及沈、陳二人之名，並談到他們在一起飲酒作樂，填詞唱歌的情形：「始時沈十二廉叔，陳十君龍，家有蓮、鴻、蘋、雲，品清謳娛客。每得一解，即以草授諸兒，吾三人持酒聽之，為一笑樂。」又云：「已而君龍疾廢臥家，廉叔下世，昔之狂篇醉句，遂與兩家歌兒酒使，俱流轉於人間……追惟往昔，過從飲酒之人，或壠木已長，或病不偶，考其篇中所記悲歡離合之事，如幻如電，如昨夢前塵，但能掩卷憮然，感光陰之易遷，歎境緣之無實也。」幾道感慨昔日在一起娛樂的友人，或病或亡，往事不堪回首，想必幾道與沈、陳二人曾經共同渡過一段美好的時光，而小山詞之流傳後世，亦緣兩家之歌兒酒使傳下來。

（四）蒲傳正

趙與峕賓退錄載：「詩眼云晏叔原見蒲傳正云：先公平日小詞雖多，未嘗作婦人語。傳正曰：『緣楊芳草長亭路，年少拋人容易去。』豈非婦人語？晏曰：『公謂年少為何語？』傳正曰：『豈不謂其所歡乎？』晏曰：『因公之言，遂曉樂天詩兩句云："欲留年少待富貴，富貴不來，年少去"。』傳正笑而悟。」（卷一）蒲傳正與叔原兩人的往來，僅見於此，其他的不得而知。

晏幾道個性孤高、耿介，交遊雖不多，但亦不可能僅有以上數人，惜文獻未載，難以查考。

第三章　珠玉小山詞之版本

第一節　珠玉詞之版本

　　宋史晏殊本傳云其：「文集二百四十卷，及刪次梁、陳以後名臣述作爲集選一百卷」。晏殊一生好學不倦，神道碑云：「自少篤學，至其病亟，猶手不釋卷。」〔註1〕晏殊詩文作品甚多，尤其雅好長短句，有詞集珠玉集一卷，其他作品尚有臨川集、紫薇集、二府集、二州集等，〔註2〕惟多散佚。今但存元獻遺文一卷及珠玉詞約一百三十闋，晏殊在中國文學史上的地位，即奠定在珠玉詞上，茲先介紹其版本。晏殊珠玉詞的版本，據叢書子目類編〔註3〕及一些書目所載，約有下列幾種：

1. 許氏鑑止水齋藏明鈔本。
2. 唐宋名賢百家詞本。
3. 也是園藏本。
4. 汲古閣刊本。
5. 四庫全書本。

〔註1〕詳見《歐陽文忠公集》卷二十二〈晏元獻公神道碑〉。
〔註2〕據曾鞏《隆平集》載。
〔註3〕見《叢書子目類編集部・詞曲類》。

6. 晏氏家刻本。

7. 林大椿校本。

8. 陸勅先校本。（皕宋樓藏書）

9. 天一閣藏鈔本。（雙鑑樓藏書）

10. 元獻遺文附詞二十九首。

11. 全宋詞·珠玉詞（唐圭璋編）

珠玉詞之版本甚多，但因偏處海隅，覓書不易，所見不多，今常見者僅明·吳訥唐宋元明百家詞、明毛晉汲古閣宋六十名家詞本、清四庫全書本、晏端書家刻本、清胡亦堂輯、勞格補輯本元獻遺文附詞二十九首及全宋詞中的珠玉詞等幾種。

一、所見版本簡介

（一）毛晉汲古閣宋六十名家詞本

汲古閣本為明毛晉所刻，四庫全書著錄之珠玉詞即此本，四庫提要云：

> 馬端臨經籍考載殊詞有珠玉集一卷，此本為毛晉所刻，與端臨所記合，蓋猶舊本。名臣錄亦稱殊詞名珠玉集，張子野為之序。子野，張先字也。今卷首無先序，蓋傳寫佚之矣……。〔註4〕

毛晉為明代刻書之名家，所刻之書甚多，如十三經注疏、十七史、津逮秘書、唐宋元人別集，以至道藏、詞曲，無不重行雕版，世稱毛刻。然毛氏刻本校勘並不精，實為憾事，孫從添藏書紀要云：「毛氏汲古閣十三經、十七史，校對草率，錯誤甚多。」「毛氏所刻甚繁，好者僅數種。」陳鱣元大德本後漢書跋云：「蕘圃嘗曰：汲古閣刻書富矣。每見所藏底本極精，曾不校，反多臆改，殊為恨事。」

毛氏汲古閣宋六十名家詞，編於明末，除原刻之外，尚有光緒時錢塘汪氏覆刻本、四庫備要本……等，雖頗通行，然由於原刻校勘

〔註 4〕見《四庫全書》書前提要集部、詞曲類一·珠玉詞。

不精，翻印諸本因襲之，以訛傳訛，不算是善本，但此本珠玉詞可說是流傳最廣的，共收晏殊珠玉詞一百三十一首，置於六十名家詞之第一卷，卷首有張先之序，惜因傳寫久遠，已經亡佚了。〔註5〕毛氏曾對集中有問題之詞加以考訂，例如，於《蝶戀花》下云：

> 舊七首，考「玉椀冰寒銷暑氣」是子瞻作，「梨葉疏紅蟬韻歇」是永叔作，今刪去。又末二首向另刻鵲踏枝，考是一調，今併入仍七首。

於《清商怨》下云：

> 何誤入歐集，按詩話「或問元獻公雁過南雲」云云，確是公作，今增作。

另有幾首有標題，如《山亭柳》下標有「贈歌者」，《瑞鷓鴣》下標有「詠紅梅」小題。卷末並附有毛晉所書之晏殊小傳，共計一百八十三字，亦是一項可參考之資料。

（二）吳訥百家詞本

是書題名不一，原鈔本曰唐宋名賢百家詞集，詞綜發凡曰宋元百家詞，善本書室藏書志曰四朝名賢詞，千頃堂書目亦作四朝名賢詞。此書於明英宗正統年間（西元 1436～1449 年）編輯，遠在毛晉汲古閣所刻宋六十名家詞前二百年。惜流傳不廣，知道者不多。朱彝尊詞綜發凡云：「常熟吳氏訥彙有宋元百家詞，鈔傳絕少，未見全書。」朱氏生當清初，知交偏南北，海內藏書名家多有其蹤跡，博訪勤求，尚未獲見全書，則流傳之罕可見。〔註6〕造成流傳不廣之因，或許是因此本有瑕疵，如林堅之百家詞序例所云：

> 原鈔既出自傳寫，則殘缺脫漏，自意中事，有因篇幅脫落致前後訛併為一者，有因蛀損模糊，致行款莫辨而訛接他首者。其出自歷次寫生之筆誤尤為繁，推原其故，厥有二因，或以南北方言之差異，口述手鈔，致成同音異字之訛，或以

〔註5〕同上。
〔註6〕參見林堅之〈唐宋元明百家詞序例〉（附於吳本百家詞書前）。

字體形似，輾轉遞訛，又復不載頁數，篇幅錯亂。〔註7〕
是知吳氏在輯書時，無一定體例，傳鈔錯誤甚多。林堅之序例亦提及，
他嘗校勘整理，並定名唐宋元明百家詞，在民國二十五年交上海某書
店排印。今所用本子爲民國六十年臺北廣文書局影印本。

此書收珠玉詞一卷，共一百三十六首，置於張子野詞後面，歐陽
修六一詞之前。詞集中並未對作者有問題的詞，作考訂工作，這或許
是吳訥較不重視校勘之故吧！此書前列有百家詞詞人小傳，概略介紹
詞家之生平，籍貫、仕宦，有助於對詞人作品之了解，其對晏殊之簡
介如下：

> （宋）撫州臨川人，字同叔，七歲能文，景德初以神童荐。
> 眞宗召進與進士千餘人並試廷中，殊神氣不懾，援筆立成，
> 賜同進士出身，仁宗時累官同中書門下平章事，兼樞密使，
> 以觀文殿大學士知永興軍，從河南府，遷兵部，以疾請歸
> 京師訪醫藥，即平復，求出守，特留侍經筵，儀從如宰相，
> 正和二年卒，年六十五。諡元獻。殊平居好賢，范沖淹、
> 歐陽修，皆出其門，性剛簡，奉養清儉，文章贍麗，應用
> 不窮，工詩詞，閒雅有情思，晚歲篤學不倦，著有文集二
> 百四十卷。〔註8〕

前已提及毛本無張先之序，吳本亦無，可能是因傳寫遺漏而佚。

（三）晏端書家刻本

晏端書是清咸豐時人，作過河督，乃晏殊之後裔。他在揚州刊印
珠玉詞一卷，題爲「珠玉詞鈔」，分珠玉詞鈔一卷、珠玉詞補鈔一卷，
共兩卷，一百三十七首。於其序、跋中可知，他先自欽定歷代詩餘輯
錄出百首，後來又見到毛本（或四庫本），去其重複，合併而成此書。
晏氏本可說是歷代詩餘與毛本之合體，其次序與吳本、毛本均不同，
且所收詞也較毛本、吳本多出六首，此六首應是從歷代詩餘抄錄出來

〔註7〕同上。
〔註8〕由吳訥此段晏殊之簡介資料看來，可知他是取材於《宋史》本傳，
　　　　並參考《隆平集》、《青箱雜記》……等相關史料彙集而成。

的：如《如夢令》、《玉樓春》、《破陣子》（按：晏本作《十拍子》）、《玉樓人》各一首、《憶人人》二首。根據鄭騫先生的考證：〔註9〕只有《玉樓春》確是晏殊的作品，有趙與峕賓退錄所載晏小山和蒲傳正問答之語可證。〔註10〕《如夢令》見於草堂詩餘，《破陣子》見於唐宋諸賢絕妙詞選，都是宋人選本，較爲可信。《玉樓人》和《憶人人》等三首較不可信，此三首見於黃大輿所編梅苑，原無作者名，因爲在各詞前面的一首正好都是晏殊詞，於是輯歷代詩餘者認爲也是晏殊詞；事實上，梅苑中有很多是無名氏的詞，與其前一首的作者並無關係。

晏氏本珠玉詞一百首是晏端書從歷代詩餘中摘錄出來的，〔註11〕珠玉詞補鈔三十七首是晏氏於清道光二十七年孟秋典郡吳興簿領，欲將珠玉詞鈔付梓前，有機會見到文淵閣四庫全書本珠玉詞後，發現四庫本比他自己所摘錄的多三十七首，因此將這三十七首置於補鈔中，自成一卷。〔註12〕

此本書前附有自序及欽定四庫全書總目提要珠玉詞簡介和宋史晏殊本傳。書後有晏端書於咸豐二年八月的跋文。

（四）四庫全書本

四庫全書集部十·詞曲類一，收珠玉詞一卷，乃以毛本爲底本，爲江蘇巡撫所採進，與毛本同，茲不贅述。

（五）清胡亦堂輯元獻遺文中之詞作

晏殊詩詞文章作品甚多，可惜其集皆已亡佚不傳，至清慈谿胡亦堂乃爲之選輯一卷。亦堂字二齋，順治舉人，曾官臨川知縣，著有臨

〔註9〕 詳見鄭騫〈珠玉詞版本考〉一文。

〔註10〕 《賓退錄》載：「晏叔原見蒲傳正云：先公平日小詞雖多，未嘗作婦人語。傳正曰：綠楊芳草長亭路，年少拋人容易去，豈非婦人語乎？晏曰：公謂年少爲何語？傳正曰：豈不謂其所歡乎？晏曰：因公之言，遂曉樂天詩兩句云：欲留年少待富貴，富貴不來，年少去。傳正笑而悟。」

〔註11〕 於各選本中，沈辰垣、王奕清等奉敕編修的《歷代詩餘》所收晏殊詞最多，一百首左右。

〔註12〕 詳見〈珠玉詞鈔晏端書跋〉，附於《珠玉小山詞合鈔》書後。

川文獻等。選輯元獻之作計有：箚子、狀、記、銘、書、五言古詩、七言律詩、詩餘等等。是書於清修四庫全書時，爲江西巡撫採進，遂得著錄，提要云：

> ……此本爲國朝康熙中慈谿胡亦堂所輯，僅文六篇，詩六首，餘皆詩餘。殊當北宋盛時，日與諸名士文酒唱和，其零章斷什往往散見諸書，如復齋漫錄、古今歲時雜詠、侯鯖錄、西清詩話所載諸詩，此本皆未收入，未爲完備。然殊在北宋，號曰能文；雖二宋之作，亦資其點定。如能改齋漫錄所記「白雪久殘梁複道，黃頭閒守漢樓船」者，其推重可以想見。原集既已無存，則此裒輯之編，僅存什一於千百者，亦不能不錄備一家矣。〔註13〕

繼胡氏之後，清仁和勞格（字季言），自玉海、瀛奎律髓、宋文鑑、歲時雜詠、侯鯖錄、西清詩話、青箱雜記……及諸文集序中補輯出晏殊之作品，共較胡氏所輯增加了文十二篇，詩一百三十餘首，及單詞斷文十餘件。

今余所見的胡亦堂、勞格所輯之元獻遺文爲李氏宜秋館印宋人甲乙丙丁集中的本子，收有晏殊詞作二十九首，並附晏幾道（叔原）詞二十二首。

（六）唐圭璋編全宋詞・珠玉詞

全宋詞卷二十六收晏殊詞一百三十六首，乃以陸貽典、黃儀、毛扆等校汲古閣本宋六十名家詞中之珠玉詞爲底本，並參考其他選集中題作晏殊作的詞，毛本刪去或別見他人集中之詞，大多收入，並加注說明。另以吳訥唐宋名賢百家詞本及南京圖書館藏明鈔本珠玉詞校改訛字。卷末並附失調名者一，《存目詞》二十二，列表說明某些書題作晏殊詞，但編輯時認爲係他人之詞，非晏殊之作，而刪除的諸詞調名、首句、出處、附注，共有二十二首。另有《附錄詞》係將存目詞中非宋人所著之詞，附錄全詞，以備參考，共有《阮郎歸》「南園春

〔註13〕見《四庫全書》書前提要・集部三別集類二・元獻遺文。

半踏青時」、「六曲闌干偎碧樹」、《醉桃源》「東風吹水日銜山」、《望江梅》「閒夢遠」等四首，而存目詞中其他宋人之作，因皆收錄於此本全宋詞中，可翻檢得到，故不必錄出全詞。

二、吳本與毛本晏本之比較

　　吳訥百家詞本珠玉詞、毛晉汲古閣本珠玉詞與晏端書家刻本珠玉詞的目錄次序不同，所收之詞亦有些出入，茲列舉三本之目次比對之，並試加說明：

《吳本》	《毛本》	《晏本》
謁金門	點絳唇一	如夢令一
破陣子四	浣溪沙十二	浣溪沙五
浣溪沙十三	清商怨一	清商怨一
更漏子四	菩薩蠻四	訴衷情三
鵲踏枝二	訴衷情七	更漏子二
點絳唇	採桑子七	望仙門三
鳳啣杯三	酒泉子二	清平樂三
清平樂五	望仙門三	更漏子又一體二
紅窗聽二	謁金門一	喜遷鶯二
採桑子七	清平樂五	喜遷鶯又一體二
喜遷鶯五	更漏子四	相思兒令一
撼庭秋	相思兒令二	秋蕊香二
少年遊四	喜遷鶯三	胡搗練一
酒泉子二	撼庭秋一	撼庭秋一
木蘭花十	胡搗練一	滴滴金一
迎春樂	秋蕊香二	望歡月一
訴衷情八	滴滴金一	少年遊二
胡搗練	燕歸梁二	少年遊又一體二
殢人嬌三	望漢月一	燕歸梁二
踏莎行五	少年遊四	雨中花一

漁家傲十四	雨中花一	紅窗聽二
雨中花	迎春樂一	迎春樂一
瑞鷓鴣二	紅窗聽二	睿思新二
阮郎歸	睿思新二	玉樓人一
望仙門三	玉樓春十	憶人人二
長生樂二	鳳啣盃三	玉樓春九
蝶戀花七	踏莎行五	鳳銜盃一
拂霓裳三	臨江仙一	鳳銜盃又一體二
菩薩鬘四	蝶戀花七	踏莎行五
秋蕊香二	玉堂春三	蝶戀花六
相思兒令二	漁家傲十三	玉堂春三
滴滴金	破陣子四	十拍子五
小亭柳	瑞鷓鴣二	漁家傲十三
睿思新二	殢人嬌三	瑞鷓鴣二
玉堂春三	連理枝二	殢人嬌三
臨江仙	長生樂二	小桃紅二
燕歸梁二	山亭柳一	長生樂一
望漢月	拂霓裳三	拂霓裳二
連理枝二		

《珠玉詞補鈔》：點絳脣一、浣溪沙七、菩薩鬘四、訴衷情四、採桑子七、謁金門一、清平樂二、更漏子二、相思兒令一、喜遷鶯一、玉樓春二、臨江仙一、蝶戀花一、長生樂一、山亭柳、拂霓裳一

由以上所列之目次，可看出三本之異，就排列順序而言，晏本於珠玉詞鈔目錄末云：「右三十八調，自三十三字至八十二字，共詞一百首」，於珠玉詞補鈔目錄末云 ：「右十六調，自四十一字至八十二字，共詞三十七首」，可知它是依字數多寡爲排列依據，字數少者在前，多者在後。其他兩版本則未明言。就數目而言，吳本共收珠玉詞一百三十六首，毛本共收一百三十一首，晏本（含補鈔）共收一百三十七首。檢閱其內容則發現以下幾點現象：

（一）毛本與晏本均有《清商怨》「關河愁思望處滿」一首，毛氏於此調下注云：「向誤入歐集，按詩話『或問元獻公雁過南雲』云云，確是公作，今增入。」故毛氏將此首《清商怨》列入珠玉詞，晏本亦列有此詞，吳本則無此首。

（二）吳本比毛本、晏本多《浣溪沙》「青杏園林煮酒香」一首，毛本於此調下注云：「舊刻十三闋，考『青杏園林煮酒香』是永叔作，今刪去。」、《訴衷情》「海棠珠綴一重重」一首（毛本注云：「舊刻八首，考『海棠珠綴一重重』是子瞻作，今刪。」）、《漁家傲》「粉筆丹青描未得」一首（毛本注云：「舊刻十四首，考『粉筆丹青描未得』是六一詞，刪去。」）、《阮郎歸》「南園春早踏青時」一首（毛氏將此詞列入歐陽修六一詞，並注云：「或刻晏同叔」）

（三）《蝶戀花》三本均是七首，然其中有二首不同，毛本、晏本皆是「檻菊愁煙蘭泣露」、「紫府群仙名籍秘」，吳本是「玉椀冰寒銷暑氣」、「梨葉疏紅蟬韻歇」。毛本於《蝶戀花》題下云：「舊七首，考『玉椀冰寒銷暑氣』是子瞻作，『梨葉疏紅蟬韻歇』是永叔作，今刪去。又末二首向另刻《鵲踏枝》，考是一調，今併入，仍七首。」毛氏刪去的兩首，在吳本是題為《蝶戀花》而所謂的末二首，即「檻菊愁煙蘭泣露」、「紫府群仙名籍秘」，在吳本是題為《鵲踏枝》。

（四）吳本《木蘭花》十首即毛本、晏本的《玉樓春》十首，但晏本的《玉樓春》較兩本多出「綠楊芳草長亭路」一首。

（五）吳本、毛本的《酒泉子》二首即晏本的《更漏子》中的「三月暖風」、「春色初來」二首。

（六）吳本、毛本的《連理枝》二首即晏本的《小桃紅》二首。

（七）吳本、毛本的《破陣子》即晏本的《十拍子》，但晏本多「燕子來時新社」一首。

（八）晏本的《如夢令》「樓外殘陽紅」、《玉樓人》「去年尋處曾持酒」、

《憶人人》「密傳春信」、「前村滿雪」等四首，吳、毛兩本皆無。

（九）入晏刻珠玉詞補鈔的是以下諸詞：（共三十七首）

《點絳脣》「露下風高」。

《浣溪沙》「閬苑瑤臺風露秋」、「三月和風滿上林」、「淡淡梳妝薄薄衣」「綠葉紅花媚曉煙」、「湖上西風急暮蟬」、「一向年光有限身」「玉椀冰寒滴露華」。

《菩薩蠻》「芳蓮九蕊開新豔」、「秋花最是黃葵好」、「人人盡道黃葵淡」「高梧葉下秋光晚」。

《訴衷情》「數枝金菊對芙蓉」、「露蓮雙臉遠山眉」、「秋風吹綻北池蓮」「世間榮貴月中人」。

《採桑子》「春風不負東君信」、「紅英一樹春來早」、「陽和二月芳菲徧」「櫻桃謝了梨花發」、「古羅衣上金鍼樣」、「時光只解催人老」「林間摘徧雙雙葉」。

《謁金門》「秋露墜滴盡楚蘭紅淚」。

《清平樂》「春花秋草只是催人老」、「秋光向晚小閣初開讌」。

《更漏子》「塞鴻高」、「菊花殘」。

《相思兒令》「春色漸芳菲也」。

《喜遷鶯》「花不盡」《玉樓春》「燕鴻過後」、「杏梁歸燕」、《臨江仙》、「資善堂中三十載」。

《蝶戀花》「六曲闌干倚碧樹」《長生樂》「閬苑神仙平地見。

《山亭柳》「家住西秦」

《拂霓裳》「慶生辰」。

三、元獻遺文輯存詞探討

四庫全書本的元獻遺文，所收晏殊詞作共五十一首，但據鄭騫先生於珠玉詞版本考 [註14] 一文中言胡亦堂、勞格補輯元獻遺文附有詞

〔註14〕同註9。

二十餘首，此外唐圭璋宋詞版本考一文〔註15〕則言附有珠玉詞二十九首，而丁丙善本書室藏書志云：「慈谿胡亦堂二齋選輯元獻遺文詩與文僅各六篇，餘則詞三十餘闋……」（卷上）。說法分歧，尤其是四庫全書本所收之數目與其他本相差甚多，倍感納悶，於是再以李氏宜秋館印之宋人集乙編—元獻遺文，加以核對，結果發現此本所收「詩餘」前二十九首爲晏殊作品，而在第二十九首之末標有「晏叔原詞附」等字，表示以下之詞爲晏幾道的作品，共有二十二首。至此方明白四庫本之元獻遺文晏殊「詩餘」作品的部份，無「晏叔原詞附」等字之標示，而將二人作品一併編排，以致令人莫辨，此誠四庫全書編纂之失也。另外，李氏宜秋館印之元獻遺文尚附有一篇胡亦堂原序，胡氏云：「……繼公起者，以公第七子叔原所爲詞附於集後，以俟後之人并及焉」，而四庫本亦未列此序，因此更不易察覺其編排之誤。茲列李氏宜秋館印元獻遺文所附晏殊詞之目：

　　浣溪沙「閬苑瑤臺風露秋」。
　　又　　　「三月和風滿上林」。
　　又　　　「青杏園林煮酒香」（毛刻無，毛晉注云此闋是永叔之作，
　　　　　　　　故刪去）
　　又　　　「一曲新詞酒一杯」（毛晉注云向誤入南唐二主詞）
　　又　　　「宿酒纔醒厭玉卮」。
　　又　　　「已是年光有限身」。
　　更漏子「寒雁高濃露滴」。
　　鵲踏枝「檻菊愁煙蘭泣露」。
　　鳳銜盃「留花不住怨花飛」。
　　清平樂「春花秋草只是催人老」。
　　又　　　「秋光向晚小閣初開讌」。
　　又　　　「春來秋去往事知何處」。
　　紅窗聽「記得香閨臨別語」。
　　撼庭秋「別來音信千里」。

〔註15〕唐氏此文收於其《詞學論叢》一書之中，頁121。

少年遊「芙蓉花發去年枝」。

木蘭花「東風昨夜回梁苑」。

又　　「池塘水綠風微暖」。

又　　「朱簾半下香銷印」。

殢人嬌「二月春風正是楊花滿路」。踏莎行「細草煙愁」。

又　　「祖席離歌」。

又　　「碧海無波」。

又　　「小徑紅稀」。

漁家傲「宿蕊攢攢金粉鬧」。

又　　「越女採蓮江北岸」。

玉樓春「綠楊芳草長亭路」(毛刻無)

阮郎歸「南園春半踏青時」(毛刻無，別見六一詞內)

蝶戀花「簾幙風輕雙語燕」。

又　　「六曲欄干偎碧樹」。

上列共十餘調，詞二十九首，僅晏殊詞作之一部份，其中《玉樓春》「綠楊芳草長亭路」一首，毛本、吳本均未著錄，但此闋應是晏殊之作，由小山與蒲傳正語可知。〔註16〕此本尚標出其他毛本未收之詞，如《阮郎歸》「南園春半踏青時」、《浣溪沙》「青杏園林煮酒香」等。另外在詞的內容方面也與毛本校勘，作了文字的考訂，不同之處註明「毛刻作……」字樣。

第二節　小山詞之版本

黃庭堅小山詞序言：「文章翰墨，自立規摹」是知晏幾道亦善為文，然今存者僅其詞集而已，其他著作罕有傳世，此可能與他「論文自有體，不肯作一新進士語」（黃庭堅序）的為文態度有關。

彊村叢書本小山詞卷首有黃庭堅所寫之序，〔註17〕毛氏汲古閣本

〔註16〕見註10。

〔註17〕此序《豫章黃先生文集》卷十六及馬端臨《文獻通考》卷二四六均有收錄。

此序已佚。此外，毛本小山詞末有跋一篇，彊村叢書本置於卷首，題曰小山詞序，皆未題作者之名，四庫全書總目提要云：「馬端臨文獻通考載小山詞一卷，並錄黃庭堅序，此本佚去，惟存無名氏跋後一篇。」以爲是無名氏作。李調元雨村詞話則根據原文中的一段，判斷應是晏幾道自序：「始時沈十二廉叔，陳十君龍，家有蓮、鴻、蘋、雲，品清謳娛客，每得一解，即以草授諸兒，吾三人持酒聽之，爲一笑樂。」其言「三人」，可見是幾道自作。綜上，此篇應是作者晏幾道自跋，其所以無作者姓氏，可能是傳寫佚失，或就因是自跋，故未題名。

晏幾道小山詞原名稱樂府補亡，原跋首二句云：「補亡一編，補樂府之亡也。」四庫提要云：「據其所云似幾道詞本名補亡，以爲補樂府之亡，單文孤證，未敢遽改。」李調元雨村詞話有小山樂府補亡一條，宋胡仔苕溪漁隱叢話後集三十三晃無咎條云：

> 苕溪漁隱曰：雪浪齋日記謂：「晏殊原工於小詞，舞低楊柳樓心月，歌盡桃花扇底風，不愧六朝宮掖體。無咎評樂章，乃以爲元獻詞，誤也。元獻詞謂之珠玉集，叔原詞謂之樂府補亡集，此兩句在補亡集中……」

是知小山之詞原名樂府補亡，至尤袤遂初堂書目則稱晏叔原詞，而陳振孫直齋書錄解題就已直接稱小山詞了，其他書目如也是園書目、佳趣堂書目、孝慈堂書目、……皆稱小山詞。

夏氏二晏年譜云幾道小山詞結集於徽宗建中靖國元年（1101）前，然據鄭騫先生的考察，認爲小山詞之結集至少有三次：第一次爲元豐五年，手寫投贈韓維。第二次是元祐初，爲高平公綴輯成編。第三次則是今日通行之本。今本爲晏幾道手定，或後人編錄，無從查考。〔註18〕

小山詞之版本，據叢書子目類編及歷代書目所載，約有下列幾種：

1　許氏鑑止水齋藏明鈔本。
2　趙氏星鳳閣藏明鈔本（後歸八千卷樓）。
3　也是園藏本。

〔註18〕參詳鄭騫〈晏叔原繫年新考〉一文。

4　汲古閣刊本。

5　晏氏家刻本。

6　彊村叢書本。

7　天一閣藏鈔本。

8　陸勑先、毛斧季校本（皕宋樓藏書）。

9　林大椿校本。

10　四庫全書本。

11　元獻遺文附詞。

12　吳訥百家詞本。

13　全宋詞・小山詞。

今常見者僅毛晉汲古閣本、彊村叢書本、晏氏家刻本、吳訥百家詞本、四庫全書本、元獻遺文附詞、全宋詞・小山詞等。

一、所見版本簡介

（一）毛晉汲古閣本

　　此乃毛晉所刻宋六十名家詞之一，共收小山詞二百五十四首，對有問題之詞加以考訂，如《採桑子》「昭華鳳管知名久」一詞又調下注云：「此闋舊刻醜奴兒，另編亦稍有異同，日日作聞道，閒倚作方看，應從作可憐。」《玉樓春》「初心已恨花時晚」一詞又調下注云：「已上舊另刻木蘭花，今考調同併入。」作法與珠玉詞同。卷末附有小山之自跋一篇。

　　毛本之校勘不精，上節已提及，四庫總目提要曾舉一例：〔註19〕

　　　舊本字句往往譌異，如泛清波摘遍一闋，暗惜光陰恨多少句，此於光字上誤增花字，衍作八字句……。

由四庫提要所舉之例及提要云：「馬端臨文獻通考載小山詞一卷，並錄黃庭堅全序，此本佚去，惟存無名氏跋後一篇」情形與毛本小山詞雷同，疑四庫著錄者即毛本。

〔註19〕集部詞曲類一小山詞提要。

（二）彊村叢書本

歸安朱祖謀校輯，收小山詞二百五十六首。卷首有山谷序及自序，卷末附朱氏校記。此本小山詞乃據趙氏星鳳閣藏明鈔本入梓，朱氏以此本校毛刻本，結果斠正八十餘字。

（三）晏氏家刻本

晏端書刻本題「小山詞鈔」爲趙之琛所書。前錄四庫總目提要及黃庭堅序，卷末有晏端書自跋，說明輯錄小山詞的經過：

> 右小山詞鈔一卷，凡一百九十首，從欽定歷代詩餘錄出，具詳前跋。小山詞補鈔一卷，凡六十八首則從四庫全書小山詞錄出，以補所遺。而歷代詩餘中有詞四首：探春令、洞仙歌第二首、滿江紅、眞珠髻，又小山詞所未載也，共得詞二百五十八首。四庫所錄小山詞爲江蘇撫臣採進本，未詳何氏所藏，其中編次似不如汲古閣珠玉詞之精審。今之補鈔仍以字數多寡爲先後，不復循其舊第。提要稱舊有黃庭堅序已佚而不存，今從文獻通考錄出，置之卷首。又無名氏跋一則並佚，亦無從補錄矣。咸豐二年八月裔孫端書謹識。

由以上說明可知晏本刻於咸豐初年，因四庫本未錄小山自跋，故此本亦從缺。其所錄小山詞共達二百五十八首，較毛本（二百五十四首）、彊村本（二百五十五首），蒐羅豐富。

（四）吳訥百家詞本

百家詞本收小山詞二百五十六首，置於柳屯田樂章集之後，東坡詞之前，卷首錄有黃庭堅序及小山自序。吳訥於詞人小傳中，介紹晏幾道如下：

> 晏幾道（宋）臨川人，殊幼子，字叔原，號小山。嘗監潁昌許田鎮。能文，猶長於詞，著有小山詞。

由於宋史中無晏幾道之傳，其他書籍中雖偶有涉及其生平事蹟，然亦瑣碎而不實，故可靠的資料並不多，在此小傳中的介紹僅寥寥數語，

不似晏殊,有宋史本傳可取材,敘述較詳。

（五）其它

除上述各版本之外,尚有唐圭璋所編全宋詞卷三十四收錄晏幾道二百六十首,以朱氏彊村本作底本,參校毛本、吳本及其他選集,有"誤入"或"又見"他人之作的詞,加按語說明,並以各本誤混作晏幾道詞而編輯時刪去之詞,入卷末《存目詞》共二十一首,列表說明諸詞之調名、首句、出處、附注,附錄《上行杯》「落梅著雨消殘粉」一首,係《存目詞》中的非宋人之作,可見唐氏考證之工夫。

另外,清胡亦堂輯元獻遺文中有附存小山詞二十二首,(見 51頁）此將於後詳說。

二、吳本與毛本晏本之比較

各版本所收小山詞之數目不一,其調名、排列次序及所收之調亦頗有異處。今擇吳訥百家詞本、毛晉汲古閣本及晏端書家刻本三種版本,略加比較,茲先列舉各本之目次,再加以說明:

《吳本》	《毛本》	《晏本》
臨江仙八	臨江仙八	生查子六
蝶戀花十五	蝶戀花十五	點絳脣四
鷓鴣天十九	鷓鴣天十九	浣溪沙十二
生查子十三	生查子十三	清商怨一
南鄉子七	南鄉子七	愁倚闌令一
清平樂十八	清平樂十八	減字木蘭花二
木蘭花八	玉樓春二十一	菩薩蠻六
減字木蘭花三	減字木蘭花三	采桑子八
泛清波摘遍	洞仙歌一	訴衷情三
洞仙歌	菩薩蠻九	憶悶令一
菩薩蠻九	阮郎歸五	清平樂八
玉樓春十三	浣溪沙二十	更漏子四

阮郎歸五	六么令三	阮郎歸五
歸田樂	更漏子六	喜遷鶯一
浣溪沙二十一	御街行二	望仙樓一
六么令三	浪淘沙四	秋蕊香二
更漏子六	訴衷情八	武陵春二
河滿子二	碧牡丹一	慶春時二
于飛樂	望仙樓一	喜團圓一
愁倚蘭令三	行香子一	鳳孤飛一
御街行二	點絳唇五	西江月二
浪淘沙四	少年遊五	留春令三
醜奴兒二	虞美人九	涼州令一
訴衷情八	采桑子二十六	少年遊二
破陣子	踏莎行四	思遠人一
好女兒二	留春令三	探春令一
點絳唇五	清商怨一	少年遊又一體三
兩同心	長相思一	浪淘沙四
少年遊五	醉落魄四	鷓鴣天十八
虞美人九	西江月二	虞美人八
采桑子二十五	武陵春三	玉樓春十九
踏莎行四	解佩令一	南鄉子四
滿庭芳	泛清波摘遍一	一斛珠四
留春令三	歸田樂一	臨江仙七
風入松二	河滿子二	踏莎行四
清商怨	于飛樂一	蝶戀花十三
秋蕊香二	愁倚欄令三	十拍子一
思遠人	破陣子一	臨江仙又一體一
碧牡丹	好女兒二	好女兒二
長相思	兩同心一	行香子一
醉落魄四	滿庭芳一	解佩令一
望僊樓	風入松二	兩同心一

鳳孤飛	秋蕊香二	歸田樂一
西江月二	思遠人一	于飛樂一
武陵春三	鳳孤飛一	風入松二
解佩令	慶春時二	河滿子二
行香子	喜團圓一	碧牡丹一
慶春時二	憶悶令一	御街行二
喜團圓	梁州令一	洞仙歌二
憶悶令	燕歸來一	滿江紅一
梁州令		六么令三
燕歸來		滿庭芳一
		泛清波摘徧一
		眞珠髻一

《晏刻小山詞補鈔》：長相思一、生查子七、點絳脣一、浣溪沙八、愁倚欄令二、減字木蘭花一、菩薩蠻三、訴衷情五、采桑子十八、清平樂十、更漏子二、武陵春一、鷓鴣天一、南鄉子三、玉樓春二、虞美人一、蝶戀花二

　　由以上所列目次，可明顯看出三本之異，就詞之數目而言，吳本共收二百五十六首，毛本收二百五十四首、晏本（包括補鈔）共收二百五十八首。就詞之排列先後次序而言，晏氏家刻本之小山詞鈔於目次自註云：「右五十四調，自四十字至一百零六字，共詞一百九十首。」小山詞補鈔目次亦自註云：「右十七調，自三十六字至六十字，共詞六十八首。」由此可知其詞之排列次序乃以字數之多寡爲依據，自字數少者在前，字數多者在後，晏氏於跋中亦曾說明「以字數多寡爲先後」。其他版本之排列方式未作說明，各本不一。

　　檢閱各本所收詞之內容，則發現以下幾點現象：

（一）吳本以「鞦韆院落重簾暮」至「初心已恨花期晚」八闋爲《木蘭花》，以「雕鞍好爲鶯花住」至「輕風拂柳冰初綻」十三闋爲《玉樓春》，毛本則將以上二調合而爲《玉樓春》共二十一

首，於「初心已恨花期」又調下注云：「已上舊另刻木蘭花，今考調同，併入。」將八首《木蘭花》併入《玉樓春》，故共計《玉樓春》二十一首。晏本亦全併為《玉樓春》二十一首。

（二）吳本《浣溪沙》共二十一首，而毛本與晏本（含補鈔）皆為二十首，檢查結果是吳本比毛、晏兩本多出「飛鵲臺前暈翠娥」一首。

（三）吳本於《醜奴兒》「昭華鳳管知名久」、「日高庭院楊花轉」二首之調名下注云：「此二曲亦見於采桑子，其間小有不同，今兩存之。」故《采桑子》亦收此二詞，字句稍有不同，如下毛本所注。毛本則將此二闋併入《采桑子》，於「日高庭院楊花轉」一首注云：「此闋向刻醜奴兒，另編」，於「昭華鳳管知多久」下注云：「此闋舊刻醜奴兒，另編亦稍有異同，日日作聞道，閒倚作方看，應從作可憐。」毛本於《采桑子》並列兩首「日高庭院楊花轉」（內容稍有不同），而僅列一首「昭華鳳管知名久」，故吳本《醜奴兒》加《采桑子》為二十七首，而毛本《采桑子》共二十六首。晏本與毛本同。

（四）晏本《喜遷鶯》「蓮葉雨、蓼花風」吳本與毛本均題作《燕歸來》，內容皆同。

（五）晏本所題的《涼州令》即吳本、毛本之《梁州令》。

（六）晏本所題的《一斛珠》，吳本、毛本皆作《醉落魄》。

（七）晏氏因《臨江仙》「東野亡來無麗句」一首起句及換頭均是七字句與原來《臨江仙》的六字句式不同，故另編為"又一體"，吳本與毛本則無此區分，皆列為《臨江仙》。

（八）晏本的《十拍子》即吳本與毛本的《破律子》，內容全同，只是調名之異。

（九）晏本的《探春令》「綠楊枝上曉鶯啼」、《洞仙歌》「江南臘盡」、《滿江紅》「七十人稀」、《真珠髻》「重重山外冉冉流光」四首是毛本、吳本所無。晏本（含補鈔收一百五十八首）較毛本（收

一百五十四首）多收的四首即此。

（十）入晏刻本小山詞補鈔的是以下諸詞：（共六十八首）

《浣溪沙》「二月春花厭落梅」、「床上銀屏幾點山」、「綠柳藏鳥靜掩關」、「日日雙眉鬥畫長」、「一樣宮妝簇彩舟」、「聞弄箏絃懶繫裙」、「莫問逢春能幾回」、「樓上燈深欲閉門」。

《生查子》「輕勻兩臉花」、「關山魂夢長」、「墜雨已辭雲」、「一分殘酒霞」、「落梅庭榭香」、「狂花頃刻香」、「官身幾日閒」。

《愁倚令》「花陰月」、「春羅薄」。

《菩薩蠻》「箇人輕似低飛燕」、「鸝啼似作留春語」、「相逢欲話相思苦」。

《訴衷情》「種花人自蕊宮來」、「淨揩妝臉淺勻眉」、「渚蓮霜曉墜殘紅」、「御紗新製石榴裙」、「都人離恨滿歌筵」。

《長相思》「長相思」。

《點絳脣》「碧水東流」。

《減字木蘭花》「長楊輦路」。

《采桑子》「鞦韆散後朦朧月」、「花前獨占春風早」、「蘆鞭墜徧楊花陌」、「日高庭院楊花轉」、「日高庭院楊花轉」、「征人去日殷勤屬」、「花時惱得瓊枝瘦」、「春風不負年年信」、「秋來更覺銷魂苦」、「誰將一點淒涼意」、「宜春苑外樓堪倚」、「高吟爛醉淮西月」、「非花非霧前時見」、「當時月下分飛處」、「別來長記西樓事」、「昭華鳳管知名久」、「金風玉露初涼夜」、「心期昨夜尋思徧」。

《清平樂》「可憐嬌小」、「紅葉落盡」、「西池煙草」、「蕙心堪怨」、「笙歌宛轉」、「暫來還去」、「寒催酒醒」、「沈思暗記」、「鶯來燕去」、「心期休問」。

《更漏子》「出牆花」、「欲論心」。

《武陵春》「九日黃花如有意」。

《鷓鴣天》「鬥鴨池南夜不歸」。

《南鄉子》「何處別離難」、「畫鴨嬾熏香」、「眼約也應虛」。

《玉樓春》「一尊相遇春風裡」、「芳年正是香英嫩」。

《虞美人》「小梅枝上東君信」。

《蝶戀花》「碾玉釵頭雙鳳小」、「欲減羅衣寒未去」。

三、元獻遺文附存之小山詞

　　清胡亦堂輯之晏殊元獻遺文中，共收詩餘五十一首，前二十九首是晏殊之作，前說已詳，後二十二首即自《臨江仙》「鬥草堦前初見」至《六么令》「日高春睡」是晏幾道之作。胡亦堂於序中並有說明：「繼公起者，以公第七子叔原所爲詞附於集後，以俟後之人並及焉。」檢視遺文中所附小山詞有以下諸首：

臨江仙「鬥草堦前初見」。

又　　「淺淺餘寒春半」。

蝶戀花「卷絮風頭寒欲盡」。

又　　「醉到西樓醒不記」。

又　　「欲減羅衣寒未去」。

鷓鴣天「彩袖勤殷捧玉鍾」。

又　　「鬥鴨池南夜不歸」。

又　　「陌陌濛濛殘絮飛」。

生查子「金鞭美少年」。

南鄉子「綠水帶春潮」。

清平樂「留人不住」。

又　　「西池煙罩」。

又　　「暫來還去」。

木蘭花「鞦韆院落重簾暮」。

菩薩蠻「哀箏一弄湘江曲」。

玉樓春「一尊相遇春風裡」。

阮郎歸「殘香剩粉似當初」。

虞美人「飛花自有牽情處」。

又　　「曲闌干外天如水」。

踏莎行「雪盡寒輕」。

御街行「霜風漸緊寒侵被」(按是詞毛本不載，詞綜作無名氏)

六么令「日高春睡」。

共十四調，詞二十二首，《御街行》「霜風漸緊寒侵被」一首，各本皆不錄，唐圭璋宋詞互見考云：「此首無名氏詞，見花草粹編引古今詞話。元獻遺文附錄作晏幾道，誤。」〔註20〕是知，唐氏以為此首應是無名氏之作，檢視花草粹編的結果，發現此首前面接的《御街行》「年光正似花稍露」正是晏幾道作的，也許是摘錄者因為前一首是幾道的作品，而將此首不知作者之作，也以為是晏幾道的，以致產生混入的錯誤。

〔註20〕見唐圭璋《詞學論叢》一書，頁 462。

第四章　珠玉小山詞考

　　前章已論及不同版本的珠玉詞、小山詞所收詞數目的差異。各本詞數不同的原因之一，可能是因輾轉傳抄，難免有人爲疏漏，將各家作品混淆，例如晏殊之詞常與蘇軾、歐陽修、馮延巳、晏幾道等人之詞相混，以致造成晏殊作品誤入他人集中，或他人之作誤入晏集中。各本詞集對作者有爭議的作品多有某種程度的考察，然各家收詞及考證情形不一，故常生差異。就二晏詞而言，今所見毛氏汲古閣本珠玉詞共一百三十一首、小山詞二百五十四首；吳訥百家詞本珠玉詞共一百三十六首、小山詞二百五十六首；晏氏家刻本珠玉詞共一百三十七首、小山詞二百五十八首。本章將以毛本、吳本、晏本、彊村本等之二晏詞爲主，其他詞選集（如歷代詩餘、花草粹編、類編草堂詩餘等）出現之二晏詞爲輔，並參考諸詞話和宋人筆記中之相關記載，同時配合唐圭璋先生宋詞互見考〔註1〕一文，及其所編全宋詞之注，討論二晏詞中作者有疑問的作品，試加釐清。

第一節　珠玉詞考

　　蔡茂雄先生曾作過關於珠玉詞作者方面的考察，〔註2〕今本節之

〔註 1〕收於唐圭璋《詞學論叢》一書。
〔註 2〕詳參蔡茂雄《珠玉詞研究》一書，頁 50～67。蔡氏雖已對珠玉詞作者有疑問的部份加以考察，但因筆者以爲尚有資料可加入，且亦有

撰寫大綱係採其分法，分下列三項加以討論：

一、晏殊詞誤入他人之作者

（一）《浣溪沙》「一曲新詞酒一杯」一闋

　　毛本、吳本、晏本珠玉詞皆收此首，毛本並於調下注云：「向誤入南唐二主詞」。全宋詞注云：「此首別誤入吳文英夢窗詞集。別又誤作秦觀詞，見類編草堂詩餘卷一。」

案：1. 吳本南唐二主詞無此首。

　　2. 彊村本、毛本、吳本小山詞皆無此首。

　　3. 毛本夢窗詞集收此首，彊村本夢窗詞集《浣溪沙》調下注：「原鈔（毛本）是調有秦觀青杏園林、南唐後主手捲珠簾、晏殊一曲新詞、蘇軾簌簌衣巾……，並刪。」是知彊村本認定「一曲新詞酒一杯」一首乃晏殊所作，故不入夢窗詞集。

　　4. 能改齋漫錄載：「晏元獻公赴杭州，道過維揚……江都尉王琪詩也，乃召至同飯，又同步游池上，時春晚已有落花。晏云：『每得句書牆壁間，或彌年未嘗強對，且如無可奈何花落去，至今未能也。』王應聲曰：『似曾相識燕歸來』。自此辟置，又薦館職，遂躋侍從矣。」〔註3〕此事雖經夏氏二晏年譜考證，〔註4〕認為漫錄所載或為臆談，但並不表示排除此首為晏殊詞的可能性。

　　5. 晏殊另有一首與王琪唱和之作假中示判官張寺丞王校勘，詞林紀事晏殊「一曲新詞酒一杯」詞後，張宗橚之案語云：「元獻尚有示張寺丞王校勘七律一首：『元巳明清假未開，小園幽徑獨徘徊，春寒不定斑斑雨，宿醉難禁灧灧盃，無可奈何花

與蔡氏看法不甚相同之處，故仍有補充的餘地。今本節之論述除參考蔡著之外，並盡可能再多翻檢主要之詞集版本，及參引其他相關資料，力求論據之充備。

〔註3〕見吳曾《能改齋漫錄》卷十一。

〔註4〕詳見本論文第二章第三節一。

落去，似曾相識燕歸來，遊梁賦客多風味，莫惜青錢萬選才。』
中三句與此詞同，只易一字，……」〔註5〕此首今見於勞格補
輯之元獻遺文，乃自宋文鑑二十四中輯出。

6. 四庫全書總目提要珠玉詞提要中云：「集中浣溪沙春恨詞：無
可奈何花落去，似曾相識燕歸來兩句，乃殊示張丞相王校勘
七律中腹聯，復齋漫錄（按：即能改齋漫錄）嘗述之，今復
填入詞內，豈自愛其造語之工，故不嫌複用也。……」〔註6〕
根據以上諸點所述，可證「一曲新詞酒一杯」詞應是晏殊之作。

（二）《浣溪沙》「玉椀冰寒滴露華」一闋

　　毛本、吳本、晏本珠玉詞皆收此首。全宋詞注云：「此首別又誤
作蘇軾詞，見花草粹編卷二。」

案：1. 毛本東坡詞浣溪沙調下注云：「舊刻四十五首，考……玉椀冰
　　　寒滴露華是同叔作，俱刪……。」是知毛本以為此詞應是晏
　　　殊之作，而自東坡詞中刪去。

　　2. 吳本東坡詞亦無此首。

　　3. 彊村本東坡樂府亦無此首。

　　4. 馮煦四印齋本東坡詞亦無此首。

由以上所述，知花草粹編恐誤，「玉椀冰寒滴露華」一首當為晏殊詞。

（三）《清商怨》「關河愁思望處滿」一闋

　　毛本、晏本珠玉詞皆收此首。吳訥百家詞本歐陽修六一詞收此
首，歐陽文忠公近體樂府卷一有此首。

案：1. 毛本六一詞無此首。

　　2. 毛本珠玉詞清商怨調下注云：「向誤入歐集，按詩話：『或問
　　　元獻公雁過南雲云云。』確是公作，今增入。」（按：詩話乃
　　　指庚溪詩話）

〔註5〕見張宗橚《詞林紀事》卷三。

〔註6〕見《四庫全書總目提要》卷一九八，集部詞曲類一。

3. 詞品:「晏元獻公清商怨云:『關河愁思望處滿,漸素秋向晚,……』此詞誤入歐公集中。按詩話或問晏同叔詞『雁過南雲』何所本。庚溪以江淹詩『心遂南雲去,身逐北雁來』答之。不知陸機思親賦有『指南雲以寄欽』之句。陸雲九愍云:『眷南雲以興悲』南雲字當是陸公語也。』﹝註 7﹞而唐圭璋於詞話叢編本詞品此則下加按語云:「此詞乃歐陽修作,見歐公近體樂府,庚溪詩話亦謂歐公作。」但依詞品此段文字,庚溪詩話其實並未言此首為歐陽修之詞,不知唐氏所據為何?

由以上所述,知「關河愁思望處滿」一詞應是晏殊之作。

(四)《訴衷情》「秋風吹綻北池蓮」一闋

毛本、吳本、晏本珠玉詞均收此首。全宋詞注云:「此首別又誤入金元好問遺山新樂府卷五。」

案:1. 吳本遺山樂府無此首。

　　2. 彊村本遺山樂府亦無此首。

此首當為晏殊之詞,作元好問詞恐係誤入。

(五)《望仙門》「玉壺清漏起微涼」一闋

毛本、吳本、晏本珠玉詞皆收此首。全宋詞注云:「此首別誤入金元好問遺山新樂府卷五。」

案:1. 吳本遺山樂府無此首。

　　2. 彊村本遺山樂府無此首。

晏殊此首《望仙門》與另外兩首,共三首,均係祝壽頌禱之作,詞意相近,此首應是晏殊之詞。

(六)《胡搗練》「小桃花與早梅花」一闋

毛本、吳本、晏本珠玉詞皆收此首。全宋詞注云:「此首別誤作晏幾道詞,見永樂大典卷二千八百十梅字韻。」

﹝註 7﹞ 見楊慎《詞品》卷一。

案：1. 吳本小山詞無此首。

2. 毛本小山詞無此首。

3. 彊村本小山詞亦無此首。

據吳本、毛本、彊村本，則此首當係晏殊詞，永樂大典恐爲誤引。

（七）《踏莎行》「小徑紅稀」一闋

毛本、吳本、晏本珠玉詞皆收此首。全宋詞注云：「此首別誤作寇準詞，見類編草堂詩餘卷一。別又誤作晏幾道詞，見詞的卷三。」

案：1. 毛本小山詞無此首。

2. 彊村本小山詞無此首。

3. 李調元雨村詞話謂珠玉詞：「晏殊珠玉詞極流麗，能以翻用成語見長，如「『垂楊只解惹春風，何曾繫得行人住』，又『春風不解禁楊花，濛濛亂撲行人面』等句是也。翻覆用之，各盡其致。」〔註8〕其中「春風不解禁楊花」兩句是《踏莎行》「小徑紅稀」一詞上片的末二句。

依據以上資料，知此首應爲晏殊詞。

（八）《少年遊》「芙蓉花發去年枝」一闋

毛本、吳本、晏本珠玉詞皆收此首。全宋詞注云：「此首誤入金元好問遺山新樂府卷五。」

案：1. 吳本遺山樂府不收此首。

2. 彊村遺山樂府不收此首。

晏殊有不少頌禱之作，《少年遊》中另有一首「謝家庭檻曉無塵」與此首詞風、詞意皆相近，且兩首相連，應同是晏殊之詞。

（九）《木蘭花》「紫薇朱槿繁開後」一闋

毛本、吳本、晏本珠玉詞皆收此首。全宋詞注云：「此首別又誤入金元好問遺山新樂府卷五。」

〔註8〕見李調元《雨村詞話》卷二。

案：1. 吳本遺山樂府無此首。

2. 彊村本遺山樂府亦無此首。

依據上述資料，知此首當爲晏殊之作。

（十）《蝶戀花》「一霎秋風驚畫扇」一闋
《蝶戀花》「紫菊初生朱槿墜」一闋

以上兩首，毛本、吳本、晏本珠玉詞皆收錄。全宋詞注云：「以上二首，宋時或誤作蘇軾詞，見傅幹注坡詞傅共序。別又誤作金元好問詞，見遺山新樂府卷五。」

案：1. 吳本東坡詞無此二首。

2. 毛本東坡詞無此二首。

3. 彊村本東坡詞亦無此二首。

4. 吳本遺山樂府無此二首。

5、彊村本遺山樂府無此二首。

根據上列諸點，知此二首當爲晏殊之詞。

（十一）《滴滴金》「梅花漏泄春消息」一闋

毛本、吳本、晏本珠玉詞皆收此首。全宋詞注云：「此首別又誤作周邦彥詞，見京本通俗小說西山一窟鬼。」花草粹編卷四亦作周邦彥詞。

案：1. 吳本周邦彥片玉詞無此首。

2. 毛本片玉詞無此首。

3. 彊村本片玉集無此首。

4. 詞律卷六、詞譜卷八皆作晏殊詞。

5. 唐圭璋宋詞互見考云：「此晏殊詞，見珠玉詞。西山一窟鬼小說，誤引作周邦彥詞，花草粹編卷四亦作周詞，即沿小說之誤也。」〔註9〕

依據上列諸點，知此當爲晏殊之作。

〔註9〕見註1，頁345。

（十二）《睿恩新》「芙蓉一朵霜秋色」一闋

　　毛本、吳本、晏本珠玉詞皆收此首。全宋詞注云：「此首別誤作晏幾道詞，見明趙琦美輯小山詞補遺。」

案：1. 吳本小山詞無此首。

　　2. 毛本小山詞無此首。

　　3. 彊村本小山詞無此首。

　　4. 詞譜卷十一、詞律卷八皆作晏殊詞。

依據上述，知此當爲晏殊詞。

（十三）《破陣子》「憶得去年今日」一闋

　　毛本、吳本、晏本珠玉詞皆有此首，但晏本題作《十拍子》。全宋詞注云：「此首別誤作晏幾道詞，見全芳備祖前集卷十二菊花門。」

案：1. 吳本小山詞無此首。

　　2. 毛本小山詞無此首。

　　3. 彊村本小山詞無此首。

吳本、毛本、彊村本小山詞皆無此首，全芳備祖恐係誤收，此當是晏殊詞無疑。

（十四）《蝶戀花》「檻菊愁煙蘭泣露」一闋

　　毛本、吳本、晏本珠玉詞皆收此首。全宋詞此首調名作《鵲踏枝》注云：「此首別又見張子野詞卷二。」毛本杜安世壽域詞亦收此首。

案：1. 吳本張子野詞不收此首。

　　2. 吳本壽域詞無此首。

　　3. 毛本珠玉詞《蝶戀花》調下注云：「……末二首（即「檻菊愁煙蘭泣露」首及「紫府群仙名籍秘」首）向另刻鵲踏枝，考是一調，今併入。」毛、晏本皆題作《蝶戀花》，吳本題作《鵲踏枝》。

　　4. 王國維人間詞話：「詩蒹葭一篇，最得風人深致。晏同叔之『昨夜西風凋碧樹，獨上高樓，望盡天涯路』（即《蝶戀花》「檻

菊愁煙蘭泣露」一首之中的三句），意頗近之，但一灑落，一
悲壯耳。」

據上列資料，此首當是晏殊詞。

（十五）《蝶戀花》「簾幕風輕雙語燕」一闋

毛本、吳本、晏本珠玉詞皆收此首。毛本珠玉詞此首調下注云：
「一刻六一詞，一刻東坡詞。」吳本歐陽修六一詞卷二收此首，歐陽
修近體樂府卷二收此首。

案：1. 毛本六一詞《蝶戀花》調下注云：「……又簾幕風輕雙語燕，
　　　見珠玉詞，……俱刪去。」

　　2. 吳本東坡詞無此首。

　　3. 毛本東坡詞無此首。

　　4. 彊村本東坡樂府亦無此首。

　　5. 唐圭璋宋詞互見考云：「案此晏殊詞，見毛本珠玉詞。毛本六
　　　一詞及東坡詞云舊刻皆有之，今並刪去。（案：筆者查閱毛本
　　　東坡詞未見有此注語）據此作晏詞爲是。」〔註10〕

據以上資料，此首當是晏殊之詞。

（十六）《漁家傲》「幽鷺慢來窺品格」一闋
　　　《漁家傲》「楚國細腰元自瘦」一闋

此二首毛本、吳本、晏本珠玉詞皆收之。毛本珠玉詞《漁家傲》
「楚國細腰元自瘦」一首調下注云：「上二首或入六一詞」。吳本歐陽
修六一詞卷二收此二首。全宋詞注云：「以上二首別又見歐陽修近體
樂府卷二」。

案：毛本六一詞《漁家傲》調下注云：「舊刻三十二首，考幽鷺謾來
　　窺品格，又楚腰元自瘦，俱晏元獻公作，今刪去。」晏殊寫荷之
　　作頗多，尤以《漁家傲》中之詞所佔比例最大，此二首亦爲描寫
　　荷花之作，與《漁家傲》其他的寫荷之詞筆法相類，皆是上片先

〔註10〕見註1，頁339。

敘荷之美妙姿容。下片則融入詞人情感，此應爲晏殊之詞無誤。

（十七）《鳳銜盃》「留花不住怨花飛」一闋

毛本、吳本、晏本珠玉詞皆收此首。全宋詞注云：「此首別又見杜安世壽域詞。」吳本、毛本壽域詞皆收此首。

案：唐圭璋宋詞互見考云：「此首晏殊詞，見珠玉詞，入壽域詞恐非。」

〔註11〕毛本珠玉詞《鳳銜盃》共三首，此爲其間一首，三首均係描寫相思、懷念之情，寫來皆諧婉纏綿，韻致悠長，風格一致，故推斷此首當亦是晏殊詞無誤。

（十八）《訴衷情》「數枝金菊對芙蓉」一闋

毛本、吳本、晏本珠玉詞皆收此首。全宋詞注云：「此首別又見張子野詞卷二。」彊村本張子野詞卷二收此首。

案：1. 吳本張子野詞無此首。

2. 唐圭璋宋詞互見考云：「此首晏殊詞，見珠玉詞，入張子野恐非」〔註12〕

3. 晏殊喜歡把芙蓉和菊寫在一首詞中，如毛本珠玉詞《訴衷情》第三首第一句爲「芙蓉金菊鬥馨香」、《破陣子》第四首頭三句：「湖上西風斜日，荷花落盡紅英，金菊滿叢珠顆細」。〔註13〕可見將菊與芙蓉同寫在一首詞中，不僅此一首而已，尚有他例，或許這是晏殊的習慣筆法，所以此首應是晏殊之詞。

二、他人之詞誤入晏殊之作者

歐陽修、蘇軾、馮延巳等人之詞，有誤作晏殊者，列舉如下：

（一）《浣溪沙》「青杏園林煮酒香」一闋

毛本、吳本歐陽修六一詞收此首，歐陽文忠公近體樂府卷三收此

〔註11〕同註9。

〔註12〕見註1，頁346。

〔註13〕見註2，頁59。

首，毛本六一詞此首調下注云：「或入珠玉詞，或入淮海詞。」吳本珠玉詞收此首。全宋詞注云：「別又誤作秦觀詞，見類編草堂詩餘卷一。」

案：1. 毛本珠玉詞《浣溪沙》調下注云：「舊刻十三闋，考青杏園林煮酒香是永叔作，今刪去。」故毛本珠玉詞無此首。

2. 晏本珠玉詞無此首。

3. 吳本秦觀淮海詞無此首。

4. 毛本淮海詞亦無此首。

5. 彊村本淮海居士長短句無此首。

故知此首應是歐陽修之作，吳本入晏殊珠玉詞恐係誤收。

（二）《漁家傲》「粉筆丹青描未得」一闋

全宋詞注云：「此首別見歐陽修近體樂府卷二。別又誤作晏幾道詞，見全芳備祖後集卷三蓮門。」毛本、吳本六一詞收此首，毛本六一詞《漁家傲》此首調下注云：「一刻同叔。」吳本珠玉詞收此首。

案：1. 毛本珠玉詞《漁家傲》調下注：「舊刻十四首，考粉筆丹青描未得是六一詞，刪去。」

2. 晏本珠玉詞無此首。

3. 毛本小山詞無此首。

4. 吳本小山詞無此首。

5. 彊村本小山詞無此首。

此首應是歐陽修之作。

（三）《蝶戀花》「梨葉疏紅蟬韻歇」一闋

毛本、吳本六一詞收此首，歐陽文忠公近體樂府卷二收此首，毛本六一詞此首調下注云：「一刻同叔，一刻子瞻」，吳本珠玉詞收此首。

案：1. 毛本珠玉詞《蝶戀花》調下注云：「舊刻七首，考梨葉疏紅蟬韻歇是永叔作，今刪去。」故毛本珠玉詞無此首。

2. 晏本珠玉詞無此首。

3. 吳本東坡詞無此首。

4. 毛本東坡詞無此首。

5. 彊村本東坡樂府無此首。

此首應爲歐陽修詞。

（四）《訴衷情》「海棠珠綴一重重」一闋

毛本、吳本、彊村本東坡詞皆收此首，毛本東坡詞此首調下注云：「或刻晏同叔。」吳本珠玉詞收此首。

案：1. 毛本珠玉詞《訴衷情》調下注云：「舊刻八首，考海棠珠綴一重重是子瞻作，今刪。」故毛本珠玉詞無此首。

2. 晏本珠玉詞無此首。

知此首應爲蘇軾詞。

（五）《蝶戀花》「六曲闌干偎碧樹」一闋

毛本、吳本珠玉詞皆有此首，此外又見於六一詞及陽春集：吳本六一詞收此首，歐陽文忠公近體樂府卷二收此首；吳本馮延巳陽春集收此首，陳世脩本陽春集亦收此首，歷代詩餘亦作馮延巳詞，詞綜卷三馮延巳詞收此首。

案：1. 毛本六一詞《蝶戀花》調下注云：「六曲闌干偎碧樹，……俱見珠玉詞，……今俱刪去。」

2. 唐圭璋宋詞互見考認爲此首應爲馮延巳詞，非六一詞或珠玉詞。其所持的理由是：陽春集編于嘉祐，既去南唐不遠，且編者陳世脩，與馮延巳爲戚屬，所自可依據。元豐中，崔公度跋陽春錄，謂皆延巳親筆，愈可信矣。〔註14〕依據上述，此首很可能是馮延巳的作品。

（六）《阮郎歸》「南園春半踏青時」一闋

陳世脩本陽春集收此首，吳本陽春集亦收此首，調名作《醉桃源》，並注云：「蘭畹集誤作晏同叔。」吳本珠玉詞收此首。

〔註14〕見註1，頁390。

案：1. 毛本珠玉詞無此首。

2. 晏本珠玉詞無此首。

3. 元獻遺文此首《阮郎歸》調下注云：「毛刻無，別見六一詞內。」

4. 毛本六一詞此首《阮郎歸》調下注云：「或刻晏同叔。」

依上述諸點，此首很可能是馮延巳詞。

（七）《阮郎歸》「東風吹水日銜山」一闋

吳本陽春集收此詞，調名作《醉桃源》注云：「蘭畹集誤作晏同叔。」此外，吳本南唐二主詞亦收此首，注云：「後有隸書東宮書府印」，花草粹編卷四載此詞注云：「後有隸書東宮書府印」與二主詞合。又作歐陽修詞，歐陽文忠公近體樂府卷一、醉翁琴趣外篇卷五（調名作《醉桃源》）、樂府雅詞卷上均作「東風臨水日銜山」，吳本六一詞收此詞，首句亦作「東風臨水日銜山」。

案：1. 毛本、吳本、晏本珠玉詞皆無此首。

2. 唐圭璋宋詞互見考云：「此首馮延巳詞，見陽春集，又作李煜詞，見南唐二主詞，並有題作呈鄭王，或爲李煜書此詞以遺鄭王者。歐陽修近體樂府亦載此首，侯文燦本陽春集注謂蘭畹集作晏殊詞，並誤。」〔註15〕

上述諸點無一可證此爲晏殊之詞，不知蘭畹集所據爲何？

（八）《玉樓人》「去年尋處曾持酒」一闋
《憶人人》「密傳春信」一闋
《憶人人》「前村深雪」一闋

以上三首俱見晏本珠玉詞，毛本、吳本皆無。

案：1. 唐圭璋宋詞互見考云：「以上三首無名氏詞，見梅苑。歷代詩餘卷二十九誤作晏殊詞。」〔註16〕此首可能是晏端書自歷代詩餘輯出，收入晏刻本珠玉詞，故毛本、吳本珠玉詞皆無，

〔註15〕見註1，頁391。

〔註16〕見註1，頁454。

而晏本有之。

2. 鄭騫先生認爲此三首爲晏殊之作，不甚可信，此三首見於黃大輿編的梅苑，原無作者名，因爲各詞前面一首都是晏殊詞，於是輯歷代詩餘者認爲也是晏殊詞；事實上，梅苑中有很多是無名氏的詞，與其前一首的作者並無關係。〔註17〕

由以上資料，可知此三首作珠玉詞可能是誤收。

三、與他人之作混淆不清者

（一）《木蘭花》「燕鴻過後鶯歸去」一闋

毛本、吳本、晏本珠玉詞收此首，晏本調作《玉樓春》。吳本、毛本六一詞收此首，調作《玉樓春》。歐陽文忠公近體樂府卷二收此首，調作《玉樓春》。樂府雅詞卷上歐陽修詞《木蘭花》收此首，歷代詩餘卷三十一作歐陽修詞，調作《玉樓春》。

案：此首無法確定究爲晏殊詞或歐陽修詞。

（二）《木蘭花》「池塘水綠風微暖」一闋

毛本、吳本、晏本珠玉詞皆收此首，毛本、晏本調作《玉樓春》，歷代詩餘卷三十一亦作晏殊詞，調名作《玉樓春》。毛本、吳本六一詞皆收此首，調作《玉樓春》，樂府雅詞卷上歐陽修詞《木蘭花》調收此首，歐陽文忠公近體樂府卷二收此首，調作《玉樓春》。

案：此首亦無法確定爲晏殊詞或歐陽修詞。

（三）《木蘭花》「朱簾半下香銷印」一闋

吳本、毛本、晏本珠玉詞皆收此首，毛本、晏本調作《玉樓春》，歷代詩餘卷三十一收此首，作晏殊詞，調名作《玉樓春》。全宋詞注云：「此首別又見歐陽修近體樂府卷二。」吳本、毛本六一詞收此首，毛本調作《玉樓春》，花草粹編卷十一作歐陽修詞，調名《玉樓春》。

案：是故無法確定此首究爲晏殊或歐陽修詞。

〔註17〕詳見鄭騫〈珠玉詞版本考〉一文。

（四）《木蘭花》「青蔥指甲輕攏撚」一闋

毛本、吳本、晏本珠玉詞收此首，毛本、晏本調作《玉樓春》，歷代詩餘卷三十一作晏殊詞，調作《玉樓春》。吳本、毛本六一詞收此首，毛本調作《玉樓春》，歐陽文忠公近體樂府卷二收此首，調作《玉樓春》。

案：故無法確定此首究爲晏殊或歐陽修詞。

（五）《木蘭花》「紅絛約束瓊肌穩」一闋

毛本、吳本、晏本珠玉詞皆收此首，毛本、晏本調作《玉樓春》，歷代詩餘卷三十一作晏殊詞，調作《玉樓春》。吳本、毛本六一詞皆收此首，調作《玉樓春》，樂府雅詞卷上歐陽修詞收此首，調作《玉樓春》，歐陽文忠公近體樂府卷二收此首，調作《玉樓春》。

案：故無法確定此首究爲晏殊或歐陽修詞。

（六）《蝶戀花》「南雁依稀迴側陣」一闋

毛本、吳本、晏本珠玉詞收此首，毛本珠玉詞此首調下注云：「或刻六一詞。」毛本、吳本六一詞收此首，歐陽文忠公近體樂府卷二收此首。

案：蔡茂雄先生認爲此首爲歐陽修詞，但筆者自上列資料看來，似乎
　　無法確定此首究爲晏殊或歐陽修詞。

（七）《蝶戀花》「玉椀冰寒銷暑氣」一闋

吳本珠玉詞收此首，毛本珠玉詞《蝶戀花》下注云：「舊七首，考玉椀冰寒銷暑氣是子瞻作……今刪去。」全宋詞注云：「此首別又誤作蘇軾詞，見汲古閣本東坡詞。」

案：毛本、吳本、彊村本東坡詞皆收此首。據上所言，無法確定此首
　　究爲晏殊或蘇軾詞。

（八）《采桑子》「櫻桃謝了梨花發」一闋

吳本、毛本、晏本珠玉詞皆收此首。吳本、毛本杜安世壽域詞皆

收此首，調作《醜奴兒》。全宋詞注云此首全芳備祖前集卷二十四櫻桃花門作晏幾道詞，歷代詩餘卷十作馮延巳詞

案：1. 毛本、吳本、彊村本小山詞皆無此首。

2. 陳世脩本陽春集無此首。

3. 吳本陽春集無此首。

由以上所述雖無法確定此首究為晏殊或杜安世詞，然作馮延巳或晏幾道詞恐係誤入。

（九）《喜遷鶯》「花不盡，柳無窮」一闋

毛本、吳本、晏本珠玉詞皆收此首。全宋詞注云：「此首別見杜安世壽域詞。」毛本、吳本杜安世壽域詞皆收此首，毛本調作《喜遷鶯令》。

案：今無法確定此首究為晏殊或杜安世詞。

（十）《玉樓春》「綠楊芳草長亭路」一闋

全宋詞珠玉詞此首末注云：「見唐宋諸賢絕妙詞選卷三，此首別誤入吳文英夢窗詞集。別又誤作唐溫庭筠詞，見明單宇菊坡叢話卷二十六。」晏本珠玉詞收此首，歷代詩餘卷三十一此首作晏殊詞，元獻遺文亦收此首，並注云：「毛刻無。」

案：1. 彊村本夢窗詞無此首。

2. 四明叢書本夢窗詞無此首。

3. 彊村本溫庭筠金奩集無此首。

4. 吳本、毛本珠玉詞無此首。

此首無法確定究為何人之作？

第二節　小山詞考

晏幾道小山詞常與其他詞家的作品混淆，實有釐清的必要：

一、晏幾道詞誤入他人之作者

（一）《臨江仙》「身外閒愁空滿」一闋

毛本、彊村本、吳本小山詞皆收此首，又見於晁補之琴趣外篇。

案：毛本晁補之琴趣外篇卷四收此首，然唐圭璋宋詞互見考云此汲古閣刊本錯誤頗多。〔註18〕據此，是知毛本很可能誤將此首小山詞收入晁詞。

（二）《臨江仙》「東野亡來無麗句」一闋

毛本、彊村本‧吳本小山詞皆收此首。全宋詞此首末注云：「此首別誤作晏殊詞，見嘯餘譜卷二。」

案：1. 毛本珠玉詞無此首。

2. 吳本珠玉詞無此首。

3. 晏本珠玉詞無此首。

據此，當係晏幾道詞。

（三）《蝶戀花》「喜鵲橋成催鳳駕」一闋

毛本、彊村本、吳本小山詞皆收此首。全宋詞注云：「案歲時廣記卷二十六誤引首三句作蘇軾詞。」

案：1. 毛本東坡詞無此首。

2. 彊村本東坡詞無此首。

3. 吳本東坡詞收此首。

據此，應為晏幾道詞，歲時廣記係誤引。

（四）《蝶戀花》「千葉早梅誇百媚」一闋

毛本、彊村本、吳本小山詞皆收此首。全宋詞注云：「此首又見梅苑卷八，誤作晏殊詞。」

案：1. 毛本珠玉詞無此首。

2. 吳本珠玉詞無此首。

3. 晏本珠玉詞無此首。

據此，則應為晏幾道詞，梅苑恐係誤收。

〔註18〕說見同註1，頁121。

（五）《生查子》「金鞭美少年」一闋

　　毛本、彊村本、吳本小山詞皆收此首。全宋詞注云：「此首別誤作晏殊詞，見古今別腸詞選卷一。」

案：1. 曾李貍艇齋詩話云：「晏叔原小詞『無處說相思，背面鞦韆下』（生查子末二句）呂東萊極喜，誦此詞以爲有思致，然此語本李義山詩，云『十五泣春風，背面鞦韆下』。」

　　2. 毛本珠玉詞無此首。

　　3. 吳本珠玉詞無此首。

　　4. 晏本珠玉詞無此首。

據上所述，此首應爲晏幾道詞。

（六）《生查子》「輕輕製舞衣」一闋

　　毛本、彊村本、吳本小山詞皆收此首。全宋詞注云：「此首詞林萬選卷四誤作牛希濟詞。楊金本草堂詩餘前集卷下又誤作趙彥端詞。」

案：1. 毛本趙彥端介庵詞無此首。

　　2. 彊村本介庵琴趣無此首。

　　3. 吳本花間集牛希濟詞無此首。

此首應爲晏幾道詞無疑。

（七）《菩薩蠻》「哀箏一弄湘江曲」一闋

　　毛本、彊村本、吳本小山詞皆收此首，毛本並注云：「或刻張子野。」全宋詞注云：「此首別誤作張子野詞，見類編草堂詩餘卷一。詞綜卷六又誤作陳師道詞。」

案：1. 彊村本張子野詞補遺下收此首。

　　2. 吳本張子野詞無此首。

　　3. 毛本陳師道後山詞無此首。

　　4. 吳本陳師道後山居士詞無此首。

　　5. 宋詞互見考云：「此晏幾道詞，見毛本小山詞及彊村本小山

詞。歷代詩餘作張先詞，彊村本子野詞據以錄入，恐不可信。
詞綜作陳師道詞，尤誤。」〔註19〕故應爲晏幾道詞無誤。

（八）《菩薩蠻》「江南未雪梅花白」一闋

全宋詞注云：「劉毓盤輯濟南集，此首誤作李廌詞。」

案：毛本、彊村、吳本小山詞皆收此首，此應爲晏幾道詞無誤。

（九）《浣溪沙》「二月春花厭落梅」一闋

毛本、彊村本、吳本小山詞收此首。全宋詞注云：「此首別誤作
歐陽修詞，見歷代詩餘卷六。」

案：1. 毛本六一詞無此首。

2. 吳本六一詞無此首。

3. 歐陽修近體樂府無此首。

據上，知此首當爲晏幾道詞，歷代詩餘恐係誤入。

（十）《浣溪沙》「家近旗亭酒易酤」一闋

毛本、彊村本、吳本小山詞皆收此首。全宋詞注云：「古今圖書
集成藝術典卷八百二十三娼妓部，此首誤作晏殊詞。」

案：1. 毛本珠玉詞無此首。

2. 吳本珠玉詞無此首。

3. 晏本珠玉詞無此首。

4. 吳曾能改齋漫錄卷八云：「晏叔原長短句云『門外綠楊春繫
　　馬，床前紅燭夜呼盧』，蓋用樂府水調歌云：『戶外碧潭春洗
　　馬，樓前紅燭夜迎人』。然叔原之辭甚工。」

據上，此首當爲晏幾道詞。

（十一）《六么令》「雪殘風信」一闋

毛本、彊村本、吳本小山詞皆收此首。全宋詞注云：「此首別誤
作晏殊詞，見梅苑卷二。」

〔註19〕見註1，頁344。

案：1. 毛本珠玉詞無此首。

　　2. 吳本珠玉詞無此首。

　　3. 晏本珠玉詞無此首。

據上，此當爲晏幾道詞，梅苑恐係誤收。

（十二）《虞美人》「小梅枝上東君信」一闋

　　毛本、彊村本、吳本小山詞皆收此首。全宋詞注云：「此首別誤作晏殊詞，見花草粹編卷六。」

案：1. 毛本珠玉詞無此首。

　　2. 吳本珠玉詞無此首。

　　3. 晏本珠玉詞無此首。

由以上所述，知此首當爲晏幾道詞。

（十三）《采桑子》「花前獨佔春風早」一闋

　　毛本、彊村本、吳本小山詞皆收此首。全宋詞注云：「此首抱經齋抄本珠玉詞補遺引群賢梅苑誤作晏殊詞」。

案：1. 毛本珠玉詞無此首。

　　2. 吳本珠玉詞無此首。

　　3. 晏本珠玉詞無此首。

此三種版本之珠玉詞皆無此詞，當爲晏幾道詞無疑。

（十四）《西江月》「愁黛顰成月淺」一闋

　　毛本、彊村本、吳本小山詞皆收此首。全宋詞注云：「此首或誤作秦觀詞，見花草粹編卷四。別又誤作晏殊詞，見古今詞統卷六。」

案：1. 毛本秦觀淮海詞無此首。

　　2. 彊村本淮海居士長短句無此首。

　　3. 吳本淮海詞無此首。

　　4. 毛本、吳本、晏本珠玉詞皆無此首。

　　5. 宋詞互見考注云：「此晏幾道詞，見毛本小山詞及彊村本小山

詞。花草粹編作秦觀詞，非是。」〔註20〕

由上所述，此首應爲晏幾道詞。

（十五）《行香子》「晚綠寒紅」一闋

毛本、彊村本、吳本小山詞皆收此首。全宋詞注云：「此首又作汪輔之詞，見唐宋諸賢絕妙詞選卷五。」

案：全宋詞於汪輔之《行香子》注云：「此首別見晏幾道小山詞，未
　　知孰是。」

上述三種版本之小山詞皆有此首，應是晏幾道詞較有可能。

二、他人之詞誤入晏幾道之作者

（一）《醜奴兒》「夜來酒醒清無夢」一闋

全宋詞注云：「永樂大典卷三千零零六人字韻引小山琴趣外篇。此首見淮海居士長短句卷中，乃秦觀作，又見山谷琴趣外篇卷三……」

案：1. 毛本、彊村本、吳本小山詞皆無此首。

　　2. 毛本淮海詞收此首，題《采桑子》。

　　3. 彊村本淮海居士長短句收此首。

　　4. 吳本淮海詞收此首。

　　5. 毛本、吳本山谷詞皆收此首。

　　6、彊村本山谷琴趣外篇收此首，題《醜奴兒》。

據上所述，毛本、彊村本、吳本之小山詞皆無此首，故知此首或爲秦觀詞或爲山谷詞，不太可能是晏幾道詞。

（二）《探春令》「綠楊枝上曉鶯啼」一闋

宋詞互見考云：「此首無名氏詞，見正本草堂詩餘前集下。花草粹編卷五誤作晏幾道詞。」〔註21〕

〔註20〕見註1，頁343。
〔註21〕見註1，頁485。

案：毛本、彊村本、吳本小山詞皆無此首，花草粹編作晏幾道詞恐係
　　誤收。

（三）《滿江紅》「七十人稀嘗記得」一闋

　　晏本小山詞收此首。花草粹編卷九作晏幾道詞。

案：1. 吳本、彊村本、毛本小山詞皆無此首。

　　2. 宋詞互見考云：「此首見翰墨大全丙集卷三，下注『小山』蓋
　　　　南宋人蕭泰來詞也。考蕭山別號大山，弟泰來號小山，皆紹
　　　　定進士。花草粹編卷九即本此錄入，歷代詩餘誤以小山爲晏
　　　　幾道，可謂差以毫釐，失之千里者也。」〔註22〕

據唐圭璋宋詞互見考所言，此首並非晏幾道詞。

（四）《如夢令》「樓外殘陽紅滿」一闋

　　毛本秦觀淮海詞《憶仙姿》（舊刻如夢令）有此詞，注云：「或
刻晏叔原」，類編草堂詩餘卷一作晏幾道詞。歷代詩餘卷三作晏殊
詞。

案：1. 毛本、彊村本、吳本小山詞皆無此首。

　　2. 毛本、吳本珠玉詞無此首。

　　3. 晏本珠玉詞收此首。

　　4. 彊村本淮海居士長短句收此首，作《如夢令》。

　　5. 吳本淮海詞收此首。

　　6. 宋詞互見考云：「此首秦觀詞，類編草堂詩餘作晏幾道詞，歷
　　　　代詩餘作晏殊詞，並誤。」〔註23〕

據上所述，此首應非晏幾道詞。

（五）《御街行》「霜風漸緊寒侵被」一闋

　　元獻遺文附小山詞《御街行》下注云：「按是詞毛本不載，詞綜
作無名氏。」

〔註22〕見註1，頁453。
〔註23〕見註1，頁349。

案：1. 毛本、彊村本、吳本、晏本小山詞皆無此首。

2. 宋詞互見考云：「此首無名氏詞，見花草粹編引古今詞話。元
獻遺文附錄作晏幾道詞，誤。」〔註24〕

據上所述，此首應非晏幾道詞。

（六）《真珠髻》「重重山外」一闋

晏本小山詞收此首，歷代詩餘卷八十四亦作晏幾道詞。梅苑卷一
作無名氏。

案：1. 毛本、彊村本、吳本小山詞皆無此首。

2. 宋詞互見考云：「此首無名氏詞，見梅苑。歷代詩餘卷八十四
誤引作晏幾道詞。」〔註25〕

據上所言，此首應非晏幾道詞。

三、與他人之作混淆不清者

（一）《蝶戀花》「卷絮風頭寒欲盡」一闋

毛本、彊村本、吳本小山詞皆收此首。全宋詞注云：「此首又作
趙令時詞，見樂府雅詞卷中。別又誤作晏殊詞，見楊金本草堂詩餘後
集卷下。」此外，唐宋諸賢絕妙詞選卷六及類編草堂詩餘卷二亦皆作
趙令時詞。

案：1. 毛本珠玉詞無此首。

2. 吳本珠玉詞無此首。

3. 晏本珠玉詞無此首。

4. 宋詞互見考云：「樂府雅詞、草堂詩餘並作趙德麟詞，惟又見
晏幾道小山詞，恐非。」〔註26〕

故此首無法確定究為晏幾道或趙令時詞。

〔註24〕見註1，頁462。
〔註25〕同前。
〔註26〕見註1，頁420。

（二）《蝶戀花》「欲減羅衣寒未去」一闋

　　毛本、彊村本、吳本小山詞皆收此首，花草粹編卷七亦作小山詞。
全宋詞注云：「此首又作趙令畤詞，見樂府雅詞卷中。」草堂詩餘卷
二、花菴詞選卷五均作趙令畤詞，歲時廣記一杏花兩條引「紅杏枝頭
花幾許，啼紅正恨清明雨」（「欲減羅衣寒未去」一首上片末二句）亦
稱趙令畤詞。

案：宋詞互見考云：「以上二首（即此首與前「卷絮風頭寒欲盡」一
　　首）樂府雅詞、草堂詩餘並作趙德麟詞。惟又見晏幾道小山詞，
　　恐非。」〔註27〕

由以上資料，難以確定此首為晏幾道或趙令畤詞。

（三）《生查子》「關山魂夢長」一闋

　　毛本、彊村本、晏本小山詞收此首。全宋詞注云：「唐宋諸賢絕
妙詞選卷五作王觀詞。別又見杜安世壽域詞。」

案：1. 毛本壽域詞收此首。

　　2. 吳本壽域詞收此首。

由以上資料無法確定此首究為晏幾道或杜安世詞。

（四）《浣溪沙》「飛鵲臺前暈翠蛾」一闋

　　吳本、彊村本小山詞收此首。全宋詞注云：「此首或作黃庭堅詞，
見豫章黃先生詞。」

案：1. 毛本小山詞無此首。

　　2. 四部叢刊本山谷琴趣外篇無此首。

據上所述，無法確定此首究為晏幾道或黃山谷詞。

（五）《風入松》「柳陰庭院杏稍牆」一闋

　　毛本、彊村本、吳本小山詞皆收此首。全宋詞注云：「此首又見
韓玉東浦詞。」

〔註27〕同前。

案：1. 毛本東浦詞收此首。

　　2. 吳本東浦詞亦收此首。

故無法確定此首究爲晏幾道或韓玉詞。

第五章　珠玉詞之探討

第一節　珠玉詞之內容

　　就毛本珠玉詞而言，共收晏殊詞作一百三十一首，除去爲他人之詞而誤入者，或無法確定是否爲晏殊作品者外，毛本珠玉詞中可確定是晏殊詞的約有一百二十二首。這百餘首作品之中，其內容涵蓋豐富，舉凡頌禱、言情、寫意、離別、傷感、閒情、詠物、寫人等等，無所不包，因此晏殊可說是宋初寫詞能手。其詞柔媚且富詩意，婉雅中帶有悽惻的格調，蘊含著綿密曲折的思致，頗堪玩味，爲北宋婉約派詞家之代表。今以毛本珠玉詞一百二十二首爲主，探討其內容，以明大晏詞之梗概！茲歸納其詞之內容爲下列幾類：

一、祝頌之詞

　　晏殊生於宋太宗淳化年間，任官於眞宗、仁宗二朝。眞宗、仁宗在位時，專制色彩濃厚。君主爲鞏固自己的帝位，常製造一些讖緯、符瑞加以附會，故此時正是天書屢降，祥瑞沓至的時代，玉海中有不少相關的記載：

> 祥符元年六月己亥，天書自泰山。辛丑，內出王欽，若所
> 上天書再降瑞圖，示百寮。辛亥，宰相王旦言眞牒降於神

房，醴泉涌於陽址，芝苗競秀，雲族交輝。(卷二○○)

宋皇祐三年，眉州彭山縣上瑞麥圖，凡一莖五穗者數十本。
上曰：朕比禁四方無獻瑞物，今得西川麥秀圖，可謂眞瑞
矣。賜田夫束帛以勸之。六月無爲獻芝草。上曰：朕以豐
年爲瑞，賢人爲賢，至於草木魚蟲之異，焉足尚哉？自今
毋得以聞。(卷九一七)

在君權神授的時代裏，出現這麼多所謂的「祥瑞」跡象，朝臣文人當
然會歌頌昇平之盛世，見玉海所載：

祥符元年九月二十六日癸未，直史館張知白上言，數年以
來，兵息穀稔，順群臣，告成功，詔命纏行，和氣充塞，
上動靈貺，下契人心，……望以泰山諸瑞，按品目以弟之，
命良工以繢之，一本藏秘閣，傳於不朽，一本以備玉清昭
應宮圖壁。(卷二○○)

（祥符）五年八月丙午，上謂近臣群議及朝廷崇尚祥瑞，
躬親細務，著祥瑞勤政二論諭之，丁謂請刻石國學，晏殊
集有汾陰祥瑞贊。(卷二○○)

翻開全宋詞，亦不難發現時人多有祝頌之詞，如潘閬《鳳棲梧》：

朱闕玉城通閬苑，月桂星榆，春色無深淺，蕭瑟篠笙仙客
宴，蟠桃花滿蓬萊殿。　　九色明霞裁羽扇，雲霧爲車，
鸞鶴驂雕輦，路指瑤池歸去晚，壺中日月如天遠。

楊適《玉樓春》：

鳳樓郁郁呈嘉瑞，降聖覃恩四裔，醮臺清夜洞天嚴，公讌
凌晨簫鼓沸。　　保生酒勸椒香賦，延壽帶垂金縷細。幾
行鵷鷺望堯雲，齊共南山呼萬歲。

等皆是。晏殊位居台閣，君主又獎勵歌詠太平盛世之文學，因此晏殊
不能免俗亦有應制頌德之詞，或是祝壽，或是歌頌天子，或是詠物，
或是慶昇平，呈現一片和樂太平的繁華富貴氣象，如《燕歸深》：

雙燕歸飛繞畫堂，似留戀虹梁，清風明月好時光。更何況、
綺筵張。　　雲衫侍女，頻傾壽酒，加意動笙簧，人人心
在玉爐香。慶佳會，祝延長。

《拂霓裳》：

　　笑秋天，晚荷花綴露珠圓。風日好，數行新雁貼寒煙。銀
　　簧調脆管，瓊柱撥清絃。捧觥船。一聲聲，齊唱太平年。……

部份論者以爲晏殊此等作品純爲應制進獻之作，內容空泛且又少風
致，毫無價值可言。〔註1〕事實上，一般祝賀頌壽之詞，確是常流於
濃麗浮華，爲博取君主歡心而撰寫阿諛奉承的作品。然細察晏殊此類
詞，尚不致流於低俗無格，乃因其善用自然景物、花卉、植物，如芙
蓉、榴花、紫薇、紫菊等以襯托氣氛，而非靠金玉珍珠之堆砌，故晏
殊寫來華貴贍麗，但又不失清新雅致，且於此類祝壽、歌頌之詞中，
亦透露了當時達官貴人的生活景況與心理活動。了解上述時代背景之
後，對晏殊此類詞實不宜過份深責，應以平常眼光視之，況且文學作
品能反映作者的身世背景與時代環境，晏殊身爲朝廷重臣，又逢君主
提倡歌功頌德的宮廷文學，因此他有此類作品是可以理解的。茲列舉
此類詞於後，並作簡要繹述，以窺每首詞之內容：

　　風轉意，露催蓮。鸎語尚綿蠻，堯蓂隨月欲團圓，眞馭降
　　荷蘭。　　褰油幕，調清樂，四海一家同樂，千官心在玉
　　爐香，聖壽祝天長。(喜遷鸎)

　　歌斂黛，舞縈風。遲日象筵中，分行珠翠簇繁紅，雲髻裊
　　瓏璁。　　金爐暖，龍香遠，共祝堯齡萬萬，曲終休解盡
　　羅衣，留伴綵雲飛。(前調)

此二首爲祝賀聖上壽辰之作。「四海一家同樂」、「聖壽祝天長」、「共
祝堯齡萬萬」皆祝壽慶賀之語。

　　芙蓉花發去年枝，雙燕欲歸飛。蘭堂風軟，金爐香暖，新

〔註1〕如陸侃如、馮沅君《中國詩史》即持此論；劉子庚《詞史》亦言：「賀
　　壽惡詞，賢者不免，亦風雅之衰也」；宛敏灝《二晏及其詞》，頁168亦
　　認爲晏殊此類祝頌之詞毫無價值可言；陳永正選注《晏殊晏幾道詞選》，
　　前言頁7更指出晏殊詞集中那些祝壽之詞是粉飾太平、諂諛君主的作
　　品，實在毫無文學價值。但在另一方面，葉嘉瑩《迦陵論詞叢稿》，頁
　　133卻認爲晏殊所寫的祝頌之詞，無明言專指的淺俗卑下之言，祇是平
　　淡然而卻誠摯地寫他個人的一份祝願，並不覺鄙惡。筆者贊同葉氏之說。

曲動簾帷。　　家人拜上千春壽，深意滿瓊巵。綠鬢朱顏，道家裝束，長似少年時。(少年遊)

亦爲祝壽之詞，並以「芙蓉」、「飛燕」襯托祥和氣氛。

謝家庭檻曉無塵，芳宴祝良辰。風流妙舞、櫻桃清唱，依約駐行雲。　　榴花一盞濃香滿，爲壽百千春。歲歲年年，共歡同樂，嘉慶與時新。(前調)

以歌舞、榴花營造壽宴之熱鬧景象。「芳宴祝良辰」、「爲壽百千春」爲慶賀語。

秋風吹綻北池蓮，曙雲樓閣鮮。畫堂今日嘉會，齊拜玉爐煙。　　斟美酒，祝芳筵，奉觥船。宜春耐夏，多福莊嚴，富貴長年。(訴衷情)

此詞描寫嘉賓雲集，一起歡樂歌頌的情景。

世間榮貴月中人，嘉慶在今辰。蘭堂簾幕高卷，清唱過行雲。　　持玉盞，斂紅巾。祝千春，榴花壽酒，金鴨爐香，歲歲長新。(前調)

以「榴花壽酒」、「金鴨爐香」烘托壽筵的盛況。

玉樹微涼，漸覺銀河影轉。林葉靜、疏紅欲徧，朱簾細雨，尚遲留歸燕。嘉慶日，多少世人良願。　　楚竹驚鷥，秦箏起雁。縈舞袖、急翻羅薦。雲迴一曲，更輕攏檀板。香炷遠，同祝壽期無限。(嫭人嬌)

由描寫自然景物入手，進而轉入祝壽的主題。

一葉秋高，向夕陽紅蘭露墜。風月好，乍涼天氣。長生此日，見人中嘉瑞。斟壽酒、重唱妙聲珠綴。　　鳳笙移宮，鈿衫迴袂。簾影動、鵲爐香細。南眞寶籙，賜玉京千歲。良會永，莫惜流霞同醉。(前調)

描寫大家一同賀壽，珍惜相聚的時刻。

紫微枝上露華濃。起秋風，管絃聲細出簾櫳，象筵中。　　仙酒斟雲液，仙歌轉遶雲梁虹。此時佳會慶相逢，歡醉且從容。(望仙門)

慶祝嘉會相逢，管絃聲細，仙歌繞樑，盡情沈醉於宴會的歡樂中。

玉壺清漏起微涼。好秋光，金盃重疊滿瓊漿，會仙鄉。　　新曲調絲管，新聲更颭霓裳。博山爐暖泛濃香，泛濃香，爲壽百千長。（前調）

由好酒、美樂、濃香……組成繁華錦麗的氣象，祝禱年壽百千長。

玉池波浪碧如麟。露蓮新，清歌一曲翠眉嚬，舞華茵。　　滿酌蘭英酒，須知獻壽千春，太平無事荷君恩，齊唱望仙門。（前調）

以音樂、歌舞來點綴一場頌禱會。

玉露金風月正圓，臺榭早涼天。畫堂嘉會，組繡列芳筵。洞府星辰龜鶴，來添福壽。歡聲喜色，同入金爐泛濃煙。清歌妙舞，急管繁絃。榴花酒酌觥船。人盡祝，富貴又長年。莫教紅日西晚，留著醉神仙。（長生樂）

亦是祈求、賀壽之詞。

閬苑神仙平地見，碧海架蓬瀛。洞門相向，倚金鏞微明。處處天花撩亂，飄散歌聲。裝眞筵壽，賜與流霞滿瑤觥。　　紅鸞翠節，紫鳳銀笙。玉女雙來近彩雲。隨步朝夕拜三清，爲傳王母金籙，祝千歲長生。（前調）

「神仙」、「紅鸞」、「紫鳳」、「祝千歲長生」等句祝壽之意甚明。

紫菊初生朱槿墜，月好風清，漸有中秋意。更漏乍長天似水，銀屏展盡遙山翠。　　繡幕卷波香引穗。急管繁絃，共慶人間瑞。滿酌玉盃縈舞袂，南春祝壽千千歲。（蝶戀花）

此爲典型的祝壽之作。

紫府群仙名籍秘，五色斑龍，暫降人間媚。海變桑田都不記，蟠桃一熟三千歲。　　露滴彩旌雲遠袂，誰信壺中，別有笙歌地。門外落花隨水逝，相看莫惜尊前醉。（前調）

以「神仙」、「蟠桃」、「斑龍」來象徵祥瑞的景況。

慶生辰，慶生辰是百千春。開雅宴，畫堂高會有諸親。鈿函封大國，玉色受絲綸，感皇恩。望九重，天上拜堯雲。　　今朝祝壽，祝壽數，比松椿。斟美酒，至心如對月中人。一聲檀板動，一炷蕙香焚。禱神仙，願年年今日，喜

長新。（拂霓裳）

祝賀壽命長似神仙、松柏。

> 喜秋成，見千門萬戶樂昇平。金風細，玉池波浪縠紋生。
> 宿露霑羅幕，微涼入畫屏。張綺宴，傍薰爐蕙炷，和新聲。
> 　　神仙雅會，會此日，象蓬瀛。管絃清，旋翻紅袖學飛
> 瓊。光陰無暫住，歡醉有閒情。祝辰星，願百千爲壽，獻
> 瑤觥。（前調）

亦爲祝賀長生之詞。

> 笑秋天。晚荷花綴露珠圓。風日好，數行新雁貼寒煙。銀簧
> 調脆管，瓊柱撥清絃。捧觥船。一聲聲，齊唱太平年。　人
> 生百歲，離別易，會逢難。無事日剩呼賓友啓芳筵。星霜催
> 綠鬢，風露損朱顏。惜清歡，又何妨，沈醉玉尊前。（前調）

於太平之世歌頌相聚，珍惜大家聚首的時光，盡情歡樂。

> 雙燕歸飛繞畫堂，似留戀虹梁。清風明月好時光。更何況，
> 綺筵張。　　雲衫侍女，頻傾壽酒，加意動笙簧。人人心
> 在玉爐香。慶佳會，祝延長。（燕歸梁）

以「飛燕」、「清風」、「明月」陪襯祝壽佳會，使氣氛更憑添一份安祥、
自然清新之感。

> 金鴨香爐起瑞煙，呈妙舞開筵。陽春一曲動朱絃。斟美酒、
> 泛觥船。　　中秋五日，風清露爽，猶是早涼天。蟠桃花
> 發一千年。祝長壽，比神仙。（前調）

描寫祝壽之筵輕舞曼妙，美酒香醇。香煙裊裊，熱鬧歡愉景況如在目
前。

> 玉宇秋風至，簾幕生涼氣。朱槿猶開，紅蓮尚拆，芙蓉含
> 蕊。送舊巢歸燕拂高簷，見梧桐葉墜。　　嘉宴凌晨啓，
> 金鴨飄香細。鳳竹鸞絲，清歌妙舞，盡呈游藝。願百千遐
> 壽比神仙。年年歲歲。（連理枝）

此詞大意與前闋相類。

> 綠樹鶯聲老，金井生秋草。不寒不暖，裁衣按曲，天時正
> 好。況蘭堂逢著壽筵開，見爐香縹紗。　　組繡呈纖巧。

> 歌舞誇妍妙。玉酒頻傾，朱絃翠管，移宮易調。獻金盃重
> 疊祝長生，永逍遙奉道。(前調)

爐香縹緲，歌舞妍妙，祝壽的氣氛十分繁麗美好。

> 杏梁歸燕雙回首，黃蜀葵花開應候。畫堂元是降生辰，玉
> 盞更斟長命酒。　　爐中百和添香獸，簾外青蛾回舞袖。
> 此時紅粉感恩人，拜向月宮千歲壽。(玉樓春)

意與前幾首同，所用筆法亦相近。

> 紫薇朱槿繁開後。枕簟微涼生玉漏。玳筵初啓日穿簾，檀
> 板欲開香滿袖。　　紅衫侍女頻傾酒。龜鶴仙人來獻壽，
> 歡聲喜氣逐時新，青鬢玉顏長似舊。(前調)

以「紫薇」、「朱槿」、「玳筵」、「紅衫侍女」、「龜鶴仙人」等華美的事
物來祝賀壽辰。

二、感時之詞

　　晏殊一生仕途順達，鮮有悲苦憂慮，然而文人觀察力是敏銳的，
思致是精微的，往往能在日常生活中捕捉一些剎那間的情感，而形諸
文字，因此晏殊的作品裏有一部份是對美好時光易逝，人生幾何的感
慨，如《浣溪沙》：

> 一曲新詞酒一盃，去年天氣舊亭台。夕陽西下幾時迴？無
> 可奈何花落去，似曾相識燕歸來。小園香徑獨徘徊。

此首便是最典型的例子。作者在聽歌飲酒之餘，看到落花、夕陽，不禁
撫今追昔。雖風景不殊，但情懷非舊……此時的景象，與昔時並無差別，
仍是去年的天氣，一樣的亭台，但去年人在，而今人已杳然……詞人發
出了人生短暫、年華不再的歎息！幽幽渺渺，全首詞情感並不激烈、澎
湃，但卻能在溫和、婉轉之中，引人深思，撼人心絃，似乎說中了我們
每個人的心事，勾起了一份在內心深處曾有過的感慨與無奈！

　　筆者認為晏殊並非無病呻吟，因為人的情感十分脆弱，當歡樂
時，總會擔憂此一快樂光陰能有多久？人生匆匆數載，總想在生命裏
留住一點什麼，但又什麼也捉不到。在失落、慨嘆之餘，只好把握眼

前的歡樂，及時行樂。雖說得瀟灑，事實上卻充滿了無奈與無助！以下列舉晏殊珠玉詞中感歎時光易逝之作：

> 秋露墜，滴盡楚蘭紅淚，往事舊歡何限意，思量如夢寐。
>
> 　人貌老于前歲，風月宛然無異，座有嘉賓尊有桂，莫辭終夕醉。(謁金門)

景中有情，情中有思。對人事變遷、時節變換頗為敏感。然而詞人意識到追思往事無益，不如把握眼前的享樂。

> 湖上西風斜日，荷花落盡紅英。金菊滿叢珠顆細，海燕辭巢翅羽輕，年年歲歲情。　美酒一杯新熟，高歌數闋堪聽。不向尊前同一醉，可奈光陰似水聲，迢迢去未停。(破陣子)

末二句充份表現對時光流逝的無奈。

> 三月和風滿上林，杜丹妖豔直千金，惱人天氣又春陰。
>
> 　為我轉回紅臉面，向誰分付紫檀心，有情須殢酒盃深。
>
> 　(浣溪沙)

三月應是春光明媚的季節，予人一股愉悅之感，此詞卻有「惱」、「陰」的愁苦。

> 一向年光有限身，等閒離別易銷魂。酒筵歌席莫辭頻。
>
> 　滿目山河空念遠，落花風雨更傷春，不如憐取眼前人。
>
> 　(前調)

感時之易逝，更進而覺悟到多傷無用，不如掌握眼前的一切。

> 一曲新詞酒一盃，去年天氣舊亭台，夕陽西下幾時迴？
>
> 　無可奈何花落去，似曾相識燕歸來，小園香徑獨徘徊。
>
> 　(前調)

此首為晏殊代表作。感歎亭台、天氣一如去年，而物是人非，時不再來，頗富理趣。

> 宿酒纔醒厭玉巵，水沈香冷懶熏衣。早梅先綻日邊枝。
>
> 　寒雪寂寥初散後，春風悠颺欲來時，小屏閒放畫簾垂。
>
> 　(前調)

描寫寒冬將盡而春天將來，自然界時序之轉，總在不知不覺中進行著。

> 雪藏梅，煙著柳，依約上春時候。初送雁，欲聞鶯，綠池
> 波浪生。　　探花開，留客醉。憶得去年情味，金盞酒，
> 玉爐香，任他紅日長。（更漏子）

由今日眼前之情景，憶起去年光景，心中充滿無奈與惆悵。

> 菊花殘，梨葉墮，可惜良辰虛過。新酒熟，綺筵開，不辭
> 紅玉盃。　　蜀絃高，羌管脆，慢颺舞蛾香袂。君莫笑，
> 醉鄉人，熙熙長似春。（前調）

既無力留住光陰，何妨及時行樂。

> 春花秋草，只是催人老。總把千眉黛掃。未抵別愁多少。
> 　　勸君綠酒金盃，莫嫌絲管聲催，兔走烏飛不住，人生
> 幾度三台。（清平樂）

首二句道出了歲月不饒人的感慨。下半闋勸人不如及時行樂。

> 秋光向晚，小閣初開讌。林葉殷紅猶未徧，雨後青苔滿院。
> 　　蕭娘勸我金巵。殷勤更唱新詞，暮去朝來即老，人生
> 不飲何爲？（前調）

與前兩首意近，都是感到時光有限，覺得人應充份把握行樂的機會。

> 春來秋去，往事知何處。燕子歸飛蘭泣露，光景千留不住。
> 　　酒闌人散忡忡，閒階獨倚梧桐。記得去年今日，依前
> 黃葉西風。（前調）

詞中感嘆時節代序，人事的無常，那是誰也無法擺脫的憂愁，但在晏
殊筆下卻不過分悲觀，只是流露一種淡淡的思致。

> 金風細細，葉葉梧桐墜。綠酒初嘗人易醉，一枕小窗濃睡。
> 　　紫薇朱槿花殘。斜陽卻照闌干，雙燕欲歸時節，銀屏
> 昨夜微寒。（前調）

此爲晏殊閒雅詞之代表，以閒淡的筆調來表達細膩的情感。予人詩意
之美，而無深沈的悲苦。

> 春風不負東君信，徧折群芳。燕子雙雙，依舊銜泥入杏梁。
> 　　須知一盞花前酒，占得韶光。莫話匆忙，夢裏浮生足
> 斷腸。（採桑子）

「韶光匆忙，人生幾何」是此詞所流露的感慨之情。

> 紅英一樹春來早，獨占芳時。我有心期，把酒攀條惜絳蕤。
> 　　無端一夜狂風雨，暗落繁枝。蝶怨鶯悲，滿眼春愁說
> 向誰。（前調）

詞人之所以會愁，乃因感時光之流逝而起。

> 陽和二月芳菲徧，暖景溶溶。戲蝶遊蜂，深入千花粉艷中。
> 　　何人解繫天邊日，占取春風。免得繁紅，一片西飛一
> 片東。（前調）

此詞筆調輕俏自然，在愉悅的意象之下隱藏著對時光易逝、美景不常
的深切感受。

> 梅蕊雪殘香瘦，羅幕輕寒微透。多情只似春楊柳，占斷可
> 憐時候。　　蕭娘勸我盃中酒，翻紅袖。金烏玉兔長飛走，
> 爭得朱顏依舊。（秋蕊香）

感韶光之易逝，當飲盃中酒，人生短暫，無須讓自己陷於愁悶之中，
有李白「今朝有酒今朝醉」之味。

> 三月暖風，開卻好花無限了，當年叢下落紛紛，最愁人。
> 　　長安多少利名身，若有一盃香桂酒，莫辭花下醉芳茵，
> 且留春。（酒泉子）

透過惜春之意，表達詞人不重名利與及時行樂的想法。

> 春色初來，徧拆紅芳千萬樹，流鶯粉蝶鬬翻飛，戀香枝。
> 　　勸君莫惜金縷衣，把酒看花須強飲，明朝後日漸離坡，
> 惜芳時。（前調）

意與前闋相近。由描寫春光之明媚，進而勸人惜春行樂。

> 長安紫陌春歸早，鞚垂楊、染芳草。被啼鶯語燕催清曉。
> 正好夢，頻驚覺。當此際，青樓臨大道，幽會處，兩情多
> 少。莫惜明珠百琲，占取長年少。（迎春樂）

末二句乃表達一種莫徒感慨，應把握現在的思致。

> 梅花漏洩春消息。柳絲長，草芽碧。不覺星霜鬢邊白，念
> 時光堪惜。　　蘭堂把酒留嘉客。對離筵，駐行色。千里
> 音塵便疏隔，合有人相憶。（滴滴金）

年歲已長，感慨歲月不饒人。

三、離情之詞

　　離情別緒自古為文人抒寫詠歎的主題之一。或是親人之離或是友人、愛人之離，總予人莫大的傷感。晏殊雖然一生官高爵顯，但其間也曾被彈劾貶官，與友人、親人之間的分離，都足以讓他哀感不已。晏殊作品中此類傷離之詞，流露對光陰消逝、聚散無常的無奈，如：「須盡醉，莫推辭，人生多別離」（浣溪沙）、「時光只解催人老，不信多情，長恨離亭」（採桑子）。在另一方面晏殊又頗能排解愁苦之情，葉嘉瑩氏稱之為「理性詞人」〔註2〕，他雖悲年光之有限、感事業之無常，念遠傷春，愁緒滿懷，但他卻能控制自己的情緒，超脫情感的束縛，意識到應立足現實，捉住眼前所擁有的一切。傷感只是短暫的，很快地又能豁達地面對事實，不讓自己陷入愁苦的泥淖之中，寓高度哲理於文學作品中，表現了作者的人生觀，如《浣溪沙》一詞：「滿目山河空念遠，落花風雨更傷春，不如憐取眼前人」。何必去追憶失去的，或憂愁得不到的呢？那只有徒增傷感與煩惱罷了，不如珍惜眼前的一切較為實際。晏殊作品中抒寫離情之詞所佔比例甚少，或許即因其具有此種曠達的胸懷使然。茲列舉此類詞於後：

　　　　湖上西風急暮蟬，夜來清露濕紅蓮，少留歸騎促歌筵。

　　　　　　為別莫辭金盞酒，入朝須近玉爐煙，不知重會是何年？

　　　　（浣溪沙）

於秋夜送別友人。末句道出了詞人心中的不捨之情。

　　　　　楊柳陰中駐彩旌，芰荷香裏勸金觥。小詞流入管絃聲。

　　　　　　只有醉吟寬別恨，不須朝暮促歸程，兩條煙葉繫人情。

　　　　（前調）

別離愁緒滿懷，想留人，又不得。想想今後又將要孤獨，於是只得藉醉吟來放寬心胸。

　　　　　塞鴻高，仙露滿，秋入銀河清淺。逢好客，且開眉，盛年能幾時。　　寶箏調，羅袖軟，拍碎畫堂檀板。須盡醉，

〔註2〕見葉嘉瑩《迦陵論詞叢稿》，頁124，本段所論除筆者自己的理解之外，部份觀點亦採其說。

莫推辭，人生多別離。(更漏子)

此詞描寫於秋高氣爽的時節，有客來訪，頗令人興奮愉悅。於是趁此機會大家相聚暢飲一番，畢竟人生多別離。

> 時光只解催人老，不信多情。長恨離亭，淚滴春衫酒易醒。
>
> 梧桐昨夜西風急，淡月朧明，好夢頻驚，何處高樓雁一聲。(採桑子)

人一天天地老去，又遭生離死別，著實令人惆悵唏噓，此種愁悶似乎連酒也無法澆卻！

> 別來音信千里，悵此情難寄。碧紗秋月，梧桐夜雨，幾回無寐。　樓高目斷，天遙雲黯，只堪顒顧。念蘭堂紅燭，心長焰短，向人垂淚。(撼庭秋)

此詞籠罩著一層蒼涼之感，詞人感傷的情懷隱然可見。

> 祖席離歌，長亭別宴。香塵已隔猶迴面，居人匹馬映林嘶，行人去棹依波轉。　畫閣魂消，高樓目斷，斜陽只送平波遠。無窮無盡是離愁，天涯地角尋思徧。(踏莎行)

描寫送別場面，由居者依依難捨，行者亦不忍分離兩方面來抒寫。

> 簾幕風輕雙語燕，午醉醒來，柳絮飛撩亂。心事一春猶未見，餘花落盡青苔院。　百尺朱樓閒倚徧，薄雨濃雲，抵死遮人面。消息未知歸早晚，斜陽只送平波遠。(蝶戀花)

淡淡的離愁自然湧現，一幕孤寂景象呈現眼前。

> 資善堂中三十載，舊人多是凋零。與君相見最傷情，一尊如舊，聊且話平生。　此別要知須強飲，雪殘風細長亭。待君歸覲九重城，帝宸思舊，朝夕奉皇明。(臨江仙)

描寫與老友相見，閒話家常，感嘆舊人凋零。此去一別不知何時再能相見，姑且強顏歡笑，飲酒解愁吧！

> 千縷萬條堪結，占斷好風良月。謝娘春晚先多愁，更撩亂、絮飛如雪。短亭相送處，長憶得，醉中攀折。年年歲歲好時節，怎奈尚有人離別。(望漢月)

此為送別之作。原本令人歡喜愉悅的好時節，卻因別離而破壞情緒。

> 關河愁思望處滿，漸素秋向晚。雁過南雲，行人回淚眼。

　　　　雙鶯衾裯悔展，夜又永秋孤。人遠夢未成歸，梅花聞
　　塞管。(清商怨)

描寫征人思鄉之詞。上片以景物烘托思鄉的情緒，下片則著重心靈的
刻劃。

四、閒情之詞

　　宋史晏殊本傳言其：「詩閒雅有情思」。由於晏殊生活安適，且社
會亦安定承平，故其詞多呈現淡淡的閒雅之情。常以楊柳、春風、荷
花、芙蓉……等景物融入詞中，描述心中的一點輕愁或閒情，而少有
熱烈激動的情感流露，反映其心境、生活上平適的一面。這或許也是
因他位極人臣，對情感的表露較爲含蓄收斂之故，畫墁錄載：

　　柳三變既以詞忤仁廟，吏部不放改官。三變不能堪，詣政
　　府。晏公曰：「賢俊作曲子麼？」三變曰：「只如相公亦作
　　曲子。」公曰：「殊雖作曲子，不曾道『綵線慵拈伴伊坐』，
　　柳遂退。〔註3〕

可見當時在朝任官者雖亦寫詞，但往往因身份、地位所繫，而表現得
較爲內斂。晏殊在這方面頗有分寸，他雖也寫一些言情、柔婉之詞，
但能作到樂而不淫、哀而不傷、憂而不迫、婉而不媚的境界，故其閒
雅之詞，雖平淡卻饒富情味，頗堪細細咀嚼。如《踏莎行》：

　　小徑紅稀，芳郊綠徧，高臺樹色陰陰見。春風不解禁楊花，
　　濛濛亂撲行人面。　　　翠葉藏鶯，朱簾隔燕，爐香靜逐遊
　　絲轉。一場愁夢酒醒時，斜陽卻照深深院。

此爲晏殊閒情之詞的典型，描寫暮春景色，一幅生動、活潑的畫面呈
現眼前。雖有惜春之意，卻不悲淒，反而予人溫婉閒雅之感。黃鶯躲
在翠葉裏，香煙靜靜地裊繞，恬然安靜的氣氛自然湧現。此詞曾有論
者以爲是諷刺朝政之作，如常州派詞評家張惠言評曰：「此詞亦有所
興，其歐公蝶戀花之流乎？」；〔註4〕而譚獻以之爲「刺詞」；〔註5〕

〔註3〕見張舜民《畫墁錄》。
〔註4〕見張惠言《張惠言論詞》。

黃蓼園云:「首三句言花稀葉盛,喻君子少,小人多也。高臺指帝閣,春風二句言小人如楊花輕薄易動搖君心也,翠葉二句喻事多阻隔,爐香句喻己心鬱紆也,斜陽照深深院言不明之日難照此淵也。」〔註6〕劉永濟先生甚至以為此詞是寫宰相呂夷簡因故貶逐孔道輔、范仲淹、余靖、尹洙等人。皇上(春風)不能禁止異黨之人(楊花),致使彼輩紛紛排斥同黨之正人(濛濛亂撲行人面)。〔註7〕其實這首詞未必有如此複雜的言外之意,與其穿鑿比附,不如以詞面來探討,此詞應是由描寫暮春景色,進而引起詞人內心的愁思,「一場愁夢酒醒時,斜陽卻照深深院」可謂韻味悠長,令人低迴不已。晏殊閒情之詞,有以下幾首:

> 綠葉紅花媚曉煙,黃蜂金蕊欲披蓮,水風深處懶回船。
>
> 可惜異香珠箔外,不亂清唱玉尊前,使星歸覲九重天。
>
> (浣溪沙)

此詞乃在描繪一幅美妙的光景,綠葉、紅花、黃蜂、金蕊,色彩亮麗耀眼,襯托詞境,可見作者十分善於運用色彩。

> 林間摘徧雙雙葉,寄與相思。朱槿開時,尚有山榴一兩枝。
>
> 荷花欲綻金蓮子,半落紅衣。晚雨微微,待得空梁宿燕歸。(採桑子)

由大然間的植物,林間、朱槿、山榴、荷花、蓮子的情態著筆,寄與一份閒情逸致,予人安詳之感。

> 燭飄花,香掩爐,中夜酒初醒。畫樓殘點兩三聲,窗外月朧明。　曉簾垂,驚鵲去,好夢不知何處。南園春色已歸來,庭樹有寒梅。(喜遷鶯)

有種悲愁之感及落寞孤寂之味,但末二句似乎又出現了一絲希望。

> 東風楊柳欲青青,煙淡雨初晴。惱他香閣濃睡,撩亂有啼鶯。　眉葉細,舞腰輕。宿妝成,一春芳意,三月和風,

〔註5〕見譚獻《復堂詞話》。
〔註6〕轉引自唐圭璋箋註《宋詞三百首欣賞》,頁26所載。
〔註7〕見劉永濟選釋《唐五代兩宋詞簡釋》。

　　　牽繫人情。（訴衷情）

以二月為背景，表達出一片春意盎然，生動活潑的畫面，融情入景，
倍感詩意綿綿。

　　　芙蓉金菊鬥馨香，天氣欲重陽。遠春秋色如畫，紅樹間疏
　　　黃。　　流水淡，碧天長。路茫茫，憑高目斷，鴻雁來時，
　　　無限思量。（前調）

此詞充份表現了晏殊溫婉閒雅的詞風，「流水」、「碧天」、「鴻雁」皆
是開闊明朗的意象，頗令人心境愉悅。

　　　數枝金菊對芙蓉，搖落意重重。不知多少幽怨，和露泣西
　　　風。　　人散後，月明中。夜寒濃，謝娘愁臥，潘令閒眠，
　　　心事無窮。（前調）

上片末二句呈現作者善感的心緒，雖心事重重卻非真正的深沈悲痛，
而是來自詞人敏銳、善感的思致。

　　　小徑紅稀，芳郊綠徧，高台樹色陰陰見。春風不解禁楊花，
　　　濛濛亂撲行人面。　　翠葉藏鶯，朱簾隔燕，爐香靜逐游
　　　絲轉。一場愁夢酒醒時，斜陽卻照深深院。（踏莎行）

描繪晚春情景，景中見情，傷春之意自然流露。

　　　一霎秋風驚畫扇，艷粉嬌紅，尚折荷花面。草際露垂蟲響
　　　徧，珠簾不下留歸燕。　　掃掠亭臺開小院，四坐清歡，
　　　莫放金盃淺。龜鶴命長松壽遠，陽春一曲情萬千。（蝶戀花）

以身旁的周遭小事物入詞，呈現一幅溫和閒雅的畫面。此詞結尾一句
展現作者豪邁曠放的胸懷。

　　　昨日探春消息，湖上綠波平。無奈繞堤芳草，還向舊痕生。
　　　　有酒且醉瑤觥，更何妨、檀板新聲，誰教楊柳千絲，
　　　就中牽繫人情。（相思兒令）

以平湖綠波，繞堤芳草、千絲楊柳，生動細致地勾畫出春天的氣息。
末二句所牽繫的是一份淡淡的春愁。

　　　帝城春暖，御柳暗遮空苑。海燕雙雙，拂颺簾攏。女伴相攜，
　　　共繞林間路，折得櫻桃插鬢紅。　　昨夜臨明微雨，新英徧
　　　舊叢。寶馬香車，欲傍西池看，觸處楊花滿袖風。（玉堂春）

此詞所描寫的是女子春遊，景色繽紛，多彩多姿的情景。

> 斗城池館，二月風和煙暖。繡戶珠簾，日影初長。玉轡金鞍、
> 繚繞沙堤路，幾處行人映綠楊。　　小檻朱闌回倚，千花濃
> 露香。脆管清絃，欲奏新翻曲，依約林間坐夕陽。（玉堂春）

此詞短短數句，有動、有靜、有視覺、有聽覺，意象十分豐富多變。

> 畫鼓聲中昏又曉，時光只解催人老。求得淺歡風日好。齊揭
> 調，神仙一曲漁家傲。　　綠水悠悠天杳杳，浮生豈得長年
> 少。莫惜醉來開口笑，須信道，人間萬事何時了。（漁家傲）

詞人以豁達的態度看人生，既然生命有限，歡樂無常，何不暫且忘憂
煩，閒適一番。

五、言情之詞

　　在晏殊的時代，詞之地位不高，被認為是舞文弄墨的遊戲文字，
尤其以晏殊居官的身分，卻有不少詞作，其中不乏描寫男女情愛與思
念之詞，因而遭到批評，東軒筆錄云：

> 王荊公，初為參知政事，間日因讀晏元獻小詞而笑曰：「為
> 宰相而作小詞，可乎？」〔註8〕

可見當時對朝官寫詞是頗為譏諷的。其子晏幾道曾為其辯護，見賓退
錄載晏幾道云：「先君平日小詞雖多，未嘗作婦人語也。」〔註9〕事實
上，幾道所言不實，或許是維護其父之聲名而作此言。四庫全書總目
提要珠玉詞提要云：「趙與峕賓退錄，記殊幼子晏幾道，嘗稱殊詞不
作婦人語，今觀其集，綺艷之詞不少，蓋幾道欲重其父名，故作是言，
非確論也。」提要所言不假，今閱珠玉詞，不難發現深情綿綿，意韻
悠悠的情詞，然而值得一提的是，其情詞具有真摯的情感，即使寫女
性柔膩細緻的一面亦不輕佻狎慢，無宮體詩輕靡的色彩，而顯得淡雅
幽遠，含蓄淳厚，值得用「心」去品味！茲列舉此類詞於後：

> 海上蟠桃易熟，人間好月長圓。惟有攀釵分細侶，離別常

〔註8〕見魏泰《東軒筆錄》卷五。
〔註9〕見趙與峕《賓退錄》。

多會面難，此情須問天。　　蠟燭到明垂淚，薰爐盡日生煙。
一點淒涼愁絕意，譙道秦箏有剩絃，何曾爲細傳。（破陣子）

上片說明了會面之難，下片首二句則烘托出孤寂淒苦之意。

燕子欲歸時節，高樓昨夜西風。求得人間成小會，試把金
尊傍菊叢，歌長粉紅面。斜日更穿簾幕，微涼漸入梧桐。
多少襟懷言不盡，寫向鸞牋曲調中，此情千萬重。（前調）

上片描寫把酒菊叢，盡情歌唱的歡樂之情。下片則抒寫情意之深重，
情感表現豐富而眞摯。

憶得去年今日，黃花已滿東籬。曾與玉人臨小檻，共折香英
泛酒卮，長條插鬢垂。　　人貌不應遷換，珍叢又睹芳菲。
重把一尊尋舊徑，所惜光陰去似飛，風飄露冷時。（破陣子）

詞末二句流露出舊地重遊，追憶往日相聚的情懷，……卻只是徒增傷
感而已。

閬苑瑤臺風露秋，整鬟凝思捧觥籌。欲歸臨別強遲留。
月好謾成孤枕夢，酒闌空得兩眉愁，此時情緒悔風流。
（浣溪沙）

上片借景托情，下片則將情感充分流露，悔恨自己不該風流，如今空
得兩眉愁。

紅蓼花香夾岸稠，綠波春水向東流，小船輕舫好追遊。
漁父酒醒重撥棹，鴛鴦飛去欲回頭，一盃銷盡兩眉愁。
（前調）

此詞如一幅幽美的圖畫，風格十分清新自然，言情成份不重。

淡淡梳妝薄薄衣，天仙模樣好容儀，舊歡前事入顰眉。
閒役夢魂孤獨暗，恨無消息畫簾垂，且留雙淚說相思。
（前調）

描寫美女的情態，婉麗柔美，上片末句寫得十分傳神，下片寫別後相
思之情。

小閣重簾有燕過，晚花紅片落庭莎，曲闌干影入涼波。
一霎風好生翠幕，幾回疏雨滴圓荷，酒醒人散得愁多。
（前調）

作者善用動態景物來烘托寂寞的心情，「過」、「落」、「入」、「生」、「滴」等等。

> 檻菊愁煙蘭泣露，羅幕輕寒，燕子雙飛去。明月不諳離恨苦，斜光到曉穿朱戶。　　昨夜西風凋碧樹，獨上高樓，望盡天涯路，欲寄彩箋無尺素，山長水闊知何處。(蝶戀花)

此詞主要是描寫閨思。上片由寫景而移情入景，藉由眼前的景物注入主角的情感。下片則透過高樓遠望說明了期盼等待之殷切。

> 青蘋昨夜秋風起。無限個、露蓮相倚。獨憑朱闌，愁望晴天際。空目斷，遙山翠。　　彩箋長，錦書細。誰信道，兩情難寄。可惜良辰好景，歡娛地，只憑空憔悴。(鳳銜盃)

獨自憑闌遠望，然而卻望不見思念之人、留下一份淡淡的哀愁，空自傷感。

> 留花不住怨花飛，向南園，情緒依依。可惜倒紅斜白一枝枝。經宿雨，又離披。　　憑朱檻，把金卮。對芳叢，惆悵多時，何況舊歡新恨阻心期。空滿眼，是相思。(前調)

道盡相思之意。無奈、依依之情自然湧現。

> 柳條花顆惱青春。更那堪。飛絮紛紛。一曲細絲清脆，倚朱脣。斟綠酒，掩紅巾。　　追往事，惜芳辰。暫時間，留住行雲。(前調)

追憶與情人種種纏綿之意，空自嘆息。「柳條」、「飛絮」原是代表溫婉嫵媚的柔情，然而此刻卻徒增煩惱。

> 紅箋小字，說盡平生意。鴻雁在雲魚在水，惆悵此情難寄。　　斜陽獨倚西樓，遙山恰對簾鉤，人面不知何處，綠波依舊東流。(清平樂)

此為懷人之詞，青山、綠水長在，而愛人不知何處？鴻雁、游魚無法為自己傳信，真是令心惆悵萬分。

> 淡薄梳妝輕結束。天意與，臉紅眉綠。斷環書素傳情久，許雙飛同宿。　　一餉無端分比目。誰知道，風前月底，相看未足。此心終擬，覓鸞絃重續。(紅窗聽)

描寫所戀女子之美態，並曾與她海誓山盟，而今卻分離兩地，思之令

人悲。

> 記得香閨臨別語，彼此有，萬重心訴。淡雲輕靄知多少。
> 隔桃源無處。　　夢覺相思天欲曙，依前是，銀屏畫燭，
> 宵長歲暮。此時何計，託鴛鴦飛去。（前調）

意境與上闋相似。「記得香閨臨別語」、「夢覺相思天欲曙」等可知其念念不忘心中所愛。

> 東風昨夜回梁苑，日腳依稀添一線，旋開楊柳綠蛾眉，暗
> 折海棠紅粉面。無情一去雲中雁，有意歸來梁上燕，有情
> 無意且休論，莫向酒盃容易散。（玉樓春）

上片寫女子之美，下片流露出愛之不得的惆悵。「有情」、「無意」顯現其矛盾心理。

> 簾旌浪卷又金泥，鳳宿醉醒來長簪，鬆海棠開後曉寒輕。
> 柳絮飛時春睡重。美酒一杯誰與共，往事舊歡時節動，不
> 如憐取眼前人，免使勞魂兼役夢。（前調）

此詞呈現詞人理性的一面。回憶往昔，佳人已不在，空自愁嘆。於事無補，不如珍惜眼前所擁有的。

> 玉樓朱閣橫金鎖，寒食清明春欲破。窗間斜月兩眉愁，簾
> 外落花雙淚墮。朝雲聚散真無那，百歲相看能幾箇。別來
> 將為不牽情，萬轉千回思想過。（前調）

「兩眉愁」、「雙淚墮」將心中的愁苦表露無遺，為情所繫，萬轉千回地思念。

> 露蓮雙臉遠山眉，偏與淡妝宜。小庭簾幕春晚，閒共柳絲
> 垂。　　人別後，月圓時。信遲遲，心心念念，說盡無憑，
> 只是相思。（訴衷情）

寫春日的閨思，幽閑淡雅，自有天然的韻致。且「遲遲」、「心心」、「念念」等疊字，自然入詞，無雕飾之痕。

> 青梅煮酒鬥時新，天氣欲殘春。東城南陌花下，逢著意中
> 人。　　回繡袂，展香茵，敘情親。此情拚作，千尺游絲，
> 惹住朝雲。（前調）

此詞雖寫男女情愛，卻不華靡，不纖佻。末三句更流露出纏綿韻致。

二月春風，正是楊花滿路。那堪更，別離情緒。羅巾掩淚，
任粉痕霑汙。爭奈向，千留萬留不住。　　玉酒頻傾，宿
眉愁聚。空腸斷，寶箏絃柱。人間後會，又不知何處。魂
夢裡，也須時時飛去。(孃人嬌)

此詞抒寫離情別緒。末二句以虛幻夢想寫兒女情長，更見情意之真切。

細草愁煙，幽花怯露。憑闌總是銷魂處，日高深院靜無人，
時時海燕雙飛去。　　帶緩羅衣，香殘蕙炷，天長不禁迢
迢路。垂楊只解惹春風，何曾繫得行人住。(踏莎行)

上片寫景極為細膩，景中見情。下片末二句見其幽怨之韻。

碧海無波，瑤臺有路。思量便合雙飛去，當時輕別意中人，
山長水遠知何處。　　綺席凝塵，香閨掩霧。紅牋小字憑
誰附，高樓目盡欲黃昏，梧桐葉上蕭蕭雨。(前調)

描寫與意中人別後的懷思，感嘆碧海瑤臺也能雙宿雙飛，可是在人間
卻無法相聚。

綠樹歸鶯，雕梁別燕，春光一去如流電。當歌對酒莫沈吟，
人生有限情無限。　　弱袂縈春，修蛾寫怨。秦箏寶柱頻
移雁，尊中綠醅意中人，花朝月夜長相見。(前調)

上片末三句充分表達出對時光的流逝及生命有限的無力感，這種自然
界的規律很容易引人悲嘆。

春色漸芳菲也，遲日滿煙波。正好艷陽時節，爭奈落花何。
　　醉來擬恣狂歌，斷腸中，贏得愁多。不如歸傍紗窗，
有人重畫雙蛾。(相思兒令)

春天本是滿生氣活力的，作者卻用了「落花」、「斷腸」、「愁多」等字
眼，表露出作者的心事。

後園早春，殘雪尚濛煙草。數樹寒梅，欲綻香英。小妹無端，
折盡釵頭朵，滿把金尊細細傾。　　憶得往年同伴，沈吟無
限情。惱亂東風，莫便吹零落，惜取芳菲眼下明。(玉堂春)

此詞惜花且憐人，往日同遊的玩伴，如今皆已分別，頗令人傷感。

粉面啼紅腰束素，當年拾翠曾相遇。密意深情誰與訴。空怨
慕，西池夜夜風兼露。　　池上夕陽籠碧樹，池中短棹驚微

　　雨，水泛落英何處去。人不語，東流到了無停住。(漁家傲)
此詞表現出晏殊執著的一面，「西池夜夜風兼露」、「東流到了無停住」
二句情意深永。

六、寫人之詞

　　除上列那些情意深切之詞外，晏殊尚有一部分描寫女子情態心緒
之作，或是美女，或是歌女、舞女，這些詞是其作品中最柔美婉麗的
部分。晏殊屬貴族身分，在當時的社會裏，免不了要常交際應酬，飲
酒作樂，尤其晏殊又十分好客，他平時雖剛毅簡樸，但亦有其輕鬆愉
快的生活面，避暑錄話云：

> 晏元獻公雖早富貴，而奉養極約，惟喜賓客，未嘗一日不
> 燕飲。……見每有嘉客必留，……亦必以歌樂相佐，談笑
> 雜出，……稍闌，即罷遣歌樂曰：「汝曹呈藝已徧，吾當呈
> 藝。」乃具筆札，相與賦詩，率以為常。〔註10〕

是知晏殊常有許多與賓客酬唱，觀賞歌舞的場合，因此也接觸過不少
歌者，舞者，以及一些年經貌美的女子，故其詞中亦少了描寫歌舞美
女之作，但他能深入探討其內心世界，寫來真摯感人，無穠艷纖麗之
感，甚至有的蘊含深義，如《山亭柳》贈歌者一詞：

> 家住西秦，賭博藝隨身。花柳上，鬥尖新。偶學念奴聲調，
> 有時高過行雲。蜀錦纏頭無數，不負辛勤。　　數年來往
> 咸京道，殘盃冷炙謾銷魂。衷腸事，託何人。若有知音見
> 採，不辭徧唱陽春，一曲當筵落淚，重掩羅巾。

此首被認為是珠玉詞中的「別體」，因是晏殊詞中罕見的有題之作，
且聲情激越，情感悲涼，異於集中其他作品。〔註11〕就詞面而言，其
內容是寫一歌女因年老色衰，而被上層社會公子哥兒所遺棄，而境況
淒涼悲苦的遭遇。葉嘉瑩氏亦對此詞有所論述，他認為這首詞的題目
並不是由臆想加上去的，而是確有一位歌者，此歌者之身世曾引起晏

〔註10〕見葉夢得《避暑錄話》卷上。
〔註11〕見陳永正選注《晏殊晏幾道詞選》，頁66。

殊深切的共鳴，於是鬱積已久的情懷乃因之一洩而出。這種機會是可遇而不可求的，因此我們在晏殊其他的詞作中，並不容易看到這種感慨激越的情調。〔註12〕鄭騫先生亦曾言此詞是晏殊「惜他人酒盃，澆自己塊壘」。〔註13〕

　　由「贈歌者」這小題看來，可知這首詞不是晏殊寫了交給歌者演唱的詩歌，而是贈送給歌者的一篇詩歌。由鄭、葉二氏所言，知此詞很可能是晏殊借寫歌者，以抒發自己因罷相出知外郡，〔註14〕而產生的感慨牢騷，故除表面上寫歌女外，另有寓義。

　　以下列舉珠玉詞中寫人之作：

　　　玉椀冰寒滴露華，粉融香雪透輕紗，晚來妝面勝荷花。

　　　　　鬢軃欲迎眉際月，酒紅初上臉邊霞，一場春夢日西斜。

　　（浣溪沙）

此詞描寫美女儀態，生動傳神，且艷而不俗，細而不佻。

　　　莎華濃，山翠淺，一寸秋波如剪。紅日永，綺筵開，暗隨
　　　仙馭來。　　　過雲聲，回雪袖，占斷曉鶯春柳。縈送目，
　　　又顰眉，此情誰得知。（更漏子）

此首亦寫美女之外貌，「山翠淺」形容眉，「一寸秋波如剪」形容眼，十分形象化。結尾三句更是教人憐惜。

　　　家住西秦，賭博藝隨身……（見上頁）

上片寫歌女年輕貌美時走紅的情況，「若有知音見採，不辭徧唱陽春」則是透露其渴望得到知音的心情。結尾二句聞之令人心酸。此詞另有寓義已於前述，茲不贅述。

　　　露下風高，井梧宮簟生秋意，畫堂筵啓，一曲呈珠綴。　　　天
　　　外行雲，欲去凝香袂，爐煙起。斷腸聲裏，歛盡雙蛾翠。

　　（點絳脣）

〔註12〕見註2，頁136。

〔註13〕見鄭騫《詞選》中此首詞後之按語。

〔註14〕即宋仁宗慶曆年間因孫甫、蔡襄上言晏殊爲李辰妃寫墓誌不言生仁宗事，而第一次被罷相。後又因用公差爲自己修房屋，被糾彈而再次罷相。詳見夏承燾《二晏年譜》及葉嘉瑩《唐宋詞名家論集》，頁145、146。

此首亦寫歌女，以秋天蕭瑟，寂寥的氣氛襯托出歌女寂寞孤獨的心態。收尾二句更見其內心之淒苦。

> 曙河低，斜月淡，簾外早涼天。玉樓清唱倚朱絃，餘韻入
> 疏煙。　　臉霞輕，眉翠重，欲舞釵鈿搖動。人人如意祝
> 爐香，為壽百千長。（喜遷鶯）

由描寫天氣入手，時序是秋涼的夜晚。「臉霞輕，眉翠重」是寫歌舞者的面貌，下一句是寫其體態。短短三句生動地表現出歌女的形態。

七、寫物之詞

　　除了寫人之外，珠玉詞中亦有寫物之詞，這類詞大部分是寫「荷」，也有些是寫「紅梅」、「黃葵」、「菊」等植物。雖是寫物，然皆賦予感情，與心境、情景配合，並將這些美麗的花卉擬人化，更見姿態幽雅、嬌羞，惹人愛憐，如《雨中花》：

> 剪翠妝紅欲就，折得清香滿袖，一對鴛鴦眠未足，葉下長
> 相守。　　莫傍細條尋嫩藕，怕綠刺，冒衣傷手。可惜許，
> 月明風露好，恰在人歸後。

此詞描寫在荷花下，有一對鴛鴦相依相偎，濃情蜜意，更使荷富有生命，顯得生趣盎然，且加重了情感的成份。除此首之外，晏殊尚有其他寫物之詞，茲列舉之：

> 重陽過後，西風漸緊，庭樹葉紛紛。朱闌向曉，芙蓉妖艷，
> 特地鬥芳新。　　霜前月下，斜紅淡蕊，明媚欲回春。莫
> 將瓊萼等閒分，留贈意中人。（少年遊）

此詞乃寫芙蓉花。秋風蕭瑟，落葉紛紛，而芙蓉花卻獨自開得分外艷麗，此種花象徵著愛情的堅貞、清高，故言欲「留贈意中人」。

> 霜華滿樹，蘭凋蕙慘，秋艷入芙蓉。臙脂嫩臉，金黃輕蕊，
> 猶自怨西風。　　前歡往事，當歌對酒，無限到心中。更
> 憑朱檻憶芳容，腸斷一枝紅。（少年遊）

描寫芙蓉之模樣極其生動美妙，　然又帶有一份濃濃的情感。

> 荷葉荷花相間鬥，紅嬌綠嫩新妝就，昨日小池疏雨後。鋪錦
> 繡，行人過去頻回首。　　倚徧朱闌凝望久，鴛鴦浴處波文

皺。誰喚謝娘斟美酒，縈舞袖，當筵勸我千長壽。(漁家傲)

寫荷之清新脫俗，令人不忍釋愛，又以鴛鴦戲水來使畫面更顯生動活潑。

荷葉初開猶半卷，荷花欲折須微綻。此葉此花眞可羨。秋水畔，青涼繳映紅妝面。　美酒一盃留客宴，拈花摘葉情無限。爭奈世人多聚散。頻祝願，如花似葉長相見。(前調)

上片詠荷，寫花葉同根生長，相扶相映，對花葉情態的描寫生動、逼眞。下片言情，表達如花似葉永相依、長相見的美好願望。

楊柳風前香百步，盤心碎點眞珠露。疑是水仙開洞府，妝景趣，紅幢綠蓋朝天路。　小鴨飛來稠鬧處，三三兩兩能言語，飲散短亭人欲去。留不住，黃昏更下蕭蕭雨。(前調)

此爲寫荷之詞，以小鴨陪襯，活潑有趣，詞末二句則有些淒楚。

葉下鵁鶄眠未穩，風翻露颭香成陣。仙女出遊知遠近。羞借問，饒將綠扇遮紅粉。　一掬蕊黃霑雨潤，天人乞與金英嫩，試折亂條醒酒困。應有恨，芳心拗盡絲無盡。(前調)

將荷花以擬人手法來寫。「饒將綠扇遮紅粉」其情態之嬌羞柔媚可見。

畫畫溪邊停彩舫，仙娥繡被呈新樣，颯颯風聲來一餉。愁四望，殘紅片片隨波浪。　瓊臉麗人青步障，風牽一袖低相向，應有錦鱗閒倚傍。秋水上，時時綠柄輕搖颺。(前調)

此詞籠罩在淡淡的愁緒裡，不似前幾闋般輕鬆愉悅。

宿蕊鬪攢金粉鬧，青房暗結蜂兒小。斂面似啼開似笑，天與貌。人間不是鉛華少。　葉軟香清無限好，風頭日腳乾催老。待得玉京仙子到，憑向道，紅顏只合長年少。(前調)

首二句將蓮兒的外貌寫得頗爲貼切。下片前二句則感歎雖美好，但終會老。

越女採蓮江北岸，輕橈短棹隨風便。人貌與花相鬪艷，流水慢，時時照影看妝面。　蓮葉層層張綠繖，蓮房箇箇垂金盞。一把藕絲牽不斷，紅日晚，回頭欲去心撩亂。(前調)

此詞乃寫越女採蓮，蓮兒搖曳生姿。以蓮塘之美景映對越女之艷麗丰姿，以藕絲不斷喻情思綿綿不絕，手法頗爲含蓄巧妙。

臉傅朝霞衣剪翠，重重占斷秋江水。一曲採蓮風細細，人未
醉，鴛鴦不合驚飛起。　　欲摘嫩條嫌綠刺，閒敲畫扇偷金
蕊。半夜月明珠露墜，多少意，紅腮點點相思淚。(前調)

描寫荷花嬌媚的形貌。下片融入自己的情感，將點點露珠視爲荷花的
淚水，倍感淒美哀怨。

幽鷺慢來窺品格，雙魚豈解傳消息。綠柄嫩香頻採摘，心似
織，條條不斷誰牽役。　　粉淚暗和清露滴，羅衣染盡秋江
色。對面不言情脈脈，煙水隔，無人説似長相憶。(前調)

由水上的鷺及水下的魚生動活潑的姿態帶出主體—荷。詞人以抒情寫
意的手法來呈現—「綠柄嫩香頻採摘，心似織，條條不斷誰牽役」。

楚國細腰元自瘦，文君膩臉誰描就。日夜聲聲催箭漏，昏復
晝，紅顏豈得長如舊。　　醉拆嫩房和蕊嗅，天絲不斷清香
透。卻傍小闌凝坐久，風滿袖，西池月上人歸後。(前調)

由欣賞荷花而引發對某位女子的思念，抒情的意味頗重。

嫩綠堪裁紅欲綻，蜻蜓點水魚遊畔。一霎雨聲香四散，風颭
亂，高低掩映千千萬。　　總是凋零終有恨，能無眼下生留
戀，何似折來妝粉面。勤看翫，勝如落盡秋江岸。(前調)

上片末三句以動態的風雨來展現「荷」的姿態，倍覺生動活潑。

芳蓮九蕊開新艷，輕紅淡白勻雙臉。一朵近華堂，學人宮
樣妝。　　看時斟美酒，共祝千年壽，銷得曲中誇，世間
無此花。(菩薩蠻)

「輕紅淡白勻雙臉」乃寫荷花之色彩清新脫俗，濃淡得宜，其氣質之
高雅，居眾卉之首。

芙蓉一朵霜秋色，迎曉露，依依先拆。似佳人，獨立傾城，
傍朱檻，暗傳消息。　　靜對西風脈脈，金蕊綻，粉紅如
滴。向蘭堂，莫厭重新，免清夜，微寒漸逼。(睿恩新)

上片將芙蓉比作佳人。下片則描繪其外形—「金蕊綻，粉紅如滴」，
令人喜愛。

古羅衣上金針樣，繡出芳妍。玉砌朱闌，紫艷紅英照日鮮。
　　佳人畫閣新妝了，對立叢邊，試摘嬋娟，貼向眉心學

翠鈿。（採桑子）

「古羅衣上金針樣」、「紫艷紅英照日鮮」乃寫石竹之色彩、形貌。下片寫佳人對石竹之喜愛。

> 越娥紅淚泣朝雲，越梅從此學妖嬈。臘月初頭，庾嶺繁開後，特染妍華贈世人。　前溪昨夜深深雪，朱顏不掩天真。何時驛使西歸，寄與相思客，一新，報道江南別樣春。（瑞鷓鴣）

此為詠梅之作，清新健康，以西施來比喻紅梅，滿山遍野地開，妍華艷麗。

> 江南殘臘欲歸時，有梅紅亞雪中枝。一夜前村、間破瑤英拆，端的千花冷未知。　丹青改樣勻朱粉，雕梁欲畫猶疑。何妨與向冬深，密種秦人路。夾仙溪，不待天桃客自迷。（前調）

臘月之中，紅梅一夜之間迎著風雪開放，茂盛華麗，令人著迷。

> 秋花最是黃葵好，天然嫩態迎秋早。染得道家衣，淡妝梳洗時。　曉來清露滴，一一金盃側，插向綠雲鬢，便隨王母仙。（菩薩蠻）

此詞開門見山地道出「黃葵好」，並將其顏色姿態寫得十分傳神。

> 人人盡道黃葵淡，儂家解說黃葵艷。可喜萬般宜，不勞朱粉施。　摘承金盞酒，勸我千長壽，擎作女真冠，試伊嬌面看。（前調）

此詞道盡了詞人對黃葵的喜愛。

> 高梧葉下秋光晚，珍叢化出黃金盞。還似去年時，傍闌三兩枝。　人情須耐久，花面長依舊，莫學蜜蜂兒，等閒悠颺飛。（前調）

此詞描寫黃葵鮮明的形象，由幾首寫黃葵之詞，可知晏殊對黃葵的偏好。下片並勸人，愛情要專一，不可朝秦暮楚。

> 紅絲一曲傍階砌，珠露下，獨呈纖麗。剪鮫綃，碎作香英，分彩線，簇成嬌蕊。　向晚群花欲新，放朵朵，似延秋意。待佳人，插向釵頭，更裊裊，低臨鳳髻。（睿恩新）

> 小桃花與早梅花，盡是芳妍品格。未上東風先拆，分付春消息。　佳人釵上玉尊前，朵朵穠香堪惜，誰把彩毫描

得，免恁輕拋擲。（胡搗練）

此乃寫梅之詞。梅之品格、姿容令人賞心悅目，憐惜不已。

> 向曉雪花呈瑞，飛徧玉城瑤砌。何人剪碎天邊桂，散作瑤
> 田瓊蕊。　　蕭娘斂盡雙蛾翠，迴香袂。今朝有酒今朝醉，
> 遮莫更長無睡。（秋蕊香）

上片末二句描寫梅花的繽紛美妙，用語極為俏皮可愛。下片則表達了
「今朝有酒今朝醉」的觀念。

　　以上將珠玉詞的內容大致歸納為七大類，其中除第一類祝頌之詞
外，多為抒情之作，於詞中流露種種情思，或訴離情、或感時序，即
使是詠物、寫人亦多少融入了情感，不僅豐富了作品的生命，亦使珠
玉詞在內容上雖可畫分為七類，但其整體的表現方式是一致的，皆以
誠懇之筆，表露真摯之情。

第二節　珠玉詞之藝術風格

　　北宋初期承續花間、南唐的詞風發展，以小令及婉麗典雅之詞為
主流。二晏、歐陽修、張先等為此期的大家，晏殊是接受此流風的第
一人，其詞曾受韋應物的影響，並染有南唐二主及馮延巳詞的色彩。
晏殊十分喜愛讀韋應物詩，青箱雜記云：

> 晏元獻公風骨清羸，不喜食肉，尤嫌肥羶，每讀韋應物詩，
> 愛之曰：『全沒些脂粉氣』，故公於文章尤負賞識，集梁文
> 選以後迄於唐，為集選五卷，而詩之選尤精，凡格調猥俗
> 而脂膩者皆不載也。……（卷五）

是知晏殊喜讀韋詩，愛其無脂粉氣，選詩亦取樸實無華者，而晏殊本
身之詞作不纖佻，不鄙俗，在潛移默化之中，晏殊似已受到韋應物的
影響。此外晏殊並祖述二主，憲章正中，為北宋倚聲家初祖，馮煦云：

> 詞至唐，二主作於上，正中和於下，詣微造極，得未曾有。
> 宋初諸家，靡不祖述二主，憲章正中，譬之歐、虞、褚、
> 薛之書，皆出逸少。晏同叔去五代未遠，馨烈所扇，得之

　　最先，故左宮右徵，和婉明麗，爲北宋倚聲家初祖。〔註15〕
宋人劉攽亦指出：「元獻尤喜馮延巳歌辭，其所自作，亦不減延巳樂府。」
〔註16〕清人劉熙載云：「馮延巳詞，晏同叔得其俊，歐陽永叔得其深」
〔註17〕毛晉亦言：「晏氏父子俱足追配李氏父子（李璟、李煜）」〔註18〕
此皆說明了晏殊詞之淵源。但每位作家均有其獨特的格調，晏殊雖與
二主、馮、韋有相似之處，然晏詞較馮延巳、李後主清淡；晏詞音調
開雅，而馮、李則顯得較哀婉……此皆其異處。晏殊除了師法南唐詞
清俊諧婉的藝術特色之外，亦能擺脫花間集淫靡艷麗詞風，而自具特
色。宋史本傳稱其「文章贍麗，詩閒雅有情思」，其詞溫潤秀潔、和婉
明快，正如其詞集之名。

　　晏殊爲北宋婉約派代表詞人之一，王國維曾說：「詞之爲體，要
眇宜修，能言詩之所不能言，而不能盡言詩之所能言。」。〔註19〕「詞」
本身的結構適合於表現婉轉曲折的感情，清麗、舒緩，「以含蓄爲尚，
具有高度的陰柔之美，雖亦有剛健、豪放之作，然就質與量來看，仍
以柔和婉約爲主，一唱三嘆，讀之令人有『含不盡之意，見於言外』
的感覺」，〔註20〕蔣兆蘭曾說：「宋代詞家源出於唐五代，皆以婉約爲
宗，自東坡以浩瀚之氣行之，遂開豪邁一派」、「詞家正軌，自以婉約
爲宗」，〔註21〕許多詞話多以婉約爲正，以豪放爲變，而自南唐、五
代以至兩宋，詞風概以婉約派爲主流，根據統計，婉約與豪放，在宋
代就作家或作品而論，大約爲五與一之比，〔註22〕晏殊爲北宋婉約派
之先路，其詞淡雅，略帶些淒清慨嘆的意味，頗具特色。

　　此外，晏殊又是一位「理性詞人，對每一件事物都有節制與反省，

〔註15〕見馮煦《蒿庵論詞》。
〔註16〕見劉攽《中山詩話》。
〔註17〕見劉熙載《藝概》詞概。
〔註18〕見毛本《宋六十名家詞》，毛晉珠玉詞跋。
〔註19〕見王國維《人間詞話》。
〔註20〕引號內參考梁榮基〈詞學理論綜考〉一文。
〔註21〕見蔣兆蘭《詞說》。
〔註22〕同註20。

他圓融平靜的風格與富貴顯達的身世，正是一位理性詞人同株異幹的兩種成就」。〔註 23〕晏殊大部分的人生都在顯貴優遊中渡過，雖不曾有過如李後主般絕望、亡國的生涯，但他仍能體會到人生脫離不了生、老、病、死、聚、散、離、合、時光不待人，……種種的無奈感，不免有所感嘆，傷懷，然而因其心胸曠達，故其言情、寫意、傷春、感時、送別之詞，並不如李後主、馮延巳那般沈鬱。且晏殊頗能節制自己的情感，不致鑽入苦悶的漩渦，而以一種壑達的心胸來看待一切事物。

此外，在寫作技巧方面，晏殊善用對比的手法，將時空、今昔、色彩、情景，……等變化，以對比方式來襯托，不僅有助於詞意的表達，且更加深了讀者的感受程度。茲將晏殊珠玉詞的藝術風格分述於後：

一、圓融平靜中體現雍容的氣度

王灼於論各家詞長短時嘗謂：「晏元獻公、歐陽文忠公，風流蘊藉，一時莫及，而溫潤秀潔，亦無其比」，〔註 24〕晏殊詞作大抵皆反映其安適的生活與平穩的情懷，因此少有落魄、憤恨的窮愁不遇之音，〔註 25〕而時時流露出舒緩幽靜的情致，這是一般喜在作品中寄託身世之感與不遇之怨的詩人所欠缺的特質，由此亦可說明詞風與作者個人的際遇頗有關係。

讀晏殊詞，所感受到的是一份生活中的平靜之美，音韻的和諧、詞句的清新，融鑄成珠玉詞的閒雅情調。詞中無強烈的色彩或淒厲的音調，概以平淡的手法與柔緩的筆調出之，卻柔中有味，極具詩意之美，而在這圓融平靜的詞境中，作者更體現了特有的雍容華貴氣度。由於晏殊處富貴的環境，因此作品很自然地顯露華貴贍麗之風，這種

〔註 23〕見註 2，頁 122。
〔註 24〕見王灼《碧雞漫志》卷二。
〔註 25〕珠玉詞中的《山亭柳》贈歌者，借寫歌者而抒發其晚年罷相的牢騷，情調激越慷慨，是風格例外之作。

風格的形成，絕非靠金碧輝煌的字眼強加堆砌，而是詞人氣度的自然流露，所著重者為內在精神之體現，而非外在形跡之雕琢，故論者嘗讚美其詞之雍容自然，吳處厚青箱雜記卷五載；

> 晏元獻公起田里，而文章富貴，出於天然。嘗覽李慶孫《富貴曲》云：「軸裝曲譜金書字，樹記花名玉篆碑」，公曰：「此乃乞兒相，未嘗諳富貴者。故余每吟詠富貴，不言金玉錦繡，而惟說其氣象，若『樓臺側畔楊花過，簾幕中間燕子飛』，『梨花院落溶溶月，柳絮池塘淡淡風』之類是也。」故公自以此句語人曰：「窮兒家有這景致也無？」

是知晏殊對富貴氣象的展現有其獨到之處，雖偶有金玉錦繡之字，亦是用以烘托氣氛，並非用以雕琢、鋪陳，故不覺突兀或低俗粗糲。歸田錄云：

> 晏元獻喜評詩，嘗曰：「『老覺腰金重，慵便枕玉涼』，未是富貴語；不如『歌歸院落，燈火下樓臺』，此善言富貴者也。」人皆以為知言。〔註26〕

晏殊所謂的富貴氣象是一種真正存在的氣格，不落言筌而自然呈現，其珠玉詞的華貴氣象即是這般表現。

晏殊詞閒雅的情調與華貴的氣氛，是其顯達的身世與閒適的生活兩相配合下所產生的結果，因此並不是每個詞人都能有這樣的風格，若無內在的氣質及環境的薰陶，強以為之，必流於矯揉造作、鄙俗不堪，故我們可以說，在「圓融平靜中體現雍容的氣度」是珠玉詞特有的藝術風格，略舉一、二首為代表，試加說明：

> 一霎秋風驚晝扇，艷粉嬌紅，尚拆荷花面。草際露垂蟲響徧，珠簾不下留歸燕。　　掃掠亭臺開小院，四坐清歡。莫放金盃淺，龜鶴命長松壽遠，陽春一曲情萬千。(蝶戀花)
> 斗城池館，二月風和煙暖。繡戶珠簾，日影初長。玉轡金鞍，繚繞沙隄路，幾處行人映綠楊。小檻朱闌回倚，千花濃露香。脆管清絃，欲奏新翻曲，依約林間坐夕陽。(玉堂春)

〔註26〕見歐陽修《歸田錄》卷二。

這兩首詞筆者皆歸爲「閒情之詞」，然於詞中並可體悟到一股雍容的高雅氣象。詞人以輕盈寧謐的景物，營造一個恬靜的天地，但卻不是孤獨死寂的，而是有蟲鳴、有人們的飲酒作樂，更有玉轡金鞍以及行人、美樂，充份表達了詞人的閒適情懷，其悠然自在的心境隱然可見，同時亦不時流露華贍的氣氛，如艷粉嬌紅、繡戶珠簾、玉轡金鞍、小檻朱闌……等等，令人感受到另一種異於黯淡、窮愁、粗鄙的格調。晏殊所處的是眞正富貴的生活，本身已培養出閒適圓融的氣質，發而爲詞，不免有色澤光鮮，景物精緻的華贍之風，這正是其雍容氣度的體現。

二、抒情中帶有理性的思索

晏殊於宦海浮沈數十載，對人生有深刻的體驗，是屬於王國維所謂閱世多且深的「客觀詩人」。[註27] 其位爲朝臣，遇事須明辨思考，權衡反省，因此養成他理性思玩的性格，表現在文學上，無論是寫景或抒情，往往有意無意之間，表露其對事理的體悟，給予讀者思索的空間。大抵而言，詞體纏綿、婉曲，寄情深微，並不適合在詞中說理言事，故自來少有以詞體寫成說理名篇者，然晏殊卻善於將理性的思致融入抒情寫意之中，不著痕跡，耐人尋味，論者嘗謂其詞「情中有思」，或稱之爲「理性詞人」，[註28] 無疑是對殊詞此一特色的肯定。因此讀珠玉詞除欣賞其文學之美外，更不可忽略當中的哲理意蘊，如《浣溪沙》一詞：

> 一向年光有限身，等閒離別易銷魂，酒筵歌莫辭頻。　　滿目山河空念遠，落花風雨更傷春，不如憐取眼前人。

上片是一般感時傷離之語，尙不能看出其獨特之處，然下片三句，由「山河」而「落花」至「眼前人」，鏡頭自遠至近，手法明快、節奏順暢，心境亦隨之緊扣。作者所表達的是對「把握眼前所擁有的一切」的覺醒，他認爲對不可挽回的事物無需一味地感傷，那只會徒增痛

〔註27〕同註 19。

〔註28〕同註 2。

苦，應及時捉住現有的才是。俞陛雲評此詞云：「……結句傷春念遠，祗惱人懷，而眼前之人，豈能常聚，與其落月停雲，他日徒勞相憶，不若憐取眼前，樂其晨夕，勿追悔蹉跎……」。〔註 29〕筆者以為晏殊此三句詞給人的啟示，當不僅限於勸人珍惜眼前的相聚，而是有更深一層的涵義，它說明了人應有面對現實的理性，無論做任何事都必須掌握現在、瞻望未來，追悔過去或惋惜所失去的，非但徒增失落悵惘之感，更會在不知不覺中錯過更多。晏殊頗能排解此種心結，退一步想海闊天空，容易鑽牛角尖者應多讀此類作品，可從中學習對人生的體悟。

晏殊另一首《玉樓春》中亦有類似之句「不如憐取眼前人，免使勞魂兼役夢」語意清晰、明白，而由此句之重複出現，可見作者確實具有深思明辨的理念，而他這份思致並非苦心經營或刻意安排，乃是情感、思想的自然流露，絲毫無教條式的說理痕跡，然讀者每能於吟詠之間思索、玩味，獲得一些啟發。而晏殊詞「情中有說理痕跡，然讀者每能於吟詠之間思索、玩味，獲得一些啟發。而晏殊詞「情中有思」的特色，且進一步擴大了詞境，「昨夜西風凋碧樹，獨上高樓，望盡天涯路」（蝶戀花）表面上似為寫景之詞，但細讀後又可體會到另有言外之意。王國維人間詞話曾引此句云：「古之成大事業、大學問者，必經過三個境界：昨夜西風凋碧樹，獨上高樓，此第一境也……」此詞本身即具有高遠闊大的氣勢，作者運用自然景物的變化與人的思緒產生關聯，獨自登高望遠，天地悠悠，內心昇起一股蒼茫遼闊之感，引發人們追求遠大理想和光明前程的理念，此種壯闊的意境與深刻的思致，實非一般小詞可比。另有《浣溪沙》：

> 一曲新詞酒一盃，去年天氣舊亭台，夕陽西下幾時迴。
>
> 　　無可奈何花落去，似曾相識燕歸來，小園香徑獨徘徊。

此詞前二句蘊涵著時間永恆而人生短暫的深長嘆息，詞人以淡雅抒情的筆調寫來，卻在字裏行間流露出深沈的思致與明晰的哲思。「無可

〔註 29〕見俞陛雲《唐五代兩宋詞選釋》，頁 156。

奈何花落去，似曾相識燕歸來」寫的是無常，但在無常之中，表現了一種永恆的循環，重新燃起希望，燕子會再歸來，而不是陷於絕望的泥淖中。「小園香徑獨徘徊」，人生在花落去、燕歸來的交替之中，年歲漸老，終至消逝，面對此一現實問題，不禁引起詞人的沈思玩索，而獨自徘徊於小園香徑，雖有著幾許落寞感傷，但絕非悲觀絕望，於感嘆、無奈之餘，更見詞人對時光流逝的無常抱持著天地永恆的胸懷，正如蘇軾赤壁賦所云：「蓋將自其變者而觀之，則天地曾不能以一瞬；自其不變者而觀之，則物與我皆無盡也……」故此詞實有深義，耐人體味，然論者卻多看重其寫作枝巧，如唐圭璋云：「『無可』兩句，虛對工整，最為昔人所稱」，〔註30〕楊慎詞品卷三謂：「『無可奈何』二語工麗，天然奇偶」，張宗橚詞林紀事卷三云：「細玩『無可奈何』一聯，意致纏綿，語調諧婉」，凡此固為定評，但詞中的內在涵義亦值得我們去加以探討。

三、婉約派詞風

從唐、五代至宋初，詞風都是屬於婉約派，四庫提要述及詞的演變時說：

> 詞自晚唐、五代以來，以親切婉麗為宗。至柳永而一變，至軾而一變，遂開辛棄疾等一派。〔註31〕

徐釚詞苑叢談以婉約一派為「正」，豪放一派為「變」，其云：

> 李氏、晏氏父子、耆卿、子野、美成、少游、易安至矣，詞之正宗也。溫、韋艷而促，黃九精而刻，長公麗而壯，幼安辨而奇，又其次也，詞之變體也。〔註32〕

晏殊、晏幾道父子屬宋初婉約派詞人。詞之本質是文學與音樂的結合，其風格與詩不同，是供一般文人雅士在筵席上遣懷助興的，因此音樂須柔和、文詞須婉麗舒緩，才能發揮其娛樂性，並深刻感人，故

〔註30〕見唐圭璋《唐宋詞簡釋》，頁54。
〔註31〕《四庫提要》卷一百九十八集部詞曲類一東坡詞提要。
〔註32〕見徐釚《詞苑叢談》卷一體製篇。

論者多以婉約緩雅之詞爲「正」，而氣象恢宏的豪放詞爲「變」。詞之爲婉約或豪放，其區分由下列釋意得知：〔註33〕

	婉　　約	豪　　放
言情	兒女之情或離別情緒	忠壯之情或身世感慨
寫景	取近景或細緻之景	取遠景或壯闊之景
音節	悠揚緩慢	激昂暢快
句法	詞調句法雙式句較多	詞調句法單式句較多
措詞	措辭輕靈曼妙	措辭沈雄跌宕
設色	多著色語	少著色語
表現	較含蓄	較爽直

細察晏殊珠玉詞其內容不乏抒寫離情別緒或男女之情的作品，符合婉約派風格，如《浣溪沙》「淡淡梳妝薄薄衣」一詞、《紅窗聽》「記得香閨臨別語」一詞、《鳳銜盃》「留花不住怨花飛」一詞……等等皆是寫兒女之情；而《踏莎行》「祖席離歌」一詞、《浣溪沙》「楊柳陰中駐彩旌」一詞、《浣溪沙》「湖上西風急暮蟬」一詞……等等皆是寫離情別緒。

婉約詞的另一特質是音節與句法曲折緩慢，韻律幽遠綿長，配合詞情、心境、再三吟唱，聲情盡出，倍覺委婉動人。一般而言雙式句歌唱或吟誦時較緩慢，適合婉約詞柔緩曲折的意味。單式句則唱起來較雙式句節拍要快，適合豪放派格調。〔註34〕晏殊珠玉詞中多是單式句與雙式句之混合，然雙式句佔多數，如《嫟人嬌》：

　　二月春風，正是楊花滿路。那堪更，別離情緒。羅巾掩淚，任粉痕霑汙。爭奈向，千留萬留不住。　　　玉酒頻頻，宿眉愁聚。空腸斷，寶箏絃柱。人間後會，又不知何處。魂夢裏，也須時時飛去。

上片：四、六、三、四、四、五、三、六

〔註33〕見註20第七章婉約說一文。
〔註34〕同前第五章豪放與婉約一文。

下片：四、四、三、四、四、五、三、六

《相思兒令》：

　　昨日探春消息，湖上綠波平。無奈繞堤芳草，還向舊痕生。

　　　　有酒且醉瑤觥，更何妨，檀板新聲。誰教楊柳千絲，

　　就中牽繫人情。

上片：六、五、六、五

下片：六、三、四、六、六

　　此外，婉約詞的措辭都極為委婉美妙，且多用設色語，配合詞之
內容、意境，十分清新婉麗，珠玉詞中多此類詞，如《浣溪沙》「無
可奈何花落去，似曾相識燕歸來，小園香徑獨徘徊」、《採桑子》「何
人解繫天邊日，占取春風，免使繁紅，一片西飛一片東」皆是十分輕
盈宛轉、細緻幽美之詞。婉約詞中用設色語最有名的是晏幾道小山詞
（詳後），然晏殊珠玉詞中亦常見設色語，如《漁家傲》「疑是水仙開
洞府，妝景趣，紅幢綠蓋朝天路」、「仙女出遊知遠近，羞借問，饒將
綠扇遮紅粉」，使詞境更加生動美妙。

　　就表現手法而言，含蓄是婉約詞的一大特色，詞要含蓄才能有不
盡之意，見於言外，產生迷離深刻的韻味，沈祥龍云：

　　含蓄無窮，詞之要訣。含蓄者意不淺露，語不窮盡，句中
　　有餘味，篇中有餘意，其妙不外寄言而已。〔註35〕

晏殊詞之表現手法含蓄隱約，其言情或寫女性之作皆點到為止，不作
露骨輕褻之表白，是典型的婉約詞，如《鳳銜盃》「彩箋長，錦書細。
誰信道，兩情難寄。可惜良辰好景，歡娛地，只恁空悴憔」、「《紅窗
聽》「淡薄梳妝輕結束，天意與，臉紅眉綠，斷環書素傳情久，許雙
飛同宿」。

　　由以上各段所論，知晏殊珠玉詞符合了婉約詞的特質，故云其屬
婉約派詞風。

　　　　　　　　　　　　　　　　　　　　　　　　　

〔註35〕沈祥龍《論詞隨筆》。

四、對比技巧的運用

在詩詞的寫作中，安排兩種相對或相反的事物、概念、現象等，在相對的位置，以比照、顯露或強調它們彼此之間的差異，而達到相反相成的效果，即爲對比技巧的運用。〔註36〕晏殊詞作多採用此種相對性的比照手法，不僅在形式結構上呈現勻稱中富有變化的美感，〔註37〕且在內容方面也因此而得到更淋漓、更深刻的發揮。茲將晏殊珠玉詞中幾種對比技巧的表現分述於下：

（一）時空的對比

人活在世上，無時無刻不處在時間與空間之中，與時空巧妙地結合在一起，不同的時空，不同的景物，所發生的不同事件，對人們產生各種程度的情感震撼與衝擊。文人往往能透過文字，處理和描寫這些時空所帶來的情感激盪，尤其在古典詩詞裏，運用時間與空間的對比，表現出情景錯綜交融的關係，達到意蘊悠遠、情思綿長效果的作品爲數不少，這方面已有前賢撰文論述，〔註38〕筆者循其線索，對珠玉詞作一初步的探討，茲舉例說明之：

> 檻菊愁煙蘭泣露，羅幕輕寒，燕子雙飛去。明月不諳離恨
> 苦，斜光到曉穿朱戶。　　昨夜西風凋碧樹，獨上高樓，
> 望盡天涯路。欲寄彩箋無尺素，山長水闊知何處？（鵲踏枝）

此詞首句以「菊」點出時間是在秋天。次句「羅幕」則說明了所在的空間是在室內。見到燕子成雙成對地飛去，引起離別的傷感，暗示首句菊花含愁、蘭草飲泣的原因。接著二句亦以「明月」、「到曉」（時間）、「朱戶」（空間）交會揉合，表示相思愁苦之綿延深長。下片「昨夜」（時間），蕭瑟的西風（秋風亦指明時序，與上片首句遙映）吹凋了碧綠的樹木，以下幾句充份地利用空間的拓展、延伸，將詞境擴大，既寫出作者懷人之深切情意，亦有悲秋之感。上下兩片以相同的時間

〔註36〕詳見王熙元〈詞的對比技巧初探〉一文，收於《古典文學》第二集。
〔註37〕因它不是工整的對仗形式，而是意境上的對映。
〔註38〕同註36及黃永武《中國詩學》——設計篇。

（秋天裏的某一清晨）與不同的空間（房間、高樓）作對比，藉著空間的漸次擴大，暗示相思懷念之愈加深沉。至結尾兩句達到了高峰，道出這是無窮無盡的思念，而所思之人，究竟在何處呢？「獨上高樓，望盡天涯路」空間的充份展現，常能予人蒼茫、寥落之感。登高遠望，更在俯仰低迴，歷覽觀望之中，不期然而然地引起了理想、幻想、妄想，這種由空間距離引起的情感，學者名之曰「空間情感」。〔註39〕晏殊珠玉詞常以登高遠望來表達內心悵惘、感傷的心緒，如「樓高目斷，天遙雲黯，只堪顒頹」（撼庭秋）、「憑高目斷，鴻雁來時，無限思量」（訴衷情）、「畫閣魂消，高樓目斷，斜陽只送平波遠」（踏莎行）、「高樓目盡欲黃昏，梧桐葉上蕭蕭雨」（前調）、「百尺朱樓閑倚徧，薄雨濃雲，抵死遮人面」（蝶戀花）等等皆是。

　　又《撼庭秋》「別來音信千里」一詞亦是珠玉詞中運用時空對比技巧的典型，在同一時間內，以遊子所在的空間與閨婦所在的空間作對比，表達離別相思之苦。〔註40〕

（二）今昔的對比

　　詞人往往以昔日的歡樂相聚與今日的孤寂寥落作對比，以「今昔之感」突顯內心愁苦、懷念的情緒，晏殊珠玉詞多此種筆法，如《破陣子》：

> 憶得去年今日，黃花已滿東籬。曾與玉人臨小檻，共折香英泛酒卮。長條插鬢垂。　　人貌不應遷換，珍叢又睹芳菲。重把一尊尋舊徑，所惜光陰去似飛。風飄露冷時。

上片寫回憶，將時間拉到去年的今日，當時兩人共同憑著小檻、摘花、飲酒，攀折長條插在鬢髮上，流露出款款深情。如今舊地重遊，卻人事已非，只得獨自把酒，流連往日並肩漫步的小徑，追尋昔日情懷，卻只是徒增感慨罷了。此詞透過追憶，將今昔不同的景況作一對比，自然地流露出深刻的懷思。此外，如「憶得往年同伴，沈吟無限情」

〔註39〕以上二行見魏耕原〈古典詩詞時間空間藝術美探尋〉一文。
〔註40〕同註36。

（玉堂春）、「往事舊歡何限意，思量如夢寐」（謁金門）、「一曲新詞酒一杯，去年天氣舊亭台，夕陽西下幾時迴」（浣溪沙）、「憶得去年情味，金盞酒，玉爐香，任他紅日長」（更漏子）、「酒闌人散忡忡，閒階獨倚梧桐，記得去年今日，依舊黃葉西風」（清平樂）等皆是今昔對比手法。

（三）色彩的對比

「色彩」與人類生活關係密切，舉凡衣服、器物、圖畫、建築、自然界的動植物等等，無一沒有色彩存在。根據實驗，各種不同的顏色能引起人不同的感受與聯想。〔註41〕在討論「顏色」的美學上，有所謂的「補色」，就是性質相反的兩色，如紅和綠，紫和黃，橙和藍，都是互補的顏色。〔註42〕補色相配，不僅可使畫面調和，具有美感，而且能發揮對比映襯的效果。在文學作品中，作者喜用「紅」、「綠」兩種對立互補的色彩來突顯效果，晏殊珠玉詞亦多以「紅」（朱）、「綠」（翠）作強烈的對比，使句意更加明晰，如「斟綠酒，掩紅巾」（鳳銜盃）、「小徑紅稀，芳郊綠徧」、「翠葉藏鶯，朱簾隔燕」（踏莎行）、「臉紅眉綠」（紅窗聽）、「分行珠翠簇繁紅」（喜遷鶯）、「綠鬢朱顏」（少年遊）、「旋開楊柳綠蛾眉，暗拆海棠紅粉面」（木蘭花）、「紅嬌綠嫩」（漁家傲）、「嫩綠堪裁紅欲綻」（前調）、「星霜催綠鬢，風露損朱顏」（拂霓裳）等皆是以色彩為對比的手法。

第三節　晏殊與其他詞家之比較

宋初詞人所寫小詞大抵是承繼花間與南唐詞人的流風，晏殊、歐陽修是當時頗負盛名的詞家，兩人的詞格皆與馮延巳有相近之處，然又各有特色。劉攽中山詩話：

> 元獻尤喜馮延巳歌詞，其所自作，亦不減延巳樂府。

〔註41〕參考陳永麟《美學概論與藝術哲學》一書第三章。
〔註42〕同前。

劉熙載藝概・詞概亦云：

> 馮延巳詞，晏同叔得其俊，歐陽永叔得其深。

在晏殊珠玉詞中有歐詞及馮詞混入的現象，〔註43〕由此似可尋出一些端倪。

一、珠玉詞與馮延巳詞之比較

　　馮延巳，名正中，號延巳，南唐中主李璟少時即常侍左右，後李璟繼立國君，延巳頗受寵愛，曾被任命爲同平章事（即宰相）。後因用兵失敗，遭受打擊，被罷相，任太子少傅，時年五十六歲，逾年（西元 960）卒。〔註44〕

馮煦唐五詞選敘云：

> 吾家正中翁，鼓吹南唐，上翼二主，下啓晏歐，實正變之樞，短長之流別。

又蒿庵論詞云：

> 詞至南唐，二主作於上，正中和於下，詣微造極，得未曾有。宋初諸家，靡不祖述二主，憲章正中。……晏同叔去五代未遠，馨烈所扇，得之最先。

南唐詞雖未收入花間集中，但由於同處五代，不免帶有與花間集相近的詞風，馮延巳詞中有許多所謂的「艷情」之作，表現出纖柔、旖旎的氣氛，具有花間詞的某些特色，然而馮詞卻又褪除了花間集中部份作品的淫鄙之味，不重人物具體容貌或生活細節的描繪，而著力於寫景及刻劃人的精神、心境，因此具有一股靈妙的韻味，同時也較花間集更爲婉約、文雅，如《鵲踏枝》一詞：

> 蕭索清秋珠淚墜，枕簟微涼，展轉渾無寐。殘酒欲醒中夜起，月明如練天如水。　　階下寒聲啼絡緯，庭樹金風，悄悄重門閉，可惜舊歡攜手地，思量一夕成憔悴。

詞境十分優美、雅緻，流露出最委婉曲折的情感意境，王國維人間詞

〔註43〕詳見本文第四章。
〔註44〕詳見陸游《南唐書》卷八馮延巳傳。

話曾評馮詞云：

> 馮正中詞，雖不失五代風格，而堂廡特大，開北宋一代風氣。

大抵而言，花間詞作無論是描寫閨閣亭園或男女相思之情，都較具客觀寫實的色彩，缺少一份幽遠的思致，而中主、後主、馮延巳等南唐詞人則常於作品中流露引人感動、想像的情思，特別是馮延巳詞，於哀愁、嘆惋之間，更讓人體會出他個人的情愛，以及其對大時代環境的感慨愁嘆，此種特質與花間詞已有些不同，更進而影響到北宋初年的晏殊和歐陽修，故馮煦言馮延巳詞「上翼二主，下啟晏歐」。王國維評馮詞「堂廡特大」，乃因馮詞有其俊、深二面（晏殊得其俊，歐陽修得其深），詞的內涵含有深刻的思致，他在寫傷春、哀感、相思、怨別的同時，注入了深廣的憂患情緒，也就是詞人往往於錦衣玉食、高官隆位的享樂生活之餘，深切而敏銳地感受到「生命有限，好景不常」的憂患之情，〔註45〕於詞中流露出一股感傷的情緒，這點是晏殊詞與馮詞的共同特色。再就晏殊承繼馮延巳流風的問題而言，兩人寫外界景物時感受都十分細緻，而且他們的作品之美，非外在形式之美，而是內在詞情之美。然在寫情方面，兩人有所不同，葉嘉瑩氏的一段話頗能明確地指出其間的差異：「晏殊寫情柔細，多少相思、懷念、哀怨都用溫柔纏綿的口吻陳述出來，他的寂寞也寫得非常婉轉，不似馮延巳所寫的『日日花前常病酒，不辭鏡裏朱顏瘦』那般的執著、強勁」。〔註46〕茲將珠玉詞與馮延巳詞作一簡單的比較，說明於後：

（一）同屬酒席文學

陳世脩陽春集序云：

> 公（指馮氏）以金陵盛時，內外無事，朋僚親舊，或當燕集，多運藻思為樂府新詞，俾歌者倚絲竹而歌之，所以娛賓而遣興也。

葉夢得避暑錄話卷二載，晏殊未嘗一日不燕飲，每宴必以歌樂助興，

〔註45〕以上三行參考楊海明《唐宋詞史》，頁 122～124。
〔註46〕詳見葉嘉瑩《唐宋名家詞賞析》（2），頁 20。

且在歌伎表演之後，即該他賦詩填詞，可知晏、馮二人創作的環境與
寫作的動機頗爲類似，皆是在宴樂飲酒之中賦詞歌唱，自娛娛賓，可
說是一種酒席間創作傳唱的文學。他們都喜歡用淡雅清麗的筆調，描
寫生活的逸樂以及歌舞的曼妙多姿，又常在酒酣耳熱、暢飲狂歌之
後，內心昇起一股感傷的情懷，或是感慨人世無常，悲歡幾何？或是
對時光的流逝感到無奈。

（二）感傷情緒之流露

　　晏殊與馮延巳二人皆是銳感的詞人，常在詞裏反映人世間生命有
限、幻化無常的悲哀，他們對生命的短暫感到憂懼，晏殊此種感傷並
非在政治或感情上遇到挫折時才引起的，而是潛藏於心中，常在沈思
冥想或心境思緒靜下來時自然湧現的，並不是杞人憂天或自尋煩惱，
而是「對人生『盛極必衰』的高度敏感，和對生命『庵忽若飆塵』（古
詩十九首・今日良宴會）的深刻反思」。〔註47〕而馮延巳那憂患人生
的情緒，不僅是情感上挫折或政治失意的感傷而引起對人生的慨嘆，
更是反映整個大時代的情緒。

　　珠玉詞裏約有二十首詞是表達對人生短暫、歡樂無常的感傷，且
更進一步突破此種無奈的束縛，而以達觀的態度面對它，如：

　　　　暮去朝來即老，人生不飲何爲？（清平樂）

　　　　春花秋草，只是催人老，……勸君綠酒金盃，莫嫌絲管聲
　　　　催，兔走烏飛不住，人生幾度三臺。（前調）

　　　　勸君莫惜縷金衣，把酒看花須強飲。（酒泉子）

　　　　莫惜明珠百琲，占取長年少。（迎春樂）

　　　　不覺星霜鬢邊白，念時光堪惜。（滴滴金）

馮延巳詞亦有此種情緒的流露，如：

　　　　自古金陵道，少年看卻老，相逢莫厭醉金盃，別離多，懽
　　　　會少。（醉花間）

〔註47〕此句見同註45，頁 125。

朱顏日日驚憔悴，多少離愁得會。人事改，空追悔。(應天長)

年少都來有幾，自古閒愁無際，滿盞勸君休惜醉。(謁金門)

春色、春色，依舊青門紫陌，……年少、年少，行樂直須
及早。(三臺令)

由上列諸句，可知他們表情達意的筆調十分接近，若探究其生活背
景，則能體會出馮氏此種憂患、感傷的思致，較晏殊更為深刻。馮延
巳生於五代禍亂相尋的時代，當他在南唐任宰相時，屢遭政敵之謗，
南唐國勢也因伐閩、伐楚兩次對外戰爭的失利而逐步走向衰亡之路，
政治生涯令他灰心、失意。在亂世裏，人們除了在黑暗的生活中感到
茫然無助之外，更消極地逃避於享樂之中，鄭騫先生曾分析馮詞的風
格：「政治的遭遇與社會的氣氛合併起來，使馮延巳總是抱著滿腔空
虛苦悶，去過著看花飲酒奢侈的生活。這與謝靈運的縱情山水是同樣
的心情。所以馮詞的風格與謝詩一樣，在高華濃麗的底面蘊藏著無限
悲涼，如他的《蝶戀花》云：『誰道閒情拋棄久，每到春來惆悵還依
舊……』，《採桑子》云：『花前失卻游春侶，獨自尋芳，……：』都
是這種寓悲涼於濃麗的風格。」〔註48〕葉嘉瑩氏也說馮詞表現了悲劇
的感情和精神。〔註49〕

大抵而言，晚唐五代詞風的淫靡感傷，是對整個時代衰落的反
映，然而淫靡的詞風所表現的是一種浮面的、表層的反映，而馮延巳
詞中的感傷、憂患情緒才是更深一層的反映。〔註50〕

晏殊詞與馮詞雖然皆流露對人生短暫、好景不常的嘆惋，且筆調
相似，但因晏殊生長在北宋昇平的社會裏，仕途順遂，與馮氏所處的
背景不同，故馮氏的哀感、憂慮更深刻、更執著。

（三）晏殊承繼馮氏之流風

晏殊是撫州臨川人。馮延巳也曾在撫州任節度使達三年之久，

〔註48〕見鄭騫〈論馮延巳詞〉一文，收於《景午叢編》上集。
〔註49〕詳見葉嘉瑩《唐宋名家詞賞析》(1)，頁 100～101。
〔註50〕見註45，頁 126。

他當時作的歌詞應有所流傳，〔註51〕而晏殊尤其喜愛馮詞，〔註52〕故晏殊詞受馮氏影響是很自然的事。劉熙載所說的「晏同叔得其俊」乃謂晏殊得到馮詞輕靈俊美的一面，而沈重深厚的一面則較之稍遜。〔註53〕然而不論就詞的格調或色彩而言，卻又各具特色。陳廷焯白雨齋詞話卷一論晏、歐詞謂：

> 晏、歐詞雅近正中，然貌合神離，所失甚遠。蓋正中意餘於詞，體用兼備，不當作艷詞讀，若晏、歐不過極力為艷詞矣，尚安足重。

對於陳氏這段話批評不當之處，鄭騫先生已有反駁的意見，鄭氏認為白雨齋詞話僅以艷詞目晏、歐，是顛倒之論。〔註54〕其實，三人之詞皆屬婉雅之作，既有相近之處，又別具格調，就音調言，馮詞較為哀婉，而晏詞則顯得閒雅安逸，歐詞趨於溫厚平和；在色彩方面是，馮詞濃麗，晏詞平淡，歐詞清麗；此外，葉嘉瑩氏亦曾論及他們在風格上的差異「晏殊常表現一種圓融的哲理觀照，歐陽修的詞則當於遣翫的意興，他們都不像馮延巳一直沈溺在感情的盤旋鬱結之中，而是時有飛揚之致。」〔註55〕晏殊常表現一種圓融平靜的哲思，歐陽修詞則富有疏雋深婉的情味，而馮延巳所呈現的是於憂傷愁苦之中，見到詞人執著、熱烈的一面。由此可大別出馮、晏、歐三人詞作的特色，亦說明了作家每每於承襲流風之外，能走出自己的風格，使得文壇豐富多彩，且不斷地創新、發展、進步。

〔註51〕見註49，頁113。

〔註52〕劉攽《中山詩話》：「元獻尤喜馮延巳歌詞，其所自作亦不減延巳樂府。」

〔註53〕見註49，頁129。

〔註54〕鄭氏云：「晏歐詞雖不能如蘇辛之幾於每事皆可寫入，而堂廡氣象決非花間所能籠罩。張皋文『尊體』之說，為詞壇正論，欲於五代宋初求能尊體者，正中二主與晏歐皆是。能深刻真摯以寫人生即是尊體，非必纏綿忠愛。陳廷焯《白雨齋詞話》不解此旨，乃僅以艷詞目晏歐，真顛倒之論。」見鄭騫〈成府談詞〉，收於《景午叢編》上集。

〔註55〕見註49，頁111。

　　比較晏殊與馮延巳詞，其相似點是，以纖細柔美的筆法描繪情景，以晏殊《清平樂》一詞爲例：

　　　金風細細，葉葉梧桐墜，綠酒初嘗人易醉，一枕小窗濃睡。
　　　　紫薇朱楓花殘，斜陽卻照欄干。雙燕欲歸時節，銀屏昨夜微寒。

以「細細」、「葉葉」這種微細的概念來寫秋，呈現詩意的畫面，而無秋之蕭瑟蒼涼。上片予人溫和平靜之感，下片以「花殘」、「斜楊」、「歸燕」這些自然景物烘托內心孤寂、失落的情緒，達到情景交融的效果，令讀者的情感亦融入那一片景物之中。筆觸極其溫柔細膩，詞境亦如一首幽美的小詩般恬靜。馮詞中一首《鵲踏枝》：

　　　六曲欄干偎碧樹，楊柳風輕，展盡黃金縷。誰把鈿箏移玉柱。穿簾海燕雙飛去。　　滿眼游絲兼落絮。紅杏開時，一霎清明雨。濃睡覺來鶯亂語，驚殘好夢無尋處。

此詞被誤作晏殊詞，吳訥百家詞本及毛普汲古閣本珠玉詞皆收此首（調作《蝶戀花》）。或許是因詞風接近，故有混入的現象。馮氏此詞用筆十分細膩柔雅。游絲、落絮、鶯語、柳搖……形成一幅輕柔有味的景致，頗具情思。詞中用字與晏殊類似，皆是一些輕柔、平緩的概念，楊柳在風中搖曳生姿，紅杏於微雨中綻放，濃睡醒來鶯亂語，靜中有動、動中有靜……詞境相當優美、靜謐，且由景物的描寫，寄託內心的思緒於其中，陳廷焯白雨齋詞話卷一云：

　　　又正中蝶戀花首章云：「濃睡覺來鶯亂語，驚殘好夢無尋處」，憂讒畏譏，思深意遠。

馮延巳詞似有影射其身世遭遇之意，在抒情寫景之中，隱隱地透露其心中幽微的思致。其寫景之細膩和感受之敏銳與晏殊相類。

　　再就晏、馮詞之相異點而言：晏殊詞的情感較爲含蓄溫婉，並以理性加以節制，少有激越、固執的表現。馮延巳則正好相反，其情感的表現是強烈而且無悔。有關晏殊的部份本章上一節已論及，故不贅述，茲舉馮氏一首《鵲踏枝》爲例，稍作說明：

　　　誰道閒情拋棄久，每到春來，惆悵還依舊。日日花前常病

酒，不辭鏡裏朱顏瘦。　　河畔青蕪堤上柳，爲問新愁，
何事年年有？獨立小橋風滿袖，平林新月人歸後。

王國維人間詞話以「和淚試嚴妝」詮釋馮詞的特色，葉嘉瑩氏更進一
步說明「在和淚的悲哀之中，也要保持嚴妝的美麗，這是一種知其不
可爲而爲之的殉身無悔的精神」〔註56〕充份道出馮詞的特色，而「日
日花前常病酒，不辭鏡裏朱顏瘦」則是詞人知道美麗的花要謝了，看
到它不能不飲酒，雖已病酒，但仍堅持飲酒，如果他今天不飲酒，等
到明天飲酒時，花已零落……他明知自己生病、憔悴，但他絕不推辭、
不避免，這也是一種情感的執著與投入，異於晏殊詞的含蓄、婉轉。

二、珠玉詞與歐陽脩詞之比較

　　歐陽修字永叔，號醉翁，晚年又號六一居士，廬陵（江西吉安）
人，生於宋眞宗景德四年（1007），爲諫官，正直敢言，曾積極參與
范仲淹領導的「慶曆革新」受到政敵的打擊，屢遭貶謫，後累官至翰
林學士、樞密副使、參知政事。

　　歐陽修與晏殊同朝仕官，頗推崇晏殊。殊卒後，並爲他撰神道碑
銘。〔註57〕晏、歐並稱於宋初詞壇，皆爲晚唐五代詞風的承繼者，然
又各樹一格，劉熙載指出歐陽修得馮延巳詞之「深」，乃指歐詞具有
沈厚、深刻的特質。歐陽修除了「深」之外另有開拓，宋史歐陽修傳
言其：「超然獨鶩，眾莫能及」，馮煦亦謂歐詞「疏雋開子瞻，深婉開
少游」，〔註58〕歐陽修的詞擴大了宋詞題材的範圍，豐富了詞的表現
手法，其寫景清麗秀美，抒情艷麗婉轉，且風格呈現多樣化面貌，論
者嘗謂「歐陽修在北宋詞壇上的重要，就在於詞之演進的第一個階段
完成於他和晏殊之手」。〔註59〕晏殊、歐陽修都是江西人，是北宋初
期受馮詞影響的兩位重要作家，風格皆爲婉約派詞風，然各有千秋「珠

〔註56〕同前，頁101。
〔註57〕有關兩人的交遊，可參本文第二章第三節。
〔註58〕同註15。
〔註59〕見註46，頁32。

玉詞緣情體物細妙入微處，爲六一所不及；六一情調之奔放，氣勢之沈雄，又爲珠玉所無」，〔註60〕其中的長短正是其特色所在。茲比較晏、歐詞，簡述於後：

（一）皆屬婉約派詞家

晏、歐詞皆屬婉雅之作。晏詞爲北宋婉約派之代表，本章上一節已論及。歐詞抒情之作亦極婉雅含蓄，且帶有淡淡輕愁，如《蝶戀花》：

> 幾日行雲何處去，忘卻歸來，不道春將暮？百草千花寒食路，香車繫在誰家樹。　　淚眼倚樓頻獨語：「雙燕來時，陌上相逢否？」撩亂春愁如柳絮，依依夢裏無尋處。

> 庭院深深深幾許，楊柳堆煙，簾幕無重數。玉勒雕鞍游冶處，樓高不見章台路。　　雨橫風狂三月暮，門掩黃昏，無計留春住。淚眼問花不語，亂紅飛過秋千去。

二詞筆調頗近，皆以含蓄的手法，表達一位思婦癡癡悵望的心情。夫婿冶遊不歸，女子殷切等待，獨自承受無窮的孤寂，以溫婉的口吻指責夫婿尋花問柳「百草千花寒食路，香車繫在誰家樹」，怨而不怒，更加惹人憐惜。歐陽修以含蓄的詩筆出之，寫來極其婉約沈著。歐詞之深婉得自馮詞，二人之詞亦常相混，上舉二首有編入馮詞者，但亦有論者據與歐陽修同朝的李清照《臨江仙》詞序所云：

> 歐陽公作《蝶戀花》，有「深深深幾許」之句，予酷愛之，用其語作「庭院深深」數闋……。

而定爲歐陽修之作，〔註61〕筆者以爲其說可信，故舉之爲例。此外，如《採桑子》「尋芳過後西湖好」、「春深雨過西湖好」及《踏莎行》「候館梅殘」、《生查子》「去年元夜時」、《玉樓春》「風遲日媚煙光好」、「尊前擬把歸期說」等都是略帶幽怨輕愁的婉約之作。

（二）皆是以居官身份寫小詞

詞，在晚唐五代和北宋初期一直被視爲小道，含有輕視的意味，

〔註60〕見鄭騫〈成府談詞〉，於《景午叢編》上集，頁 251。
〔註61〕見王鈞明、陳泝齋選注《歐陽修秦觀詞選》，頁 8。

認為那是在歌筵酒席間傳唱的歌兒，是一種遊戲文字，不登大雅之堂。但事實上，詞雖小道，卻最能傳達人們內心幽微細緻的情感，許多詩、文無法表達或表達得不夠適切的情感，往往是詞最能勝任的。

晏殊、歐陽修官至宰相、副宰相，在北宋初年以達官顯宦的身份寫作小詞，難免有所顧忌，故晏殊雖亦作女性詞，但不致流於輕佻、浮艷。歐陽修是位著名的文學家，其詩文呈現「莊重」的面目，但有些小詞卻寫得十分嫵媚、柔膩，甚至以通俗生動的語言，描寫男女之間的愛戀、相思，呈現率性、任眞的一面，如《南歌子》：

> 鳳髻泥金帶，龍紋玉掌梳。走來窗下笑相扶，愛道畫眉深淺入時無。　　弄筆偎人久，描花試手初。等閑妨了繡工夫，笑問雙鴛鴦字，怎生書。

歐陽修在詞裏有雅（士大夫藝術風貌）、俗（民間文學風味）兩種不同的格調，〔註62〕其多樣化的詞風與晏殊有所不同，或許是因在人生的經歷上歐陽修較晏殊有更多的歷練，各方面的感受與閱歷也相對地豐富，故詞風比晏殊更多變。同時，其部份作品帶有濃厚的民歌風味，〔註63〕也是晏殊詞中少見的。

（三）反映昇平時代之作

宋朝結束了五代紛亂，統一中原之後，經眞、仁二朝的休養生息，境內暫時呈現太平景象。此時君主倡歌詠盛世之文，晏殊祝頌之作充份表現了富貴繁華的太平氣象。歐陽修與晏殊同處北宋眞宗、仁宗二朝，他在豐樂亭記中有一段話反映了北宋前期經過休養生息之後所出現的昇平景象，以及他本人心理上所懷有的那種輕鬆感：〔註64〕

> 蓋天下之平久矣。自唐失其政，海內分裂，豪傑并起而爭，所在為敵國，何可勝數！及宋受天命，聖人出而四海一，向

〔註62〕見註45，頁205。

〔註63〕如《長相思》：花似伊，柳似伊，花柳青春人別離，低頭雙淚垂。　　長江東，長江西，兩岸鴛鴦兩處飛，相逢知幾時。」（《歐陽修全集‧近體樂府》卷一）

〔註64〕見註45，頁202所引。

> 之憑恃險阻，剗削消磨，百年之間，漠然徒見山高而水清。
> 欲問其事，而遺老盡矣。今滁介江淮之間，舟車商賈，四方
> 賓客之所不至，民生不見外事，而安於畎畝衣食，以樂生送
> 死。而孰知上之功德，休養生息，涵煦于百年之深也。

歐陽修詞除了一些哀感、慨嘆之作外，亦反映了昇平的時代氣息，但卻不同於晏殊那些應制之作，直接以祝壽、頌禱的方式寫出，而是以一種輕鬆愉快的筆調來表達治世的氣氛，如其描寫西湖山水美景的十三首《採桑子》即是這般表現，讀之令人心曠神怡，茲略舉二首爲代表：

> 荷花開後西湖好，載酒來時，不用旌旗。前後紅幢綠蓋隨。
> 　　畫船撐入花深處，香泛金巵。煙雨微微，一片笙歌醉
> 裏歸。
> 天容水色西湖好，雲物俱鮮。鷗鷺閒眠，應慣尋常聽管絃。
> 　　風清月白偏宜夜，一片瓊田。誰羨驂鸞，人在舟中便
> 是仙。

皆以輕快、和婉、明麗的筆觸，展現一種自然、清新的歡欣，正如楊海明先生所云「流露出大時代輕鬆，甚至愉悅的心理氣氛」〔註65〕。由上述可知晏殊、歐陽修詞對時代的昇平氣氛皆有某種程度的體現，但其寫作方式卻有所不同。

〔註65〕同前。

第六章　小山詞之探討

第一節　小山詞之內容

　　晏幾道小山詞的內容，反映其人生兩個不同階段的生活概況。幾道早年的生活正值北宋承平之世，加以晏氏家門尚盛，故他儼然是一位翩翩綺筵公子，填詞歌唱、飲酒作樂是其生活中不可或缺的部份，如小山詞跋中所云：「叔原往者浮沈酒中，病世之歌詞不足以析酲解慍，試續南部諸賢緒餘，作五七字語，期以自娛，不獨敘其所懷，兼寫一時杯間聞見，所同游者意中事。」似乎是花間一派的詞風，然晏幾道卻能於承續之外別有創新，自具格調。

　　幾道性格孤傲，欲追求人生中高潔純美的境界，但這種理想卻無法於現實生活中實現，於是常將自己的情感寄託於周圍女子的身上，在詞裏抒發內心執著、深沈的情感，對於那些被一般人輕視、忽略的婢女、歌伎，晏幾道獻出了真摯的心意，常在字裏行間流露出誠摯、純潔、任真的赤子情懷，仍視她們為高貴的生命，真心待之，此於當時社會並不多見，亦適可突顯出幾道人格的純任無邪。同時透過對一些歌伎悲苦命運的描寫，更具揭露社會現實的深刻意義。

　　幾道在仕途上遠不及其父順達，只任過太常寺太祝及監潁昌許田

鎮等小官，(註1) 後又曾因鄭俠事下獄，加以宋代在王安石變法之後，小人當道，政治、經濟各方面的情況已大不如前，晏殊也已亡故多年，(註2) 晏家門祚逐漸衰落，晏幾道的生活遂有了重大轉變，貧困成了他後半輩子的生活寫照。經歷了一段美好的光景之後，面臨這樣的生活難免心生感慨，撫今追昔之餘，只能將內心的感觸付諸筆墨，時時在詞中流露一股幽怨的思致，論者多將其詞假定為：前期是「華貴風流，閑雅自適」之作，後期則是「沈鬱悲涼，淒楚幽怨」之作，(註3) 如此劃分大抵不差，這兩種風格約略涵蓋了小山詞的內容。

　　事實上，晏幾道詞與其父比起來，真正閑雅自適之作並不多，大多是自傷淪落，或是對歌女的懷念、離情別怨、春恨、秋愁之作，此乃受生活環境之影響。為敘述之便，茲將小山詞的內容歸納為五大類。其實嚴格說來，有許多詞它所包含的情感是多重的，既寫女子之外貌情態，亦抒詞人對其愛慕、思念之意，詞末又以寫景收句，如《阮郎歸》：

> 晚妝長趁景陽鐘，雙蛾著意濃，舞腰浮動綠雲濃，櫻桃半點紅。　　憐美景，惜芳容，沈思暗記中。春寒簾幕幾重重，楊花盡日風。

如此環環相扣，情景自然地融合，作歸納時，只好試著去了解詞中作者所偏重者為哪一方面的情感，以此作分類，盼能接近詞人原意。今以彊村叢書本所收的小山詞中確定為晏幾道作品者為主，分五大類，並簡要繹述詞意。

一、言情之詞

　　晏幾道小山詞兩百多首作品，大部是寫歌伎、婢女等女子的體貌、聲情，或是追憶與她們相聚的往事，或是懷念她們的款款深情，詞裏常流露出濃濃的離情別怨，抒情的氣氛很重，此類作品統歸為言情之作。小山詞裏常提到蓮、鴻、雲、蘋、瓊、梅……等等，這些女子是

〔註1〕見歐陽修所撰〈晏元獻公神道碑〉及《邵博邵氏聞見后錄》卷十九。
〔註2〕晏殊卒於仁宗至和二年（1055），當時晏幾道八歲。
〔註3〕如史偉貞〈二晏及其詞淺論〉、葉慶炳〈晏幾道及其小山詞〉。

他自己或朋友家中歌伎、婢女的名字，〔註4〕如：「小蓮未解論心素，狂似鈿箏絃底柱。臉邊霞散酒初醒，眉上月殘人欲去」（木蘭花）、「小顰若解愁春暮，一笑留春也住，晚紅初減謝池花，新翠已遮瓊苑路」（木蘭花）、「小瓊閒抱琵琶，雪香微透輕紗，正好一枝嬌艷，當筵獨佔韶華」（清平樂）、「年年衣袖年年淚，總爲今朝意，問誰同是憶花人，賺得小鴻眉黛，也低顰」（虞美人）、「種花人自蕊宮來，牽衣問小梅，今年芳意何似，應向舊枝開」（訴衷情）、「渚蓮霜曉墜殘紅，依約舊秋同，玉人團扇恩淺，一意恨西風」（訴衷情），表面上似寫梅花或蓮花，其實係一語雙關，影射身旁的女子。有許多未明言某位女子的名字，但由詞的內容可看出作者是在表達對女子的思慕、懷念或同情，如：

鬥草階前初見，穿針樓上曾逢。羅裙香露玉釵風，靚妝眉沁綠，羞臉粉生紅。　　流水便隨春遠，行雲終與誰同？酒醒長恨錦屏空，相尋夢裏路，飛雨落花中。（臨江仙）

西樓月下當時見，淚粉偷勻。歌罷還顰，恨隔爐煙看未眞。　　別來樓外垂楊縷，幾換青春，倦客紅塵，長記樓中粉淚人。（採桑子）

天教命薄，青樓占得聲名惡，對酒當歌尋思著，月戶星窗，多少日期約。　　相逢細語初心錯，兩行紅淚尊前落，霞觴且共深深酌，惱亂春宵，翠被都閒卻。（醉落魄）

前一首是追懷家中一位婢女，詞人一片眞情流露，毫無虛矯，打破當時社會上對身份卑微女子的偏見，以一顆誠懇、眞摯之心待之，其情感之純潔、心靈之美好可以想見。後二首則是對那些青樓女子寄予深深的同情，設身處地體會她們送往迎來，執壺賣笑生涯的辛酸與悲苦。對所眷戀的女子一往情深，雖已是多年前的往事，但如今腦際依舊充滿淒婉、美麗的回憶，久久不能忘懷。幾道雖久歷風霜，但仍保有一份純眞、誠摯的赤懷，實屬可貴。晏幾道此種言情之作，依其內

〔註4〕〈小山詞跋〉云：「始於沈十二廉叔、陳十君龍家有蓮、鴻、、雲品清謳娛客，每得一解，即以草授諸兒，吾三人持酒聽之，爲一笑樂而。」

容可歸納爲以下四類，茲列舉於後：

（一）寫歌女婢女

　　小山詞中寫女子的作品以詠蓮、鴻、雲、蘋四位歌女最多，其次是詠小瓊、飛瓊、小杏、小梅、朝雲、珍珍、師師、阿茸、紅綃等等。或寫女子嬌柔美妙的容態，或寫歌女婉轉幽怨的聲情，詞人時而站在女子們的立場，以她們的口吻來訴說心事，對她們淒苦的歡場生涯付予極大的關懷與同情。時而抒發自己內心對這些女子的情感，娓娓道來，深刻動人。

　　　　長愛碧闌干影，芙蓉秋水開時。臉紅凝露學嬌啼，霞觴熏
　　　　冷艷，雲髻嬝纖枝。　　煙雨依前時候，霜叢如舊芳菲。
　　　　與誰同醉采香歸，去年花下客，今似蝶分飛。（臨江仙）

上片描寫女子嬌美的情態，下片結尾二句則帶有幾許感慨。

　　　　碾玉釵頭雙鳳小，倒暈工夫，畫得宮眉巧。嫩麴羅裙勝碧
　　　　草，鴛鴦繡字春衫好。　　三月露桃芳意早，細看花枝，
　　　　人面爭多少，水調聲長歌未了。掌中杯盡東池曉。（蝶戀花）

將女子的髮型與容貌靈活呈現，並描述其衣著打扮，如在目前。

　　　　梅蕊新妝桂葉眉，小蓮風韻出瑤池。雪隨綠水歌聲轉，雪
　　　　繞紅綃舞袖垂。　　傷別易，恨歡遲，惜無紅錦爲裁詩，
　　　　行人莫便消魂去，漢渚星橋尚有期。（鷓鴣天）

讚歎小蓮出眾的風韻與悠揚的歌聲。下片以「傷別易、恨歡遲」表達心中的無奈感。

　　　　楚女腰肢越女顋，粉圓雙蕊鬢中開。朱絃曲怨愁春盡，淥
　　　　酒杯寒記夜來。新擲果，舊分釵。冶游音信隔章臺，花間
　　　　錦字空頻寄，月底金鞍竟未回。（前調）

將歌女幽怨堪憐，美麗動人的形象，描述得十分眞切。下片並說出女子期盼情人的心思。

　　　　輕勻兩臉花，淡掃雙眉柳。會寫錦牋時，學弄朱絃後。
　　　　　　今春玉釧寬，昨夜羅裙皺。無計奈情何，且醉金杯酒。
　　　（生查子）

上片運用對襯的手法來描繪女子的面貌，下片結尾兩句道出歌女的心酸與悲苦。

　　　　遠山眉黛長，細柳腰肢嬝。妝罷立春風，一笑千金少。

　　　　　　歸去鳳城時，說與青樓道。偏看潁川花，不似師師好。

　　　（前調）

讚美「師師」之美，由末句可知詞人對她的鍾愛。

　　　　千花百草，送得春歸了。拾蕊人稀紅漸少，葉底杏青梅小。

　　　　　　小瓊閒抱琵琶，雪香微透輕紗。正好一枝嬌艷，當筵獨占韶華。（清平樂）

先自春歸冷清寥落的景象著筆，進而寫少女彈奏琵琶的悠閒姿態與其體貌之美，優雅細緻，而不過份濃膩。

　　　　雙紋彩袖，笑捧金船酒。嬌妙如花輕似柳，勸客千春長壽。

　　　　　　艷歌更倚疏絃，有情須醉尊前，恰是可憐時候，玉嬌今夜初圓。（前調）

與前幾首相似，亦是寫歌女的情態，然詞人似乎看出歡場女子生張熟魏，執壺賣笑生涯的悲涼。

　　　　小顰若解愁春暮，一笑留春春也住。晚紅初減謝池花，新翠已遮瓊苑路。濺裙曲水曾相遇，挽斷羅巾容易去。啼珠彈盡又成行，畢竟心情無會處。（木蘭花）

描寫一純真女子，原本心靈平靜，不識愁滋味，直到遇見心愛的對象，又因故分離，而傷心滿懷。

　　　　小蓮未解論心素，狂似鈿箏絃底柱。臉邊霞散酒初醒，眉上月殘人欲去。舊時家近章臺住，盡日東風吹柳絮。生憎繁杏綠陰時，正礙粉牆偷眼覷。（前調）

此詞乃寫小蓮的「情」，末二句以生動的筆法，描寫女子盼望與情人相見的急切心情。

　　　　阿茸十五腰肢好，天與懷春風味早。畫眉勻臉不知愁，殢酒熏香偏稱小。東城楊柳西城草。月會花期如意少。思量心事薄輕雲，綠鬢臺前還自笑。（前調）

詞中表現阿茸這位女子天真無邪，年少不知愁的本性。

> 香蓮燭下勻丹雪，妝成笑弄金階月。嬌面勝芙蓉，臉邊天
> 與紅。　玳筵雙揭鼓，喚上華茵舞。春淺未禁寒，暗嫌
> 羅袖寬。（菩薩蠻）

描寫香蓮的容態，「臉邊天與紅」這是晏幾道常用來形容女子面貌的
句法，如「輕勻兩臉花，淡掃雙眉柳」（生查子）、「臉邊霞散酒初醒，
眉上月殘人欲去」（木蘭花）等詞皆是。

> 哀箏一弄湘江曲，聲聲寫盡湘波綠。纖指十三絃，細將幽
> 恨傳。　當筵秋水慢，玉柱斜飛雁。彈到斷腸時，春山
> 眉黛低。（前調）

寫女子彈箏的情態，當彈到哀傷處，女子低首斂眉，充滿了淒婉的思
緒。

> 晚妝長趁景陽鐘，雙蛾著意濃。舞腰浮動綠雲濃，櫻桃半
> 點紅。　憐美景，惜芳容，沉思暗記中。春寒簾幕幾重
> 重，楊花盡日風。（阮郎歸）

上片四句寫女子動態的美感，並應用了紅與綠兩種鮮明的顏色來增加
彩度。

> 紅綃學舞腰肢軟，旋織舞衣宮樣染。織成雲外雁行斜，染
> 作江南春水淺。　露桃宮裏隨歌管，一曲霓裳紅日晚，
> 歸來雙袖酒成痕，小字香牋無意展。（玉樓春）

寫女子學舞、跳舞的情形，並敘其唱歌陪酒的景況，末二句充滿了酸
楚。

> 清歌學得秦娥似，金屋瑤臺知姓字。可憐春恨一生心，長
> 帶粉痕雙袖淚。　從來懶話低眉事，今日新聲誰會意。
> 坐中應有賞音人，試問回腸曾斷未？（前調）

道出歌女心中的重重悲淒。

> 旗亭西畔朝雲住，沈水香煙長滿路。柳陰分到畫眉邊，花
> 片飛來垂手處。　妝成儘任秋娘妒，嫋嫋盈盈當繡戶。
> 臨風一曲醉朦騰，陌上行人凝恨去。（前調）

「旗亭」即酒樓。女主角「朝雲」不僅姿色佼好，且歌聲婉轉動聽，
故「臨風一曲醉朦騰，陌上行人凝恨去。」

　　　　雙螺未學同心綰，已占歌名。月白風清，長倚昭華笛裏聲。
　　　　　　知音敲盡朱顏改，寂寞時情。一曲離亭，借與青樓忍
　　淚聽。（採桑子）

此詞寫歌女悲慘的命運。先敘其年輕時成名又可愛的光景，後寫晚年
色衰、寂寞孤苦的淒涼境遇，兩相比照，倍感悲涼。

　　　　無端惱破桃源夢，明日青樓。玉膩花柔，不學行雲易去留。
　　　　　　應嫌衫袖前香冷，重傍金虯。歌扇風流，遮盡歸時翠
　　黛愁。（前調）

描寫一位歌女的感情生活。雖處青樓，但仍懂得自愛，不讓自己走上
輕狂妄爲之路。下片以含蓄的筆法，表達她內心的愁苦。

　　　　日日雙眉鬭畫長，行雲飛絮共輕狂，不將心嫁冶游郎。
　　　　　　濺酒滴殘歌扇字，弄花熏得舞衣香，一春彈淚説淒涼。
　　　　（浣溪沙）

此詞表現出歌女外表輕狂，但內心卻堅定清高的形象，末句道出其命
運的淒苦。

　　　　已拆鞦韆不奈閒，卻隨胡蝶到花間，旋尋雙葉插雲鬟。
　　　　　　幾摺湘裙煙縷細，一鉤羅襪素蟾彎。綠窗紅豆憶前歡。
　　　　（前調）

描寫女子天眞爛漫的情態，生動傳神。下片對其體貌的描寫纖細，但
不輕佻。

　　　　閒弄箏絃懶繫裙，鉛華消盡見天眞。眼波低處事還新。
　　　　　　悵恨不逢如意酒，尋思難値有情人，可憐虛度瑣窗春。
　　　　（前調）

描寫歡場女子渴望脫離歌唱伴酒的生涯，而與眞心愛自己的人共同生
活。詞末結句有著深沈的悲淒與同情。

　　　　唱得紅梅字字香，柳枝桃葉盡深藏。過雲聲裏送雕觴。
　　　　　　纔聽便拚衣袖溼，欲歌先倚黛眉長，曲終敲損燕釵梁。
　　　　（前調）

寫歌女歌聲之婉轉美妙。

　　　　小杏春聲學浪仙，疏梅清唱替哀絃。似花如雪繞瓊筵。

　　　　顋粉月痕妝罷後，臉紅蓮艷酒醒前。今年水調得人憐。
　　（前調）

此詞描寫歌女「小杏」歌聲之悅耳動人，及她那嬌艷欲滴，惹人愛憐的姿容。

　　綠陰春盡，飛絮繞香閣。晚來翠眉宮樣，巧把遠山學。一
　　寸狂心未說，已向橫波覺，畫簾遮币。新翻曲妙，暗許閒
　　人帶偷掐。　　前度書多隱語，意淺愁難答。昨夜詩有回
　　紋，韻險還慵押。都待笙歌散了，記取留時霎，不消紅蠟。
　　閒雲歸後，月在庭花舊闌角。（六么令）

上片寫女子的居處及其妝扮與神情，活靈活現。下片則敘述一些與他詩酒往來的生活瑣事，幾道似乎對她十分眷戀。

　　綠綺琴中心事，齊紈扇上時光。五陵年少渾薄倖，輕如曲
　　水飄香。夜夜魂銷夢峽，年年淚盡啼湘。　　歸雁行邊遠
　　字，驚鸞舞處離腸。蕙樓多少鉛華在，從來錯倚紅妝，可
　　羨鄰姬十五，金釵早嫁王昌。（河滿子）

深入剖白歌女們在聲色場所中浪擲青春的心酸。

　　柳間眠，花裏醉。不惜繡裙鋪地，釵燕重，鬢蟬輕，一雙
　　梅子青。　　粉牋書羅袖淚，還有可憐新意。遮悶綠，掩
　　羞紅，晚來團扇風。（更漏子）

作者以簡潔有力的對句形式，描寫女子惹人愛憐的情態。

　　出牆花，當路柳，借問芳心誰有。紅解笑，綠能顰，千般
　　惱亂春。　　北來人，南去客，朝暮等閒攀折。憐晚秀，
　　惜殘陽，情知枉斷腸。（前調）

以一名伎女的口吻來寫，感歎自己身世的淒涼。那些尋花問柳的客人，也只不過是逢場作戲罷了，有誰會真心誠意地憐愛我呢？

　　漾水帶青潮，水上朱闌小渡橋。橋上女兒雙笑靨，妖嬈。
　　倚著闌干弄柳條。　　月夜落花朝，減字偷聲按玉簫。柳
　　外行人回首處，迢迢。若比銀河路更遙。（南鄉子）

先敘女子幽雅的容貌，下片卻引人傷感、惆悵。

　　小蕊受春風，日日宮花花樹中。恰向柳綿撩亂處，相逢。

> 笑靨旁邊心字濃。 歸路草茸茸，家在秦樓更近東。醒
> 去醉來無限事，誰同。說著西池滿面紅。（前調）

詞人在春光明媚，繁花盛開的時節踏青時與女子相遇，深深地被她吸引。下片描寫與她互相言談的情景，女子嬌柔可人的模樣躍然紙上。

> 種花人自慈宮來，牽衣問小梅，今年芳意何似，應向舊枝
> 開。 憑寄語，謝瑤臺，客無才。粉香傳信，玉瑳開筵，
> 莫待春回。（訴衷情）

看似詠梅，但細讀之後可體會出詞人或別有所寄，「小梅」正是其心中眷戀的女子。

> 淨揩妝臉淺勻眉，衫子素梅兒。苦無心緒梳洗，閒淡也相
> 宜。 雲態度，柳腰肢，入相思。夜來月底，今日尊前，
> 未當佳期。（前調）

寫女子清淡素維的裝扮，乃因相思而無心梳洗。

> 渚蓮霜曉墜殘紅，依約舊秋同。玉人團扇恩淺，一意恨西
> 風。 雲去住，月朦朧，夜寒濃。此時還是，淚墨書成，
> 未有歸鴻。（前調）

首句以「蓮」之殘紅點出悲愁情緒，下片則以「雲」、「月」、「夜」等字眼烘托情調之低沈，此乃對歌女「蓮」心緒的刻劃。

> 小梅風韻最妖嬈，開處雪初消。南枝欲附春信，長恨隴人
> 遙。 閒記憶，舊江皋，路迢迢。暗香浮動，疏影橫斜，
> 幾處溪橋。（前調）

「小梅」乃此詞的主角，詞人以詠梅的筆法寄託內心的情感，此為幾道常用的技巧。

> 妝席相逢，旋勻紅淚歌金縷。意中曾許，欲共吹花去。 長
> 愛荷香，柳色殷橋路，留人住。淡煙微雨，好箇雙棲處。（點
> 絳脣）

歌女在妝席上為詞人唱一曲「金縷」，心中暗許將與她共嬉遊，並且要求她留下來欣賞那「淡煙微雨」的景致，是個美好的雙宿雙飛之處。

> 天教命薄，青樓占得聲名惡。對酒當歌尋思著，月戶星宿，
> 多少舊期約。 相逢細語初心錯，兩行紅淚尊前落，霞

　　　　觴且共深深酌，惱亂春宵，翠被都閒卻。(醉落魄)

描寫歌女自傷命薄，感慨得不到真正的愛情，多少舊期約都已成泡
影，面對這無法改變的命運，只得借酒澆愁。

（二）寫追憶思念

　　小山詞裏時有追昔憶往、相思懷人之作，大部份是追憶以往曾經
眷戀的某位女子，懷念與她的種種恩愛纏綿，濃情蜜意依稀可見。此
類詞讀來總有份淒切幽婉之感，晏幾道晚年，往日身旁的女子已不復
相伴，享樂的生活也已遠離，徒留無限的悵惘與空虛，不禁勾起對殘
夢餘香的追懷，故呈現傷感、悲淒的情調。有一部份則是寫當時的情
感，對她們傾吐心中的思戀，不一定都是遙遠的回憶。

　　　　闘草階前初見，穿針樓上曾逢。羅裙香露玉釵風，靚妝眉
　　　　沁綠，羞臉粉生紅。　　　流水便隨春遠，行雲終與誰同。
　　　　酒醒長恨錦屏空。相尋夢裏路，飛雨落花中。(臨江仙)

懷念一位以前家中的婢女。上片憶及此女嬌羞姣美的模樣，下片則無
限感傷，因她已芳蹤杳然，只能於夢中追尋。

　　　　淺淺餘寒春半，雪消蕙草初長。煙迷柳岸舊池塘，風吹梅
　　　　蕊開，雨細杏花香。　　　月墮枝頭歡意，從前虛夢高唐，
　　　　覺來何處放思量。如今不是夢，真箇到伊行。(前調)

由自然景物寫起，進而引起內心的思念。雪消草長，細雨杏花初開的
景象，本是十分美好的景致，但因心中有所念，故只覺無比惆悵。

　　　　夢後樓臺高鎖，酒醒簾幕低垂。去年春恨卻來時，落花人
　　　　獨立，微雨燕雙飛。　　　記得小蘋初見，兩重心字羅衣，
　　　　琵琶絃上說相思。當時明月在，曾照彩雲歸。(前調)

懷念歌女「小蘋」。上片寫夢後酒醒、落花微雨，這些春恨來時的情
境。下片則是追憶他們初見的情況，流露出詞人的相思之情。陳廷焯
白雨齋詞話評此詞：「既閑婉，又沈著，當時更無敵手。」

　　　　喜鵲橋成催鳳駕，天為歡遲，乞與初涼夜。乞巧雙蛾加意
　　　　畫，玉鉤斜傍西南掛。　　　分鈿擘釵涼葉下，香袖凭肩，
　　　　誰記當時話。路隔銀河猶可借，世間離恨何年罷。(蝶戀花)

由天上牛郎織女歡會著筆，進而點出人世間綿綿無盡的生離死別之恨。

> 醉別西樓醒不記，春夢秋雲，聚散真容易。斜月半窗還少睡，畫屏閒展吳山翠。　衣上酒痕詩裏字，點點行行，總是淒涼意。紅燭自憐無好計，夜寒空替人垂淚。（前調）

感歎過去歡樂相聚時光之易逝，如今孤寂難眠，總勾起對往事的懷想。末二句作者融入自己的情感，連蠟燭也好似在為他流淚。

> 碧玉高樓臨水住，紅杏開時，花底曾相遇。一曲陽春春已暮，曉鶯聲斷朝雲去。　遠水來從樓下路，過盡流波，未得魚中素。月細風尖垂柳渡，夢魂長在分襟處。（前調）

上片回憶兩人相遇之景，下片則以流水代表時間的流逝，然音信杳然，惹起無限的相思之情。

> 夢入江南煙水路，行盡江南，不與離人遇。睡裏消魂無說處，覺來惆悵消魂誤。　欲盡此情書尺素，浮雁沈魚，終了無憑據。卻倚緩絃歌別緒，斷腸移破秦箏柱。（前調）

整首詞予人迷濛夢幻之感，心中所想的，夜裏所夢的皆是她的影子，醒來卻是一場空，想以歌聲來抒發離情別緒，怎奈情緒激動得把箏上的玉柱都移破了。

> 黃菊開時傷聚散，曾記花前，共說深深願。重見金英人未見，相思一夜天涯遠。　羅帶同心閒結遍，帶易成雙，人恨成雙晚。欲寫彩牋書別怨，淚痕早已先書滿。（前調）

句句充滿情感，思念之情溢於言表。

> 彩袖殷勤捧玉鐘，當年拚卻醉顏紅。舞低楊柳樓心月，歌盡桃花扇底風。　從別後，憶相逢。幾回魂夢與君同，今宵剩把銀釭照，猶恐相逢是夢中。（鷓鴣天）

先敘當年歡聚的情景，次寫別後的思念，最後點出重逢的喜悅，詞人欣喜若狂，還怕那是在作夢，不敢相信。陳廷焯白雨齋詞話評此詞云：「曲折深婉，自有豔詞，更不得不讓伊獨步。」

> 當日佳期鵲誤傳，至今猶作斷腸仙。橋成漢渚星波外，人在鸞歌鳳舞前。　歡盡夜，別經年。別多歡少奈何天，

　　　　情知此會無長計，咫尺涼蟾亦未圓。(前調)

歡樂結束後，接著是離別相思的開始，別多歡少，相會無期，更教人
惆悵與無奈。

　　　　題破香牋小砑紅，詩篇多寄舊相逢。西樓酒面垂垂雪，南
　　　　苑春衫細細風。　　花不盡，柳無窮，別來歡事少人同。
　　　　憑誰問取歸雲信，今在巫山第幾峰。(前調)

別後相思，故歡事少。詞人懷想昔日相知之人，心中無限追念。

　　　　清穎尊前酒滿衣，十年風月舊相知。憑誰細話當時事，腸
　　　　斷山長水遠詩。　　金鳳闕，玉龍墀，看君來換錦袍時。
　　　　姮娥已有殷勤約，留著蟾宮第一枝。(前調)

相知已離去，無人可細話往事，不禁相思斷腸。

　　　　陌上濛濛殘絮飛，杜鵑花裏杜鵑啼。年年底事不歸去，怨
　　　　月愁煙長為誰。　　梅雨細，曉風微，倚樓人聽欲沾衣。
　　　　故園三度群花謝，曼倩天涯猶未歸。(前調)

「故園三度群花謝，曼倩天涯猶未歸」將時空的阻隔與內心的思盼表
露無遺。

　　　　小令尊前見玉簫，銀燈一曲太妖嬈。歌中醉倒誰能恨，唱
　　　　罷歸來酒未消。　　春悄悄，夜迢迢，碧雲天共楚宮遙。
　　　　夢魂慣得無拘檢，又踏楊花過謝橋。(前調)

與喜愛的女子在酒筵上相遇，散後對她懷想不已，在夢中追憶這位心
愛的歌女。

　　　　小玉樓中月上時，夜來惟許月華知。重簾有意藏私語，雙
　　　　燭無端惱暗期。　　傷別易，恨歡遲，歸來何處驗相思。
　　　　沈郎春雪愁消臂，謝女香膏懶畫眉。(前調)

上片描寫與意中人相會的情景，細膩但不纖佻。下片則描寫別後相
思，以己之消瘦與女子之無心梳洗妝扮，暗示彼此的相思之情。

　　　　手撚香牋憶小蓮，欲將遺恨倩誰傳。歸來獨臥逍遙夜，夢
　　　　裏相逢酩酊天。　　花易落，月難圓，只應花月似歡緣。
　　　　秦箏算有心情在，試寫離聲入舊絃。(前調)

此詞描寫對小蓮的思念。小山詞中有許多作品都是寫對她的眷戀。

鬥鴨池南夜不歸，酒闌紈扇有新詩。雲隨碧玉歌聲轉，雪繞紅瓊舞袖回。　　今感舊，欲沾衣。可憐人似水東西，回頭滿眼淒涼事。秋月春風豈得知。（前調）

感舊懷人之作。以昔日歌聲舞影，共同飲酒作樂的美好時光與分別後的寥落淒涼作明顯的對比，令人倍感心酸。

金鞭美少年，去躍青驄馬。牽繫玉樓人，繡被春寒夜。

消息未歸來，寒食梨花謝，無處說相思，背面鞦韆下。

（生查子）

閨中女子期待良人的歸來，但卻毫無音訊，又到了寒食節，見到梨花紛紛飄落，更勾起她的相思之情。

紅塵陌上游，碧柳堤邊住。纏趁彩雲來，又逐飛花去。

深深美酒家，曲曲幽香路。風月有情時，總是相思處。

（前調）

此詞以工整的對句，呈現一片色彩繽紛的天地，如「紅塵」、「碧柳」、「彩雲」「飛花」。然而結句卻道出詞人心中的無奈。

長恨涉江遙，移近溪頭住。閒蕩木蘭舟，誤入雙鴛浦。

無端輕薄雲，暗作廉纖雨。翠袖不勝寒，欲向荷花語。

（前調）

一位孤獨寂寥的女子，無意中見到了成雙成對的鴛鴦，更加深她的惱恨。結句尤見其內心之淒苦。

春從何處歸，試向溪邊問。岸柳弄嬌黃，隴麥回青潤。

多情美少年，屈指芳菲近，誰寄嶺頭梅，來報江南信。

（前調）

上片自寫景著筆，下片敘述盼望有人告訴他關於該女子的音訊。

畫鴨懶熏香，繡茵猶展舊鴛鴦。不似同衾愁易曉，空床。細剔銀燈怨漏長。　　幾夜月波涼，夢魂隨月到蘭房。殘睡覺來人又遠，難忘。便是無情也斷腸（南鄉子）

全詞予人如夢如幻之感，魂牽夢縈的是曾經廝守的戀人。

眼約也應虛，昨夜歸來鳳枕孤。且據如今情分裏，相於。只恐多時不似初。　　深意託雙魚，小蒨蠻牋細字書。更

　　　把此情重問得，何如。共結因緣久遠無。(前調)

寫詞人寄上無限的情思，盼能與她共結連理。

　　　新月又如眉，長笛誰教月下吹。樓倚暮雲初見雁，南飛。
　　　漫道行人雁後歸。　　意欲夢佳期，夢裏關山路不知。卻
　　　待短書來破恨，應遲。還是涼生玉枕時。(前調)

期待與佳人相聚，然而路途阻隔，相會無期，空留惆悵。

　　　蕙心堪怨，也逐春風轉。丹杏牆東當日見，幽會綠窗題徧。
　　　　　眼中前事分明，可憐如夢難憑。都把舊時薄倖，只消
　　　今日無情。(清平樂)

回想以往與自己心愛的女子在一起的種種歡樂，如今只似一場夢，內
心感到無比傷痛。

　　　么絃寫意，意密絃聲碎。書得鳳牋無限事，猶恨春心難寄。
　　　　　臥聽疏雨梧桐，雨餘淡月朦朧。一夜夢魂何處，那回
　　　楊葉樓中。(前調)

描寫與情人分別之後，失魂落魄的心情，滿懷思念，無論是彈琴或寫
信，皆無法寄託內心的悵惘，只盼能與她夢裏相見。

　　　暫來還去，輕似風頭絮。縱得相逢留不住，何況相逢無處。
　　　　　去時約略黃昏，月華卻到朱門。別後幾番明月，素娥
　　　應是消魂。(前調)

以「風頭絮」比喻來去之輕忽不定。感嘆相逢不易，即使相聚，亦是
匆匆，留也留不住。

　　　沈思暗記，幾許無憑事。菊鼓開殘秋少味，閒卻畫闌風意。
　　　　　夢雲歸處難尋。微涼暗入香襟，猶恨那回庭院，依前
　　　月淺燈深。(前調)

因秋的來臨，而增添愁緒，心情鬱悶而無心賞菊。憶起與情人歡會的
情景，如今境是情非，徒增感傷。

　　　鶯來燕去，宋玉牆東路。草草幽歡能幾度，便有繫人心住。
　　　　　碧天秋月無端，別來長照關山。一點慘慘誰會，依前
　　　憑暖闌干。(前調)

上片回憶以往與女子偷偷幽會的情景，令他牽繫情懷，念念不忘。下

片則以碧天秋月映襯關山之阻隔，象徵彼此相見之難。

> 初心已恨花期晚，別後相思長在眼。蘭衾猶有舊時香，每
> 到夢回珠淚滿。多應不信人腸斷，幾夜夜寒誰共暖。欲將
> 恩愛結來生，只恐來生緣又短。(木蘭花)

此詞情感的表白十分直接，纏綿悱惻之情溢於紙上，今生不得相聚，唯恐來生亦無緣。

> 長楊輦路，綠滿當年攜手處。試逐春風，重到宮花花樹中。
> 　芳菲繞徧，今日不如前日健。酒罷淒涼，新恨猶添舊
> 恨長。(減字木蘭花)

見到昔日攜手處，一片生氣蓬勃，但今已物是人非，獨自飲酒，更添淒涼。

> 春殘雨過，綠暗東池道。玉艷藏羞媚頬笑，記得當時，已
> 恨飛鏡歡疏。那至此，仍苦題花信少。　　連環情未已，
> 物是人非，月下疏梅似伊好。澹秀色，黯寒香，粲若春容，
> 何心願，閒花凡草。但莫使，情隨歲華遷，便香隔秦源，
> 也須能到。(洞仙歌)

上片描寫與心儀的女子初見的情景，下片則以「澹秀色，黯寒香、粲若春容」來比喻她的容貌。寫出對其愛慕之意，並期盼能有機會再見到她。

> 來時楊柳東橋路，曲中暗有相期處。明月好因緣，欲圓還
> 未圓。　　卻尋芳草去，畫扇遮微雨。飛絮莫無情，閒花
> 應笑人。(菩薩蠻)

回想起與愛慕的女子相約見面的情景。

> 春風未放花心吐，尊前不擬分明語。酒色上來遲，綠鬢紅
> 杏枝。　　今朝眉黛淺，暗恨歸時遠。前夜月當樓，相逢
> 南陌頭。(前調)

此首以紅、綠之鮮明對比，加強感受的深刻度。下片則是懷想前夜相逢的情景。

> 嬌香淡染胭脂雪，愁春細畫彎彎月。花月鏡邊情，淺妝勻
> 未成。　　佳期應有在，試倚鞦韆待，滿地落英紅，萬條

楊柳風。(前調)

將一位滿心期待佳期的女子心靈刻劃得十分鮮活，而且情景配合，更為感人。

江南未雪梅花白，憶梅人是江南客。猶記舊相逢，淡煙微月中。　玉容長有信，一笑歸來近。懷遠上樓時，晚雲和雁低。(前調)

藉由描寫對梅花的懷念，暗示對「梅」這位女子的思念，筆法含蓄、委婉，款款深情自然流露。

相逢欲話相思苦，淺情肯信相思否。還恐漫相思，淺情人不知。　憶曾攜手處，月滿窗前路。長到月來時，不眠猶待伊。(前調)

詞人情感深摯，但其所懷念者卻是位淺情之人，恐怕不了解他的心意，但他仍執著到底，正是典型的晏幾道性格。

來時紅日弄窗紗，春紅入睡霞。去時庭樹欲棲鴉，香屏掩月斜。　收翠羽，整妝華，青驄信又差。玉笙猶戀碧桃花，今宵未憶家。(阮郎歸)

描寫一位女子因情人不在身旁，而引起內心的不安，暗自思索何以別後了無音訊，他是否會想念家呢？詞人站在女子的立場，刻劃其殷切、深刻的情感。

離鸞照罷塵生鏡，幾點吳霜侵綠鬢。琵琶絃上語無憑，荳蔻梢頭春有信。　相思拚損朱顏盡，天若有情終欲問。雪窗休記夜來寒，桂酒已消人去恨。(玉樓春)

由下片前二句可見其相思之深刻，同時也流露出「無語問蒼天」的苦楚。

芳年正是香英嫩，天與嬌波長入鬢。蕊珠宮裏舊承恩，夜拂銀屏朝把鏡。　雲情去住終難信，花意有無休更問。醉中同盡一杯歡。歸後各成孤枕恨。(前調)

「雲情去住終難信，花意有無休更問」對於掌握不住的愛情有幾許落寞。

采蓮時候慵歌舞，永日閒從花裏度。暗隨蘋末曉風來，直

待柳梢斜月去。　　　停橈共說江頭路，臨水樓臺蘇小住。
細思巫峽夢回時，不減秦源腸斷處。（前調）

思採蓮的女子。兩人曾在水上相遇，停橈談天，女子並說出住處。如
今思及，令人懷念不已。

床上銀屏幾點山，鴨爐香過瑣窗寒。小雲雙枕恨春閒。
　　　惜別漫成良夜醉，解愁時有翠牋還。那回分袂月初殘。
（浣溪沙）

上片寫「小雲」獨處時，其內心之孤寂。下片則言明月初殘時與小雲
分手，時有書信來往，以慰相思之苦。

一樣宮妝簇彩舟，碧羅團扇自障羞。水仙人在鏡中游。
　　　腰自細來多態度，臉因紅處轉風流。年年相遇綠江頭。
（前調）

就詞面看來，似寫蓮花之體態與嬌美的花朵。然深究其意，很可能是
隱喻對某女子的懷思，晏幾道有多首作品皆是如此。

樓上燈深欲閉門，夢雲歸去不留痕，幾年芳草憶王孫。
　　　向日闌干依舊綠，試將前事倚黃昏。記曾來處易消魂。
（前調）

此詞充滿了對往昔懷念之感，有事是人非之慨。

雪殘風信，悠颺春消息。天涯倚樓新恨，楊柳幾絲碧。還
是南雲雁少，錦字無端的。寶釵瑤席，彩絃聲裏，拚作尊
前未歸客。　　　遙想疏梅此際，月底香英白，別後誰繞前
溪，手揀繁枝摘。莫道傷高恨遠，付與臨風笛。儘堪愁寂，
花時往事，更有多情箇人憶。（六么令）

上片寫離開家鄉，流落他方的愁悶。下片則藉寫梅花表達思念的情懷。
末句點出全詞的主旨——在花開時憶起往事，有個多情的人思念我。

日高春睡，喚起懶裝束。年年落花時候，慣得嬌眠足。學
唱宮梅便好，更暖銀笙逐。黛蛾低綠，堪教人恨，卻似江
南舊時曲。　　　常記東樓夜雪，翠幕遮紅燭。還是芳酒杯
中，一醉光陰促，曾笑陽臺夢短，無計憐香玉。此歡難續，
乞求歌罷，借取歸雲畫堂宿。（前調）

追憶曾經與一位歌女歡聚的情景，怎奈別離後，此情可待已成追憶。

> 曉日當簾，睡痕猶占香腮。輕盈笑倚鸞臺，暈殘紅，勻宿翠，滿鏡花開。嬌蟬鬢畔，插一枝，淡蕊疏梅。　　每到春深，多愁饒恨，妝成懶下香堦。意中人，從別後，縈繫情懷。良辰好景，相思字，喚不歸來。(于飛樂)

寫一名女子因與意中人分別後，而愁緒滿懷，期盼他回到身旁的意念十分濃烈。

> 欲論心，先掩淚，零落去年風味。閒臥處，不言時，愁多只自知。　　到情深，俱是怨，惟有夢中相見。猶似舊，奈人禁，倩人說寸心。(更漏子)

此詞亦是為情而生愁怨之作。

> 花陰月，柳梢鶯，近清明。長恨去年今夜雨，灑離亭。　　枕上懷遠詩成，紅牋紙，小研吳綾。寄與征人教念遠，莫無情。(愁倚蘭令)

懷念征人久未歸，寄上一紙紅箋，希望情人莫忘了思念你的人。

> 春羅薄，酒醒寒。夢初殘，欹枕片時雲雨事，已關山。　　樓上斜，闌干，樓前路，曾試雕鞍。拚卻一襟懷遠淚，倚闌看。(前調)

亦是念人，相思懷遠之作。

> 憑江閣，看煙鴻，恨春濃。還有當年聞笛淚，灑東風。　　時候草綠花紅，斜陽外，遠水溶溶。渾似阿蓮雙枕畔，畫屏中。(前調)

上片傷悼亡故的友人，下片則是懷念已分別多年的情人小蓮，此應是幾道晚年之作。

> 街南綠樹春饒絮，雪滿游春路。樹頭花艷雜嬌雲，樹底人家朱戶。北樓閒上，疏簾高卷，直見街南樹。　　闌干倚盡猶慵去，幾度黃昏雨。晚春盤馬踏青苔，曾傍綠陰深駐。落花猶在，香屏空掩，人面知何處。(御街行)

以往日的繁花美景，映襯今日的蕭索樓空，烘托出懷念之情。

> 日高庭院楊花轉，閒淡春風。鶯語惺忪，似笑金屏昨夜空。

　　　　嬌慵未洗勻妝手，閒印斜紅。新恨重重，都與年時舊
　　意同。(醜奴兒)

以外在美好的景物與處境孤寂的女子作強烈對比，襯托其相思情懷的
深刻。

　　　　翠幕綺筵張，淑景難忘。陽關聲巧繞雕梁，美酒十分誰與
　　共，玉指持觴。　　曉枕夢高唐，略話衷腸。小山池院竹
　　風涼，明夜月圓簾四卷，今夜思量。(浪淘沙)

此詞情感之抒發較為柔緩，亦是描寫與情人分別相思、愁苦之作。

　　　　柳下笙歌庭院，花間姊妹鞦韆。記得春樓當日事，寫向紅
　　窗夜月前。憑誰寄小蓮。　　絳蠟等閒陪淚，吳蠶到了纏
　　綿。綠鬢能供多少恨，未肯無情此斷絃，今年老去年。(破
　　陣子)

此為懷念小蓮之作。上片寫美好的春日景致及與小蓮的歡樂嬉遊。下
片則寫分別之後痛苦的心情。

　　　　長因蕙草記羅裙，綠腰沈水熏。闌干曲處人靜，曾共倚黃
　　昏。　　風有韻，月無痕，暗消魂。擬將幽恨，試寫殘花，
　　寄與朝雲。(訴衷情)

看到了蕙草就想起了穿綠羅裙的女子，回憶以往曾經「共倚黃昏」，
如今已分隔兩地。

　　　　御紗新製石榴裙，沈香慢火熏。越羅雙帶宮樣，飛鸞碧波
　　紋。　　隨錦字，疊香痕，寄文君。繫來花下，解向尊前，
　　誰伴朝雲。(前調)

與前一首同是描寫對「朝雲」這位女子的思念，筆法、句式皆相似。

　　　　憑觴靜憶去年秋，桐落故溪頭。詩成自寫紅葉，和恨寄東
　　流。　　人脈脈，水悠悠，幾多愁。雁書不到，蝶夢無憑，
　　漫倚高樓。(前調)

上片回憶去年秋天與情人在溪頭分別的情景，下片著重情感的抒發，
以「人脈脈，水悠悠」傳達出悠遠深長的情意。

　　　　楚鄉春晚，似入仙源。拾翠處，閒隨流水，踏青路，暗惹
　　香塵。心心在，柳外青帘，花下朱門。　　對景且醉芳尊，

> 莫話消魂。好意思，曾同明月，惡滋味，最是黃昏。相思
> 處，一紙紅牋，無限啼痕。(兩同心)

詞末三句道出詞人心中的思念之情。

> 花信來時，恨無人似花依舊，又成春瘦，折斷門前柳。　天
> 與多情，不與長相守。分飛後，淚痕和酒，占了雙羅袖。(點
> 絳唇)

美好的春光又來臨，但卻人事已非。自此，常藉酒澆愁，眼淚和著酒
痕，染濕了春衫羅袖，可見其內心之淒苦。

> 西溪丹杏，波前媚臉，珠露與深勻。南樓翠柳，煙中愁黛，
> 絲雨惱嬌顰。　當年此處，聞歌斷酒，曾對可憐人。今
> 夜相思，水長山遠，閒臥送殘春。(少年遊)

上片首先以寫景及女子的容態為主，下片則抒寫相思情意，款款深
情，自然流露。

> 西樓別後，風高露冷，無奈月分明。飛鴻影裏，搗衣砧外，
> 總是玉關情。　王孫此際，山重水遠，何處賦西征。金
> 閨魂夢枉丁寧，尋盡短長亭。(前調)

上片末二句蘊含著閨中少婦對遠行人的思念之情。下片以閨中少婦的
夢境作結，更見淒婉與情摯。

> 閒敲玉鐙隋堤路，一笑開朱戶。素雲凝澹月嬋娟，門外鴨
> 頭春水，木蘭船。　吹花拾蕊嬉游慣，天與相逢晚。一
> 聲長笛倚樓時，應恨不題紅葉，寄相思。(虞美人)

此詞亦是相思之作。

> 疏梅月下歌金縷，憶共文君語，更誰情淺似春風。一夜滿
> 枝新綠，替殘紅。　蘋香已有蓮開信。兩槳佳期近，采
> 蓮時節定來無。醉後滿身花影，倩人扶。(前調)

描寫自己與愛慕的女子分別後，就期待採蓮時節的到來。下片則是想
像與她相見的情景。

> 小梅枝上東君信，雪後花期近。南枝開盡北枝開，長被隴
> 頭游子，寄春來。　年年衣袖年年淚，總為今朝意。問
> 誰同是憶花人，賺得小鴻眉黛，也低顰。(前調)

下片很明白地表達出內心的情感，相思、愁苦之情溢於言表。

　　花前獨占春風早，長愛江梅。秀艷清杯，芳意先愁鳳管催。

　　　尋香已落閒人後，此恨難裁。更晚須來，卻恐初開勝
未開。（採桑子）

表面似「詠梅」之作，然究其深意則眞情含蘊於其中，將女子比爲秀
艷之梅，對她有著無限的懷思。

　　蘆鞭墜徧楊花陌，晚見珍珍，疑是朝雲，來作高唐夢裏人。

　　　應憐醉落樓中帽，長帶歌塵。試拂香茵，留解金鞍睡
過春。（前調）

此亦懷人之作，心中想念的是「朝雲」這位女子。

　　別來長記西樓事，結徧蘭襟。遺恨重尋，絃斷相如綠綺琴。

　　　何時一枕逍遙夜，細話初心。若問如今，也似當時著
意深。（前調）

與情人分別之後，總憶起往日兩人相聚的美好時光，殷切期盼能再相
逢，一訴衷曲。

　　金風玉露初涼夜，秋草窗前。淺醉閒眠，一枕江風夢不圓。

　　　長情短恨難憑寄，枉費紅牋。試拂么絃，卻恐琴心可
暗傳。（前調）

詞人深摯的愛戀之意，難以向對方表達，彈琴傳意，又恐她不解風情，
相思之意溢於行間。

　　心期昨夜尋思徧，猶負殷勤。齊斗堆金，難買丹誠一寸眞。

　　　須知枕上尊前意，占得長春。寄語東鄰，似此相看有
幾人。（前調）

上片表達自己情意的堅深篤實，下片則讚頌對方也是情意深摯之人。

　　紅窗碧玉新名舊，猶綰雙螺。一寸秋波，千斛明珠覺未多。

　　　小來竹馬同游客，慣聽清歌，今日蹉跎，惱亂工夫暈
翠蛾。（前調）

此詞爲回憶舊往之作，「紅」「碧」是小山詞裏常用來表示今昔不同的
強烈對比字眼。

　　征人去日殷勤囑，莫負心期。寒雁來時，第一傳書慰別離。

> 輕春織就機中素，淚墨題詩，欲寄相思，日日高樓看
> 雁飛。（前調）

寫思婦懷念征人，日日期盼他的歸來，猶恐他負了歸期，但征人終究音訊杳然。

> 花時惱得瓊枝瘦，半被殘香。睡損梅妝，紅淚今春第一行。
> 風流笑伴相逢處，白馬游韁。共折垂楊，手撚芳條說
> 夜長。（前調）

敘述回憶往日同遊之伴，共折楊柳，彼此細說笑語之景。

> 秋來更覺消魂苦，小字還稀。坐想行思，怎得相看似舊時。
> 南樓把手憑肩處，風月應知。別後除非，夢裏時時得
> 見伊。（前調）

此為思人之作，自從別後「坐想行思」，憶起以往曾在南樓攜手並肩，月光下和風吹來，令人陶醉，但分別後一切都結束了，除非「夢裏時時得見伊」。

> 誰將一點淒涼意，送入低眉。畫箔閒垂，多是今宵得睡遲。
> 夜痕記盡窗間月，曾誤心期。準擬相思，還是窗間記
> 月時。（前調）

敘述一位女子思念情人，下片首二句充份表現出女子的癡心。「低眉」「遲睡」乃因她心中有所思念。

> 宜春苑外樓堪倚，雪意芳濃。雁影冥濛，正共銀屏小景同。
> 可無人解相思處，昨夜東風。梅蕊應紅，知在誰家錦
> 字中。（前調）

上片以寫景開場，雪景與雁影正與屏風上的圖案相同。下片開始抒情，相思懷人之意明顯可見。

> 白蓮池上當時月，今夜重圓。曲水蘭船。憶伴飛瓊看月眠。
> 黃花綠酒分攜後，淚濕吟牋。舊事年年，時節南湖又
> 采蓮。（前調）

看到蓮池上的明月今夜又圓了，不禁想起以往與「飛瓊」共同賞月的情景，如今已分別，思及往事，不覺「淚濕吟牋」。

> 前歡幾處笙歌地，長負登臨。月幌風襟，猶憶西樓著意深。

　　　　鶯花見盡當時事，應笑如今。一寸愁心，日日寒蟬夜
夜砧。（前調）

表達了對往事的追憶與愁怨。

　　　　年年此夕東城見，歡意匆匆。明日還重，卻在樓臺縹緲中。
　　　　垂螺拂黛清歌女，曾唱相逢。秋月春風，醉枕香衾一
歲同。（前調）

情意綿綿，思念與他同歡共樂的歌女，可嘆歡意匆匆，滿心期待下次
的相逢。

　　　　西樓月下當時見，淚粉偷勻。歌罷還顰，恨隔爐煙看未真。
　　　　別來樓外垂楊縷，幾換青春。倦客紅塵，長記樓中粉
淚人。（前調）

回憶與鍾愛的歌女在西樓月下相見的情景。然而與她分別後，已倦於
紅塵作客了，但依舊對她念念不忘。

　　　　非花非霧前時見，滿眼嬌春。淺笑微顰，恨隔垂簾看未真。
　　　　殷勤借問家何處，不在紅塵。若是朝雲，宜作今宵夢
裏人。（前調）

描寫與一位女子偶遇之後，對她朝思暮想。筆法與前一首有相似之
處，如「恨隔垂簾看未真」之句。

　　　　當時月下分飛處，依舊淒涼。也會思量，不道孤眠夜更長。
　　　　淚痕揾徧鴛鴦枕，重繞回廊。月上東窗，長到如今欲
斷腸。（前調）

思念情人，在漫漫長夜裏令他思念欲斷腸，可見其內心之愁苦。

　　　　柳上煙歸，池南雪盡。東風漸有繁華信，花開花謝蝶應知，
春來春去鶯能問。　　夢意猶疑，心期欲近。雲牋字字縈
方寸，宿妝曾比杏顋紅，憶人細把香英認。（踏莎行）

先自寫景著筆，進而敘寫對女子懷念的心事。

　　　　雪盡寒輕，月斜煙重。清歡猶記前時共，迎風朱戶背燈開，
拂簷花影侵簾動。　　繡枕雙鴛，香苞翠鳳。從來往事都
如夢，傷心最是醉歸時，眼前少箇人人送。（前調）

此亦是回憶往事之詞。下片顯現出詞人心事重重的心境。

> 畫屏天畔，夢回依約，十洲雲水。手撚紅牋寄人書，寫無
> 限，傷春事。　　別浦高樓曾漫倚，對江南千里。樓下分
> 流水聲中，有當日，憑高淚。(留春令)

描寫因思念佳人而作夢，到「十洲」找她，醒來見到畫屏上的山水猶
如夢中之景，可見其思念之殷切。

> 南苑吹花，西樓題葉，故園歡事重重。憑闌秋思，閒記舊
> 相逢。幾處歌舞雲夢雨，可憐便，流水西東。別來久，淺
> 情未有，錦字繫征鴻。　　年光還少味，開殘檻菊，落盡
> 溪桐。漫留得，尊前淡月西風。此恨誰堪共說，清愁付，
> 綠酒杯中。佳期在，歸時待把，香袖看啼紅。(滿庭芳)

閒來總是記起舊日相聚時的種種歡事，然而分別已久，卻未曾捎來音
信，此恨能與誰說，只有借酒澆愁。

> 庭花香信尚淺，最玉樓先暖。夢覺春衾，江南依舊遠。　　回
> 紋錦字暗翦，漫寄與，也應歸晚。要問相思，天涯猶自短。
> 　　(清商怨)

描寫思婦對出征良人的殷切思念，夢見自己越過千山萬水到江南去尋
找他，醒來江南依舊遙遠。

> 池苑清陰欲就，還傍送春時候。眼中人去難歡偶，誰共一
> 杯芳酒。　　朱闌碧砌皆如舊，記攜手。有情不管別離久，
> 情在相逢終有。(秋蕊香)

上片流露出深沈的愁緒，下片則在回憶昔日舊情中，抱著一線希望。

> 紅葉黃花秋意晚，千里念行客。飛雲過盡，歸鴻無信，何
> 處寄書得。　　淚彈不盡臨窗滴，就硯旋研墨。漸寫到別
> 來，此情深處，紅牋為無色。(思遠人)

在晚秋時候，念起遠行人，寄了書信，卻毫無回音，感傷地流淚，淚
水滴入硯台之中，以淚來研墨香硯，寄上相思意，將痴心女子的情態
表露無遺。

> 翠袖疏紈扇，涼葉催歸燕，一夜西風，幾處傷高懷遠。細
> 菊枝頭，開嫩香還徧，月痕依舊庭院。　　事何限，悵望
> 秋意晚。離人鬢華將換，靜憶天涯，路比此情猶短。試約

鶯牋，傳素期良願，南雲應有新雁。（碧牡丹）

在蕭瑟的秋天裏，思念遠人，將心事寫在鶯牋上，傳達平素的心願。

小春花信日邊來，未上江樓先坼。今歲東君消息，還自南
枝得。　　素衣染盡天香，玉酒添成國色。一自故溪疏隔，
腸斷長相憶。（望仙樓）

此爲思人之作，「腸斷長相思」正明顯地道出詞人所欲表達的衷曲爲
何？

鶯孤月缺，兩春惆悵音塵絕。如今若負當時節，信道歡緣，
狂向衣襟結。　　若問相思何處歇，相逢便是相思徹。儘
饒別後留心別，也待相逢，細把相思說。（醉落魄）

以世間的殘缺「鶯孤月缺」影射他的形隻影單。下片道盡了他的相思
之苦。

長相思，長相思。若問相思甚了期，除非相見時。　　長
相思，長相思，欲把相思說似誰，淺情人不知。（長相思）

以民歌的手法，將心中的相思之情娓娓道來。言語質樸、率眞，充滿
眞摯、自然之美。

休休莫莫，離多還是因緣惡。有情無奈思量著，月夜佳期，
近寫青牋約。　　心心口口長恨昨，分飛容易當時錯，後
期休似前歡薄。買斷青樓，莫放春閒卻。（醉落魄）

寫後悔當初的分別，如今有著無限思量，充滿了無奈感。

一曲畫樓鐘動，宛轉歌聲緩。綺席飛塵滿，更少待，金蕉
暖。　　細雨輕寒今夜短，依前是，粉牆別館。端的歡期
應未晚，奈歸雲難管。（鳳孤飛）

此詞傳達一份對前塵往事追憶的情感。

煙柳長堤知幾曲，一曲一魂消。秋天無情共天遙，愁送木
蘭橈。　　熏香繡被心情懶，期信轉迢迢。記得來時倚畫
橋，紅淚滿鮫綃。（武陵春）

此爲憶舊之詞。「秋水無情共天遙，愁送木蘭橈」道出了分別的愁苦，
詞末二句則流露出期待之情。

晚綠寒紅，芳意匆匆，惜年華，今與誰同。碧雲零落，數

字征鴻。看渚蓮凋，宮扇舊，怨秋風。　　流波墜葉，佳
期何在，想天教，離恨無窮。試將前事，閒倚梧桐。有消
魂處，明月夜，粉屏空。(行香子)

詞人感嘆暮年孤單寂寞的景況，回憶前塵，懷念往日同聚歡樂的蓮
鴻、雲、蘋等。

（三）離情別怨

此類作品傷感的意味更濃。離別自古就是最令人心碎斷腸的，楚
辭九歌大司命有云：「悲莫悲兮生別離」，柳永詞亦云：「多情自古傷
離別」。〔註5〕幾道是個情感既豐富且又執著的人，面對離別的場面自
然充滿無奈與心酸，形諸筆端，以詞表現出來，更見悽惻哀感。

身外閒愁空滿，眼中歡事常稀。明年應賦送君詩，細從今
夜數，相會幾多時。　　淺酒欲邀誰勸，深情惟有君知。
東溪春近好同歸。柳垂江上影，梅謝雪中枝。(臨江仙)

面對即將來臨的分別，詞人以女性的口吻表達出無限感慨！

淡水三年歡意，危絃幾夜離情，曉霜紅葉舞歸程。客情今
古道，秋夢短長亭。　　渌酒尊前清淚，陽關疊裏離聲。
少陵詩思舊才名，雲鴻相約處，煙霧九重城。(前調)

上片描寫在深秋時節將與朋友相別，心中充滿離情別緒，下片則寫臨
別酒宴上的情景。結尾兩句更流露前途茫茫的悲涼感。

碧落秋風吹玉樹，翠節紅旌，晚過銀河路。休笑星機停弄
杼，鳳幨已在雲深處。　　樓上金針穿繡縷，誰管天邊，
隔歲分飛苦。試等夜闌尋別緒，淚痕千點羅衣露。(蝶戀花)

寫一位女子在閨中因別緒滿懷而傷心、惆悵。

一醉醒來春又殘，野棠梨雨淚闌干。玉笙聲裏鸞空怨，羅
幕香中燕未還。　　終易散，且長閒。莫教離恨損朱顏，

〔註5〕見柳永《雨霖鈴》，全詞是：寒蟬淒切，對長亭晚，驟雨初歇。都門
帳飲無緒，方留戀處，蘭舟催發；執手相看淚眼，竟無語凝噎；念
去去千里煙波，暮靄沈沈楚天闊。多情自古傷離別，更那堪、冷落
清秋節！今宵酒醒何處？楊柳岸，曉風殘月。此去經年，應是良辰
好景虛設。便縱有千種風情，更與何人說。

　　　　誰堪共展鴛鴦錦，同過西樓此夜寒。(鷓鴣天)

此為離情之作。上片寫與情人別後的情形，以「野棠梨雨淚闌干」暗喻其傷心。下片則以「莫教離恨損朱顏」這看透了的心境來安慰。

　　　　綠橘梢頭幾點春，似留香蕊送行人。明朝紫鳳朝天路，十
　　　　二重城五碧雲。　　　歌漸咽，酒初醺。儘將紅淚濕湘裙，
　　　　贛江西畔從今日，明月清風憶使君。(前調)

描寫一位歌女送別「使君」，下片前三句烘托出離別的氣氛。

　　　　醉拍春衫惜舊香，天將離恨惱疏狂。年年陌上生秋草，日
　　　　日樓中到夕陽。　　　雲渺渺，水茫茫，征人歸路許多長。
　　　　相思本是無憑語，莫向花牋費淚行。(前調)

此為離別相思之作。「天將離恨惱疏狂」將題旨點明，以下所寫的蒼茫、悲涼情景，皆反映詞人心中的寂寥孤苦。

　　　　墜雨已辭雲，流水難歸浦。遺恨幾時休，心抵秋蓮苦。
　　　　　　忍淚不能歌，試託哀絃語，絃語願相逢，知有相逢否。
　　　　(生查子)

此寫離情。將兩人的分別比喻作雨之辭雲、水之流逝，但仍希望有相逢的一天。悲苦哽咽不能歌，只好託琴絃來曲傳心事。

　　　　一分殘酒霞，兩點愁蛾暈。羅幕夜猶寒，玉枕春先困。
　　　　　　心情荀綵慵，時節曉燈近。見少別離多，還有人堪恨。
　　　　(前調)

在寒夜裏，因愁緒湧上心頭而飲酒。無心荀綵，只因心中想著離別之苦。

　　　　輕輕製舞衣，小小裁歌扇。三月柳濃時，又向津亭見。
　　　　　　垂淚送行人，淫破紅妝面。玉指袖中彈，一曲清商怨。
　　　　(前調)

下片四句將離別的悲愁明白道出。

　　　　狂花頃刻香，晚蝶纏綿意。天與短因緣，聚散常容易。
　　　　　　傳唱入離聲，惱亂雙蛾翠。游子不堪聞，正是哀腸事。
　　　　(前調)

此詞道出遊子與人分別時心中的淒苦。

花落未須悲，紅蕊明年又滿枝。惟有花間人別後，無期。
水闊山長雁字遲。　　今日最相思，記得攀條話別離。共
說春來春去事，多時，一點愁心入翠眉。（南鄉子）

描寫與女子別後，相見無期，所引起的感傷，記起以往攀條折柳之話
別，不勝依依。

何處別時難，玉指偷將粉淚彈。記得來時樓上燭。初殘，
待得清霜滿畫闌。　　不慣獨眠孤，自解羅衣襯枕檀。百
媚也應愁不睡，更闌，惱亂心情半被閒。（前調）

此亦離情之作與前幾首類似。

留人不住，醉解蘭舟去。一棹碧濤春水路，過盡曉鶯啼處。
　　渡頭柳青青，枝枝葉葉離情。此後錦書休寄，畫樓雲
雨無憑。（清平樂）

此詞以春天美好的景物來襯托離別之苦。周濟宋四家詞選評此結尾二
句云：「結語殊怨，然不忍割。」

寒催酒醒，曉陌飛霜定。背照畫簾殘燭影，斜月光中人靜。
　　錦衣才子西征，萬里雲水初程。翠黛倚門相送，鶯腸
斷處離聲。（前調）

描寫一位女子送良人出征的那般牽腸掛肚，依依離情。

心期休問，只有尊前分。勾引行人添別恨，因是語低香近。
　　勸人滿酌金鍾，清歌唱徹還重。莫道後期無定，夢魂猶有
相逢。（前調）

別怨之詞。不敢觸發彼此的心事，只有默默地飲著酒，不忍說別離，
最後安慰自己，即使歸期不定，終會在夢裏相逢。

念奴初唱離亭宴，會作離聲勾別怨。當時垂淚憶西樓，濕
盡羅衣歌未徧。　　難逢最是身強健，無定莫如人聚散。
已拚歸袖醉相扶，更惱香檀珍重勸。（木蘭花）

寫分別時聽唱離別樂曲，倍感心酸。下次見面時不知是否依舊強健，
不如趁此喝個不醉不歸，但還是勸你珍重。

長亭晚送，都似綠窗前日夢，小字還家，恰應紅燈昨夜花。
　　良時易過，半鏡流年春欲破，往事難忘，一枕高樓到

夕陽。（減字木蘭花）

長亭送別，像是昨天的事，時光易逝，思及往事，令人難忘。

> 當年信道情無價，桃葉尊前論別夜。臉紅心緒學梅妝，眉
> 翠工夫如月畫。　　來時醉倒旗亭下，知是阿誰扶上馬。
> 憶曾挑盡五更燈，不記臨分多少話。（玉樓春）

憶一次醉倒的事，記得那時喝醉了，不知被誰扶上馬，然後挑燈夜談，不知咱們說了多少分別的話語。

> 綠柳藏烏靜掩關，鴨爐香細瑣窗閒。那回分袂月初殘。
> 　　惜別漫成良夜醉，解愁時有翠牋還，欲尋雙葉寄情難。
> （浣溪沙）

上片描寫分別時的外在景物，下片則著重內心的刻劃。

> 翠閣朱闌倚處危，夜涼閒捻彩簫吹。曲中雙鳳已分飛。
> 　　綠酒細傾消別恨，紅牋小寫問歸期，月華風意似當時
> （前調）

分別的惆悵令人倍感寂寥，在涼夜裏吹著聲音淒涼的簫，借酒消卻心頭的別怨，靜待你的歸來。

> 對鏡偷勻玉筯，背人學寫銀鉤。繫誰紅豆羅帶角，心情正
> 著春游。那日楊花陌上，多時杏子牆頭。　　眼底關山無
> 奈，夢中雲雨空休。問看幾許憐才意，雨蛾藏盡離愁。難
> 拚此回腸斷，終須鎖定紅樓。（河滿子）

此描寫離愁。下片末三句透露出離別的愁苦。

> 露華高，風信遠。宿醉畫簾低卷，梳洗倦，冶游慵。綠窗
> 春睡濃。　　綵條輕，金縷重，昨日小橋相送。芳草恨，
> 落花愁，去年同倚樓。（更漏子）

上片先寫別後無心梳洗以及慵懶的情意，下片始言及昨日兩人分別的情景。

> 小綠間長紅，露蕊煙叢。花開花落昔年同，惟恨花前攜手
> 處，往事成空。　　山遠水重重，一笑難逢，已拚長在別
> 離中。霜鬢知他從此去，幾度春風（浪淘沙）

此亦寫離情別緒，有「往事成空」、「一笑難逢」的感嘆。末三句表示

對離人的深念。

> 麗曲醉思仙，十二哀絃。穠蛾疊柳臉紅蓮，多少兩條煙葉
> 恨，紅淚離筵。　　行子惜流年，鶗鴂枝邊，吳堤春水艤
> 蘭船。南去北來今漸老，難負尊前。(前調)

此詞表達遊子、行人對於離別的無奈感。

> 綠徧西池，梅子青時。儘無端，盡日東風惡，更霏微細雨。
> 惱人離恨，滿路春泥。　　應是行雲歸路，有閒淚，灑相
> 思。想旗亭，望斷黃昏月，又依前誤了，紅牋香信，翠袖
> 歡期。(好女兒)

在細雨紛飛的日子裏，更增添離恨的煩惱，想著酒館裏的她，不禁流
下相思淚。

> 都人離恨滿歌筵，清唱倚危絃。星屏別後千里，更見是何
> 年。　　驄騎穩，繡衣鮮，欲朝天。北人歡笑，南國悲涼，
> 迎送金鞭。(訴衷情)

在充滿離愁的歌筵上，送人北上京師任官，此一別不知相見何年，心
中真是無限悲涼。

> 明日征鞍，又將南陌垂楊柳。自憐輕別，拚得音塵絕。　　杏
> 子枝邊，倚處闌干月，依前缺。去年時節，舊事無人說。(點
> 絳唇)

寫將赴他處上任與這裏的一切告別，總是漂泊不定，無人可共話舊事。

> 碧水東流，漫題涼葉津頭寄。謝娘春意，臨水顰雙翠。　　日
> 日驪歌，空費行人淚，成何計，未如濃醉，閒掩紅樓睡。(前
> 調)

對人世間的離情別怨感到十分厭煩、無奈，不如飲酒作樂吧！喝醉了
什麼都不去管。

> 綠勾闌畔，黃昏淡月，攜手對殘紅。紗窗影裏，朦騰春睡，
> 繁杏小屏風。　　須愁別後，天高海闊，何處更相逢。幸
> 有花前，一杯芳酒，歡計莫匆匆。(少年遊)

面對即將來臨的分別，內心悲愁何時再能相逢。

> 溼紅牋紙回紋字，多少柔腸事。去年雙燕欲歸時，還是碧

雲千里，錦書遲。　　南樓風月長依舊，別恨無端有。倩
誰橫笛倚危闌，今夜落梅聲裏，怨關山。（虞美人）

此為寫別怨之詞。

一絃彈盡仙韶樂，曾破千金學。玉樓銀燭夜深深，愁見曲
中雙淚，落香襟。　　從來不奈離聲怨，幾度朱絃斷。未
知誰解賞新音，長是好風明月，暗知心。（前調）

因離愁滿懷，故彈琴時情緒十分激動，幾次都把琴絃給弄斷。

高吟爛醉淮西月，詩酒相留。明日歸舟，碧藕花中醉過秋。
　　文姬贈別雙團扇，自寫銀鉤。散盡離愁，攜得清風出
畫樓。（採桑子）

上片指出離別的時間、地點，下片以女子贈團扇來表達對他的深情厚
意。

心心念念憶相逢，別恨誰濃，就中懊惱難拼處。是擘釵，
分鈿匆匆。卻似桃源路失，落花空記前蹤。　　彩牋書盡
浣溪紅，深意難通，強歡殢酒圖消遣，到醒來，愁悶還重。
若是初心未改，多應此意須同。（風入松）

此寫別怨。自從分別後，時時念著何時能相逢。若是你的心未變，我
想你應該和我有同樣的期待吧！

歌徹郎君秋草，別恨遠山眉小。無情莫把多情惱，第一歸
來須早。　　紅塵自古長安道，故人少。相思不比相逢好，
此別朱顏應老。（秋蕊香）

抒發內心對人生離別的無奈感。

滿街斜月，垂鞭自唱陽關徹。斷盡柔腸思歸切，都為人人，
不許多時別。　　南橋昨夜風吹雪，短長亭下征塵歇，歸
時定有梅堪折。欲把離愁，細撚花枝說。（醉落魄）

此為離情之作。離人思歸之心殷切，故云「斷盡柔腸思歸切，都為人
人，不許多時別」。

愁黛顰成月淺，啼妝印得花殘。只消鴛枕夜來閒，曉鏡心
情便懶。　　醉帽簷頭風細，征衫袖口香寒，綠江春水寄
書難，攜手佳期又晚。（西江月）

上片描寫思婦獨眠的孤寂心情，下片則寫征人在外，歸期無定，與情人相見無期的感慨與無奈。

> 危樓靜鎖，窗中遠岫，門外垂楊。珠簾不禁春風度，解偷送餘香。　　眠思夢想，不如雙燕，得到蘭房。別來只是，憑高淚眼，感舊離腸。（喜團圓）

寫分別後的感傷淒苦，形諸筆墨，十分深刻委婉。

> 莫唱陽關曲，淚濕當年金縷。離歌自古最消魂，聞歌更在魂消處。　　南樓楊柳多情緒，不繫行人住，人情卻似飛絮，悠揚便逐春風去。（梁州令）

上片描寫思婦怕聽唱送別的曲子，當年離別時哭濕了金縷衣。下片感慨留不住行人，人情如飛絮般。

二、閒愁之詞

人們常會在閒時惹起一些無端的愁緒，不一定是對某件事特別感到悲愁，而只是一種淡淡的輕愁與無奈，所表達的情感不似前述言情之作那般強烈、激越，小山詞裏的閒愁作品就是抒發此種微妙的情緒，它往往是由一件小小的事物勾起，而引發一串心中的愁思，例如：《阮郎歸》

> 天邊金掌露成霜，雲隨雁字長。綠杯紅袖趁重陽，人情似故鄉。　　蘭佩紫，菊簪黃，殷勤理舊狂。欲將沈醉換悲涼，清歌莫斷腸。

由秋天的景象，引起對時光不再的慨嘆，再由重陽佳節，而聯想到這裏的人情風味與自己的故鄉一樣，觸景傷情，感嘆良深，想借沈醉來減少心中的悲涼，別讓那淒清的歌聲惹起我滿懷的愁緒。這首詞所寫的就是一種藏在心靈的某個角，只要一靜下來、閒下來，即會湧上心頭的心緒，幽幽淡淡的，耐人尋味。

晏幾道此類閒愁詞作，有些帶有「情愁」的意味，有些則是自道「心事」，懷著看破紅塵，及時飲酒行樂的心態，前者如：《臨江仙》

> 旖旎仙花解語，輕盈春柳能眠。玉樓深處綺窗前，夢回芳

草夜，歌罷落梅天。　　沈水濃薰繡被，流霞淺酌金船，
綠嬌紅小正堪憐。莫如雲易散，須似月頻圓。

幾道與歌女們有過許多美好的時光，然而在行樂之餘，卻又感受到人
生的聚散無常，所以不免憂心這樣的日子會結束，他期望能與歌女們
長相廝守，故云：「莫如雲易散，須似月頻圓」，全詞旖旎纏綿，表達
了詞人心中的輕愁與隱憂。後者如《臨江仙》：

東野亡來無麗句，于君去後少交親。追思往事好沾巾。白
頭王建在，猶見詠詩人。　　學道深山空自老，留名千載
不干身。酒筵歌席莫辭頻，爭如南陌上，占取一年春。

故友凋零，人事皆非，追思往事不禁涕淚沾巾。人總免不了會老死，
到山中學仙修道，或是努力謀求功名以留名於後世，都是無意義的，
不如及時行樂，趁此美好春色，盡情地暢飲遊賞吧！晏幾道晚歲，生
活困頓，因而心灰意冷，有感而發，產生這般無奈的慨嘆。

初撚霜紈生悵望，隔葉鶯聲，似學秦娥唱，午睡醒來慵一
餉，雙紋翠簟鋪寒浪。　　雨罷蘋風吹碧漲，脈脈荷花，
淚臉紅相向。斜貼綠雲新月上，彎環正是愁眉樣。(蝶戀花)

描寫一位少女午睡醒來的閒愁，或許是在等待情人的歸來，或許是在
傷惜青春的流逝，全詞情景交融，十分美妙。

守得蓮開結伴游，約開萍葉上蘭舟。來時浦口雲隨棹，采
罷江邊月滿樓。　　花不語，水空流。年年拚得為花愁，
明朝萬一西風動，爭向朱顏不耐秋。(鷓鴣天)

上片描寫一種悠遊自得的閒情，下片藉由「花」、「水」而引起心中淡
淡的輕愁。

煙輕雨小，紫陌香塵少。謝客池塘生綠草，一夜紅梅先老。
　　旋題羅帶新詩，重尋楊柳佳期。強半春寒去後，幾番
花信來時。(清平樂)

詞中流露一股淡淡的閒愁，由自然景物的改變，意識到時光匆匆，人
生幾何！

可憐嬌小，掌上承恩草。把鏡不如人易老，欲占朱顏長好。

　　　　　　畫堂秋月佳期，藏鉤賭酒歸遲，紅燭淚前低語。(前調)

描寫一位女子把鏡而發出一些無端的閒愁，並不是什麼眞正令人感
傷、悲哀的事。

　　　　春雲綠處，又見鴻歸去。側帽風前花滿路。冶葉倡條情緒。
　　　　　紅樓桂酒新開，曾攜翠袖同來。醉弄影娥池水，短簫
　　　吹落殘梅。(前調)

此詞「愁」的成份較輕，顯現出來的是一種浪漫自得的生活型態。

　　　　波紋碧皺，曲水清明後。折得疏梅香滿袖，暗喜春紅依舊。
　　　　　歸來紫陌東頭，金釵換酒消愁。柳影深深細路，花梢
　　　小小層樓。(前調)

與前幾首的意境相似，也是日常生活裏閒適之餘所引起的感懷與輕
愁。

　　　　西池煙草，恨不尋芳早。滿路落花不掃，春色漸隨人老。
　　　　　遠山眉黛嬌長，清歌細逐霞觴。正在十洲殘夢，水心
　　　宮殿斜陽。(前調)

因見到落英繽紛而感受到春天已漸遠，也表達了對時光流逝的無奈
感。

　　　　蓮開欲徧，一夜秋聲轉。殘綠斷紅香片片，長是西風堪怨。
　　　　　莫愁家住溪邊，采蓮心事年年。誰管水流花謝，月明
　　　昨夜蘭船。(前調)

上片寫見到蓮花凋零而感受到秋已來臨，時光漸逝。下片則寫所愛慕
的人亦已離去，教他愁緒悠悠。

　　　　鞦韆院落重簾幕，彩筆閒來題繡戶。牆頭丹杏雨餘花，門
　　　外綠楊風後絮。　　朝雲信斷知何處，應作襄王春夢去。
　　　紫騮認得舊游蹤，嘶過畫堂東畔路。(木蘭花)

上片寫重遊故院，春去人空的惆悵情懷，下片則表達殷切期待與所念
女子重逢的心理，意思層層推進。詞末大力轉折，雋永有味。

　　　　玉眞能唱朱簾靜，憶在雙蓮池上聽。百分蕉葉醉如泥，卻
　　　向斷腸聲裏醒。　　夜涼水月鋪明鏡，更看嬌花閒弄影，
　　　曲終人意似流波，休問心期何處定。(前調)

閒情輕愁娓娓道來，無怨無怒，只是抒發內心一點淺淺的愁懷。

> 箇人輕似低飛燕，春來綺陌時相見。堪恨兩橫波，惱人情
> 緒多。　　長留青鬢住，莫放紅顏去。占取艷陽天，且教
> 伊少年。（菩薩蠻）

此亦閒愁之作，也是抒發一種想要抓住青春歲月的心情。

> 鶯啼似作留春語，花飛鬪學回風舞。紅日又平西，畫簾遮
> 燕泥。　　煙光還自老，綠鏡人空好。香在去年衣，魚牋
> 音信稀。（前調）

上片以「鶯啼」、「花飛」、「畫簾」等美好的意象，與下片形成鮮明對比。

> 天邊金掌露成霜，雲隨雁字長。綠杯紅袖趁重陽，人情似
> 故鄉。　　蘭佩紫，菊簪黃。殷勤理舊狂，欲將沈醉換悲
> 涼，清歌莫斷腸。（阮郎歸）

此首是詞人懷想故鄉，引起鄉愁之作。末二句正道出詞人內心之抑鬱
悲涼。

> 斑騅路與陽臺近，前度無題初借問。暖風鞭袖儘閒垂，微
> 月簾櫳曾暗認。　　梅花未足憑芳信，絃語豈堪傳素恨。
> 翠眉饒似遠山長，寄語此愁顰不語。（玉樓春）

此亦抒寫閒愁之作。以一種溫婉的筆調書之，倍感雋永有味。

> 東風又作無情計，艷粉嬌紅吹滿地。碧樓簾影不遮愁，還
> 似去年今日意。　　誰知錯管春殘事，到處登臨曾費淚。
> 此時金盞直須深，看盡落花能幾醉。（前調）

無端埋怨東風，無情地將紅白嬌艷的春花吹落一地，引起詞人心中的
愁緒。下片更充份流露那份悵惘的心懷。

> 輕風拂柳冰初綻，細雨消塵雲未散。紅窗青鏡待妝梅，綠
> 陌高樓催送雁。　　華羅歌扇金蕉琖，記得尋芳心緒慣。
> 鳳城寒盡又飛花，歲歲春光常有限。（前調）

上片自景物的描寫入筆，下片則因心有所感，進而抒寫心中的情懷。

> 二月春花厭落梅，仙源歸路碧桃催。渭城絲雨勸離杯。
> 　　歡意似雲真薄倖，客鞭搖柳正多才，鳳樓人待錦書來。
> （浣溪沙）

描寫一位女子感嘆過往的歡樂如雲煙般輕薄，消逝不見了，只能默默地等待音訊。

> 臥鴨池頭小苑開，暄風吹盡北枝梅。柳長沙軟路縈回。
>
> 　靜避綠陰鶯有意，漫隨游騎絮多才，去年今日憶同來。
>
> （前調）

此詞勾劃出一幅幽雅的景致，呈現的格調亦頗閑雅，並且帶著淡淡的感傷。

> 白紵春衫楊柳鞭，碧蹄驕馬杏花韉，落英飛絮冶游天。
>
> 　南陌暖風吹舞榭，東城涼月照歌筵，賞心多是酒中仙。
>
> （前調）

飲酒作樂中流露閑適的情懷，並帶有幾許落寞的愁緒。

> 午醉西橋夕未醒，雨花淒斷不堪聽。歸時應減鬢邊青。
>
> 　衣化客塵今古道，柳含春意短長亭，鳳樓爭見路旁情。
>
> （前調）

因客居他鄉而引起莫大的感傷，借酒澆愁，無奈愁更愁，這種情懷那裏是那些在宮內龍樓鳳閣中的人所能理解的。

> 團扇初隨碧簟收，畫簷歸燕尚遲留。靨朱眉翠喜清秋。
>
> 　風意未應迷狹路，燈痕猶自記高樓。露花煙葉與人愁。
>
> （前調）

上片所寫的較為清新愉悅，下片始流露出秋意輕愁。

> 浦口蓮香夜不收，水邊風裏欲生秋。棹歌聲細不驚鷗。
>
> 　涼月送歸思往事，落英飄去起新愁，可堪題葉寄東樓。
>
> （前調）

敘述一個寂靜的夏夜裏，泛舟遊賞蓮花。如今看到落花飄飄，不禁憶起往日在月夜裏送她歸去的情景，勾起了淡淡的輕愁。

> 檻花稀，池草徧。冷落吹笙庭院，人去日，燕西飛，燕歸
>
> 人未歸。　　數書期，尋夢意。彈指一年春事。新悵望，
>
> 舊悲涼，不堪紅日長。（更漏子）

在冷落淒清的暮春時節，看到燕歸而想到人未歸，勾起了懷人之愁。往日的分別加上今日的思念，又正是暮春時節，所以倍感淒苦。

柳絲長，桃葉小。深院斷無人到，紅日淡，綠煙晴，流鶯
三兩聲。　　雪香濃，檀暈少。枕上臥枝花好，春思量，
曉妝遲，尋思殘夢時。(前調)

春日閨中女子早起後懶梳洗，獨自尋思夜裏的殘夢，可見其滿懷的愁
緒。上片中美好的景物，如柳條、桃葉、紅日、綠煙、流鶯等等，與
閨中人愁悶的心情形成強烈對比。

昭華鳳管知名久，長閉簾櫳。日日春慵，閒倚庭花暈臉紅。
　　應說金谷無人後，此會相逢。三弄臨風，送得當筵玉
琖空。(醜奴兒)

上片末二句呈現慵懶閒適的心情。下片結尾則帶有幾許落寞的心情。

高閣對橫塘，新燕年光。柳花殘夢隔瀟湘。綠浦歸帆看不
見，還是斜陽。　　一笑解愁腸，人會蛾妝，藕絲衫袖鬱
金香，曳雪牽雲留客醉，且伴春狂。(浪淘沙)

此詞雖言愁，但卻以一種灑脫的心態處之，反而更顯現出詞人的無奈
感。

湖上西風，露花啼處秋香老。謝家春草，唱得清商好。　　笑
倚蘭舟，轉盡新聲了。煙波渺，暮雲稀少，一點涼蟾小。(點
絳脣)

描寫在湖上倚著蘭舟的心情，以及所見到的景物。沒有強烈的情緒反
應，只由景致中透露淡淡的哀愁。

雕梁燕去，裁詩寄遠，庭院舊風流。黃花醉了，碧梧題罷，
閒臥對高秋。　　繁雲破後，分明素月，涼影掛金鉤，有
人凝澹倚西樓。新樣兩眉愁。(少年遊)

上片所寫的是一些屬於「過去式」的事物，如燕去、寄遠、舊風流、
醉了、題罷等等，可見詞人是對往日勾起了輕愁。故下片末二句云「有
人凝澹倚西樓，新樣兩眉愁」。

玉簫吹徧煙花路，小謝經年去。更教誰畫遠山眉，又是陌
頭風細、惱人時。　　時光不解年年好，葉上秋聲早。可
憐蝴蝶易分飛，只有杏梁雙燕，每來歸。(虞美人)

描寫對時光流逝發出的無奈感。

鞦韆散後朦朧月，滿院人閒。幾處雕闌，一夜風吹杏粉殘。

　　昭陽殿裏春衣就，金縷初乾。莫信朝寒，明日花前試
舞看。（採桑子）

描寫宮廷裏人們閒適、無聊的心情，並透露出因閒而生的愁感。

日高庭院楊花轉，閒淡春風。昨夜匆匆，蟄入遙山翠嶺中。

　　金盆水冷菱花淨，滿面殘紅，欲洗猶慵，絃上啼烏此
夜同。（前調）

此詞亦以「閒」及「愁」爲主題，慵慵懶懶，愁愁悶悶的，令人感受
到那份寂靜。

春風不負年年信，長趁此期。小錦堂西，紅杏初開第一枝。

　　碧簫度曲留人醉，昨夜歸遲。短恨憑誰，鶯語殷勤月
落時。（前調）

所寫的是寂寥、愁悶的心緒。

湘妃浦口蓮開盡，昨夜紅稀。懶過前溪，閒艤扁舟看雁飛。

　　去年謝女池邊醉，晚雨霏微。記得歸時，旋折新荷蓋
舞衣。（前調）

因見到浦口蓮花開盡了，而引發詞人憶往的輕愁。

綠徑穿花，紅樓壓水。尋芳誤到蓬萊地，玉顏人是蕊珠仙，
相逢展盡雙蛾翠。　　夢草閒眠，流觴淺醉，一春總見瀛
洲事。別來雙燕又西飛，無端不寄相思字。（踏莎行）

下片前二句所表現的是日常生活裏閒適的景況，末二句則因見到歸燕
又西飛而勾起了相思愁緒。

采蓮舟上，夜來陡覺，十分秋意。懊惱寒花暫時香，與情
淺，人相似。　　玉蕊歌清招晚醉，戀小橋風細。水溼紅
裙酒初消，又記得，南溪事。（留春令）

在採蓮舟上見到水中蓮花而興花香易逝、人情澆薄之慨。下片則可知
在其內心深處憶起了南溪舊事。

海棠風橫，醉中吹落，香紅強半。小粉多情怨花飛，仔細
把，殘香看。　　一抹濃檀秋水畔，縷金衣新換。鸚鵡杯
深艷歌遲，更莫放，人腸斷。（前調）

上片先敘海棠花被吹落，花殘香損，表達一種殘缺、失落的意象。下
片則抒發愁苦的心緒。

> 南苑垂鞭路冷，西樓把袂人稀。庭花猶有鬢邊枝，且插殘
> 紅自醉。　　畫幕涼催燕去，香屏曉放雲歸。依前青枕夢
> 回時，試問閒愁有幾？（西江月）

首二句將冷落淒清的氣氛表達出來。下片末句則反映出詞人內心的寂
寞愁情。

> 九月黃花如有意，依舊滿珍叢。誰似龍山秋興濃，吹帽落
> 西風。　　年年歲歲登高節，歡事旋成空。幾處佳人此會
> 同，今在淚痕中。（武陵春）

想起以往的歡聚，如今已成空，不禁流下相思愁苦之淚。

> 玉階秋感，年華暗去。掩深宮，團扇無緒。記得當時，自
> 翦下，機中輕素。點丹青，畫成秦女。　　涼襟猶在，朱
> 絃未改，忍霜紈，飄零何處。自古悲涼，是情事，輕如雲
> 雨。倚么絃，恨長難訴。（解佩令）

描寫為情感之事而愁苦、慨嘆。

> 取次臨鸞勻畫淺，酒醒遲來晚。多情愛惹閒愁，長黛眉低
> 斂。　　月底相逢花下見，有深深良願。願期信，似月如
> 花，須更教長遠。（憶悶令）

此亦寫惹起無端閒愁之作。「多情愛惹閒愁，長黛眉低斂」這些愁乃
是因情而起，故下片云「願期信，似月如花，須更教長遠」。

> 倚天樓殿，升平風月，彩仗春移。鷺絲鳳竹，長生調裏，
> 迎得翠輿歸。　　雕鞍游罷，何處還有心期。濃熏翠被，
> 深停畫燭，人約月西時。（慶春時）

所寫的是在歡樂之後的寥落心緒。

> 梅梢已有，春來音信，風意猶寒。南樓暮雪，無人共賞，
> 閒卻玉闌干。　　殷勤今夜，涼月還似眉彎。尊前為把，
> 桃根麗曲，重倚四絃看。（前調）

表達閒適的情懷，卻又流露出空寂、孤獨的愁感。

> 蓮葉雨，蓼花風。秋恨幾枝紅，遠煙收盡水溶溶，飛雁碧

雲中。　　衷腸事，魚牋字，情緒年年相似。憑高雙袖晚
寒濃，人在月橋東。(燕歸梁)

淡淡的輕愁於寫景之中，緩緩傾訴。

三、感時之詞

　　人，生於天地之間，不過數十寒暑，物換星移，花開花又落，春
去春又回，每當時序交替，春去花落的時候最令人愁煞。晏幾道似乎
深深感受到時光的無情以及人力無法抗拒的無奈，於是在詞裏出現傷
春、感時之作，如《浣溪沙》：

　　　莫問逢春能幾回，能歌能笑是多才。露花猶有好枝開。
　　　　　綠鬢舊人皆老大，紅梁新燕又歸來，儘須珍重掌上杯。

在感傷之餘，為自己尋求精神上的解脫，不如趁此有生之年，好好享
受杯中物，如《生查子》：

　　　官身幾日閒，世事何時足？君貌不長紅，我鬢無重綠。
　　　　　榴花滿琖香，金縷多情曲，且盡眼中歡，莫歎時光促。

上片言人的青春有限，歲月不待人。下片認為人應及時行樂，不必一
味地感嘆時光匆促。在今日的社會裏，人們總是不斷地追逐某些東
西，或是名，或是利，然而這是個無底洞，永遠在追求，永遠不會滿
足。高官厚祿雖令人羨慕，但未必能得到人生真正的意義與樂趣，晏
幾道深明此理，而作此詞，無非是看透了官宦生涯本是夢，人的青春
一去無返，不如捉住眼前的歡樂，好好享受人生。幾道一直不熱中任
官，或許即因其淡薄名利，凡事不強求、不力爭的人生觀使然。

　　　紅英落盡，未有相逢信。可恨流年凋綠鬢，睡得春醒欲醒。
　　　　　鈿箏曾醉西樓，朱絃玉指梁州。曲罷翠簾高捲，幾回
　　　新月如鉤。(清平樂)

見到「紅英落盡，未有相逢信」而對時光催人老，感到可恨又無奈。

　　　留春不住，恰似年光無味處。滿眼飛英，彈指東風太淺情。
　　　　　箏絃未穩，學得新聲難破恨。轉枕花前，且占香紅一
　　　夜眠。(減字木蘭花)

詞中流露無法掌握時光的不安定感。詞末二句有及時把握現在所擁有
的意味。

> 催花雨小，著柳風柔，都似去年時候好。露紅煙綠，儘有
> 狂情鬪春早。　　長安道，鞦韆影裏，絲管聲中，誰放艷
> 陽輕過了。倦客登臨，暗惜光陰恨多少。　　楚天渺，歸
> 思正如亂雲，短夢未成芳草。空把吳霜鬢華，自悲清曉。
> 帝城杳，雙鳳舊約漸虛，孤鴻後期難到。且趁朝花夜月，
> 翠尊頻倒。（泛清波摘編）

上片寫在明媚的春光裏，人們尋歡作樂，而自己卻作客他鄉，暗惜光
陰易逝，惹起無限感傷。引起下片「空把吳霜鬢髮」之嘆，年歲漸老，
舊約漸虛，只得借酒銷愁。

> 一尊相遇春風裏，詩好似君人有幾。吳姬十五語如絃，能
> 唱當時樓下水。　　良辰易去如彈指，金琖十分須盡意。
> 明朝三丈日高時，共拚醉頭扶不起（玉樓春）

「良辰易去如彈指」感時之易逝。「明朝三丈日高時，共拚醉頭扶不
起」有借酒澆愁之意。

> 試把花期數，便早有，感春情緒。看即梅花吐。願花更不
> 謝，春且長住，只恐花飛又春去。　　花開還不語，問此
> 意，年年春還會否。絳脣青鬢，漸少花前語。對花又記得，
> 舊曾游處。門外垂楊朱飄絮。（歸田樂）

期待春的來臨，春來了，又怕她來去匆匆，所以想留住春天，感春、
傷春的情緒表露無遺。

> 年光正似花稍露，彈指春還暮。翠眉仙子望歸來，倚徧玉
> 城珠樹。豈知別後，好風良月，往事無尋處。　　狂情錯
> 向紅塵住，忘了瑤臺路，碧桃花蕊已應開，欲伴彩雲飛去。
> 田思十載，朱顏青鬢，枉被浮名誤。（御街行）

一方面對光陰的流逝感到無奈，別一方面又悔恨自己在過去的歲月，
未能好好把握，以致虛渡光陰。

> 酌酒殷勤，儘更留春。忍無情，便賦餘花落，待花前細把，
> 一春心事，問箇人人。　　莫似花開還謝，願芳意，且長

新。倚嬌紅，待得歡期定，向水沈煙底，金蓮影下，睡過佳辰。（好女兒）

描寫意識到春天易逝，想挽留它，但無情的時光永遠無法留住。

> 宿雨收塵，朝霞破暝。風光暗許花期定。玉人呵手試妝時，粉香簾幕陰陰靜。　　斜雁朱絃，孤鸞綠鏡。傷春誤了尋芳興，去年今日杏牆西，啼鶯喚得閒愁醒。（踏莎行）

詞人因傷春而失去了尋芳的興致。去年此時，在開滿杏花的牆西啼鶯聲聲，似要喚醒傷春的閒愁。

四、春恨之詞

春天原本是個充滿生氣、希望，令人欣喜愉悅的季節，但對敏感多情的幾道來說卻是有著一股慵慵懶懶的春怨愁恨情緒，或寫女子的衷腸心事，或寫自己的相思怨慕，例如「手挼梅蕊尋香徑，正是佳期期未定。春來還為箇般愁，瘦損宮腰羅帶賸」（玉樓春）、「落梅庭榭香，芳草池塘綠，春恨最關情，日過闌干曲」（生查子）、「春冉冉，恨懨懨，章臺對卷簾。箇人鞭影弄涼蟾，樓前側帽簷」（阮郎歸）、「樓中翠黛含春怨，閒倚闌干見，遠彈雙淚惜香紅。暗恨玉顏光景，與花同。」（虞美人），多是因春天或因春而勾起的怨懟、愁緒，茲列舉此類詞於下：

> 風簾向曉寒成陣，來報東風消息近。試從梅蒂紫邊尋，更繞柳枝柔處問。來遲不是春無信，開晚卻疑花有恨。又應添得幾分愁，二十五絃彈未盡。（木蘭花）

由詞中可體會到詞人心中的春恨、愁怨。

> 瓊酥酒面風吹醒，一縷斜紅臨晚鏡。小顰微笑盡妖嬈，淺注輕勻長淡淨。　　手挼梅蕊尋香徑，正是佳期期未定。春來還為箇般愁，瘦損宮腰羅帶賸（玉樓春）

此詞寫「小顰」這位女子因佳期未定而在春光明媚的時節惹起心中的愁恨，甚而因此消瘦憔悴。

> 粉痕閒印玉尖纖，啼紅傍晚奩。舊寒新暖尚相兼，疏梅待雪添。　　春冉冉，恨懨懨，章臺對卷簾，箇人鞭影弄涼蟾，樓前側帽簷。（阮郎歸）

頗能讓讀者感受到詞人所要表達的那份慵懶、愁怨的心緒。

> 飛花自有牽情處，不向枝邊墜。隨風飄蕩已堪愁，更伴東
> 流流水，過秦樓。　　樓中翠黛含春怨，閒倚闌干見。遠
> 彈雙淚惜香紅，暗恨玉顏光景，與花同。(虞美人)

描寫女子暗自傷懷，愁恨無法主宰自己的命運，像花一樣只能隨風到處飄蕩，怨懟之意，隱然可見。

> 落梅庭榭香，芳草池塘綠。春恨最關情，日過闌干曲。　　幾
> 時花裏閒，看得花枝足，醉後莫思家，借師師宿。(生查子)

詞中先寫春天的明媚氣息，再明白道出「春恨最關情」，是知「春恨」乃因情而生。

五、其　他

除上述幾類之外，小山詞裏尚有少部份其他內容的作品：

（一）感嘆人情易變之詞

> 碧草池塘春又晚，小葉風嬌，尚學娥妝淺，雙燕來時還念
> 遠，珠簾繡戶楊花滿。　　綠柱頻移易斷，細看秦箏，正
> 似人情短。一曲啼烏心緒亂，紅顏暗與流年換。(蝶戀花)

> 秋風不似春風好，一夜金英老，更誰來憑曲闌干。惟有雁
> 邊斜月，照關山。　　雙星舊約年年在，笑盡人情改。有
> 期無定是無期，說與小雲新恨，也低眉。(虞美人)

> 雕鞍好為鶯花住，占取東城南陌路。儘教春思亂如雲，莫
> 管世情輕似絮。　　古來多被虛名誤，寧負虛名身莫負。
> 勸君頻入醉鄉來，此是無愁無恨處。(玉樓春)

> 離多最是，東西流水，終解兩相逢。淺情終似，行雲無定，
> 猶到夢魂中。　　可憐人意，薄於雲水，佳會更難重。細
> 想從來，斷腸多處，不與者番同。(少年遊)

> 舊香殘粉似當初，人情恨不如，一春猶有數行書，秋來書
> 更疏。　　衾鳳冷，枕鴛孤，愁腸待酒舒，夢魂縱有也成
> 虛，那堪和夢無。(阮郎歸)

曲闌干外天如水，昨夜還曾倚，初將明月比佳期，長向月
圓時候，望人歸。羅衣著破前香在，舊意誰教改。一春離
恨懶調絃，猶有兩行閒淚，寶箏前（虞美人）

以上六首是晏幾道感受到世態炎涼、人情冷暖而流露的慨嘆、痛心之
語。幾道是個感情極癡、極真的人，總是真心誠意地待人，當他得不
到相對的情感時，不免有如此無奈又傷感的聲音，這是他「陸沈于下
位」〔註6〕的親身體驗。

（二）詠物之詞

並非單純地描寫事物的形象，而是加入了象徵、寄託的意義。

1. 寫梅花

千葉早梅誇百媚，笑面凌寒，內樣妝先試，月臉冰肌香細
膩，風流新稱東君意。　　一捻年光春有味，江北江南，
更有誰相比，橫玉聲中吹滿地，好枝長恨無人寄。（蝶戀花）

描寫梅花冰清玉潔，嬌媚傲寒的特質，言語簡潔，頗能道出梅花特立
出眾的品格，這也正是作者個性的自我寫照。

2. 寫菊花

金蒻刀頭芳意動，綵蕊開時，不怕朝寒重，晴雪半消花鬢
意，曉妝呵盡香酥凍。　　十二樓中雙翠鳳，縹緲歌聲，
記得江南弄，醉舞春風誰可共，秦雲已有鴛屏夢。（蝶戀花）

上片描寫菊花的外貌及其不畏寒霜的特質，下片則寓託對某位歌女的
懷思，她與菊花之間似有某種關聯。

3. 寫蓮花

笑艷秋蓮生綠浦，紅臉青腰，舊識凌波女。照影弄妝嬌欲
語，西風豈是繁華主。　　可恨良辰天不與，纔過斜陽，
又是黃昏雨。朝落暮開空自許，竟無人解此心苦。（蝶戀花）

描寫秋蓮的姿態、情貌，生動傳神。下片並加入抒情成份，含有慨嘆
盛衰無常之意，似以此詞暗示歌女的心酸，亦喻託作者個人的身世。

〔註6〕黃庭堅〈小山詞序〉語。

4. 寫柳

> 二月和風到碧城，萬條千縷綠相迎，舞煙眠雨過清明。
> 妝鏡巧眉偷葉樣，歌樓妍曲借枝名，晚秋霜霰莫無情。
>
> （蝶戀花）

此首由二月開始，描寫柳之妙態，搖曳生姿。末句「晚秋霜霰莫無情」更表現出作者對美好事物凋零衰謝的惋惜之情。〔註7〕

（三）冶遊宴樂之詞

> 家近旗亭酒易酤，花時長得醉工夫，伴人歌笑懶妝梳。
> 戶外綠楊春繫馬，床前紅燭夜呼盧，相逢還解有情無。
>
> （浣溪沙）

此為描寫幾道於酒樓歌院與歌伎飲酒作樂之詞。

> 笙歌宛轉，臺上吳王宴，宮女如花倚春殿，舞綻縷金衣線。
> 　　酒闌畫燭低迷，彩鴛驚起雙棲，月底三千繡戶，雲間
> 十二樓梯。（清平樂）

描寫宴會之豪華美盛，由下片看來彷彿是在天上仙境。

（四）寫秋景之詞

並非完全寫景，常寓情於景。

> 庭院碧苔紅葉徧，金菊開時，已近重陽宴，日日露荷凋綠
> 扇，粉塘煙水澄如練。　　試倚涼風醒酒面，雁字來時，
> 恰向層樓見，幾點護霜雲影轉，誰家蘆管吹秋怨。（蝶戀花）

上片寫秋天呈現一片金、紅、明淨的景致，然而秋天是個充滿離愁的季節，故下片抒離情，「誰家蘆管吹秋怨」正是詞人自己胸中的秋怨。

> 綠蕙紅蘭芳信歇，金蕊正風流，應為詩人多怨秋，花意與
> 消愁。　　深五苑路香英密，長記舊嬉遊，曾看飛瓊載滿
> 頭，浮動舞梁州。（武陵春）

秋天似乎是最令人感傷的季節，詞人在秋天菊花盛開的時候勾起心中無限的愁怨。

〔註 7〕見陳永正選注《晏殊晏幾道詞選》，頁122。

（五）歌詠昇平頌禱之詞

九月悲秋不到心，鳳城歌管有新音。風凋碧柳愁眉淡，露
染黃花笑靨深。　　初見雁，已聞砧，綺羅叢裏勝登臨。
須教月戶纖纖玉，細捧霞觴灩灩金。（鷓鴣天）

曉日迎長歲歲同，太平簫鼓間歌鐘。雲高未有前村雪，梅
小初開昨夜風。　　羅幕翠，錦筵紅。釵頭羅勝寫宜冬，
從今屈指春期近，莫使金尊對月空。（前調）

這兩首重九、冬至詞內容全是歌詠昇平。王灼碧雞漫志卷二載：「蔡京重九、冬至日遣客求（叔原）長短句，欣然作《鷓鴣天》『九月悲秋不到心』云云，『曉日迎長歲歲同』云云，竟無一語及蔡者」由此可見晏幾道性格之耿介。

碧藕花開水殿涼，萬年枝外轉紅陽，昇平歌管隨天仗，祥
瑞封章滿御床。　　金掌露，玉爐香。歲華方共聖恩長，
皇州又奏圜扉靜，十樣宮眉捧壽觴。（鷓鴣天）

黃昇花庵詞選於晏幾道此詞注云：「慶曆中，開封府與棘寺同日奏獄空，仁宗于宮中宴樂，宣晏叔原作此，大稱上意」，[註8] 寫的是初夏景象，且又逢獄空和皇帝誕辰。

　　以上將小山詞歸納為五大類，分析其內容，可明顯看出情詞所佔的比例相當大，且都是真情流露，無須矯飾，相對的其歌詠太平、祝壽、頌禱之詞卻少之又少，這正是晏幾道性格的真實呈現。

第二節　小山詞之藝術風格

　　宋初小詞經晏殊、歐陽修等取法南唐二主及馮延巳而繼續發展後，至晏幾道更加努力創作，得到更高一層的成果，歷來評家對小山詞多有肯定的評價，如黃山谷序小山詞云：「乃獨嬉弄於樂府之餘，而寓以詩人之句法，清壯頓挫，能動人心……」；陳振孫稱幾道：「其詞

〔註8〕鍾陵〈晏幾道生卒年小考〉一文對此條資料詳考之後，推定時間應是神宗元豐中，而非仁宗慶曆中。

在諸名勝中，獨可追逼花間，高處或過之。」〔註9〕毛晉也說：「諸名勝詞集刪選相半，獨小山集直逼花間，字字娉娉嫋嫋，如攬嬙、施之袂。」；〔註10〕周濟宋四家詞選目錄序論云：「晏氏父子仍步溫、韋，小晏精力尤勝。」；馮煦言幾道：「……其淡語皆有味，淺語皆有致。」；〔註11〕王灼謂：「叔原如金陵王謝子弟，秀氣勝韻，得之天然，將不可學。」〔註12〕由上列諸說，知小山詞之高處遠勝過花間，且有其獨特的韻致。其詞風之表現與其父有相近之處，然又往往超越之，例如父子二人皆屬於婉約派詞家，且多用設色語，然而晏幾道詞對紅、綠兩種色彩之運用更普遍，所傳達的情感意象更加鮮明。在晏幾道的詞裏「紅」、「綠」所代表的並非完全活潑愉悅的感覺，而是帶有一股內在深沈悽惻的感傷氣氛，〔註13〕此爲其特殊之處。因幾道曾經有過一段美好的光陰，享受到貴族子弟的華貴生活，故身旁不乏美女、良樂、醇酒，然而這些享樂都只是短暫的愉悅罷了，當紙醉金迷的日子結束之後，他只能在詞裏緬懷過去、追憶往昔，「紅」、「綠」或類似的色彩往往勾起他對過去的種種回憶，帶有一份沈鬱的感傷，例如：〔註14〕

長亭晚送，都似綠窗前日夢；小字還家，恰應紅燈昨夜花。

（減字木蘭花）

此恨誰堪共說，清愁付、綠酒杯中；佳期在，歸時待把，

香袖看啼紅。（滿庭芳）

幾摺湘裙煙縷細，一鉤羅襪素蟾彎，綠窗紅豆憶前歡。

（浣溪沙）

由於晏幾道昔盛今衰，仕途偃蹇的境遇，以及耿介、多情的性格，故其小山詞呈現熱烈情感與感傷心緒的交織，富貴氣象與寥落景況雜揉

〔註 9〕見陳振孫《直齋書錄解題》卷二十一。

〔註10〕見毛本〈小山詞毛晉跋〉語。

〔註11〕見馮煦《蒿庵論詞》。

〔註12〕見王灼《碧雞漫志》卷二。

〔註13〕林明德〈晏幾道及其詞〉一文有詳論，茲不贅述。

〔註14〕鄭騫〈小山詞中的紅與綠〉一文，收於《景午叢編》上集，曾於二百五十餘首小山詞中錄出將近六十首以紅與綠顏色相對之例。

的色彩。此外，幾道寫詞善用純熟的筆法與技巧，作品的藝術風格達到極高的境界，茲分下列幾項述之：

一、華貴風流之氣象

幾道亦如其父，具有華貴的詞風。然晏殊詞雖多有華貴氣象，但由於幾道寫詞喜用顏色，造成一股穠麗之味，因此其色彩較殊詞更為濃重，〔註15〕可是在那貴麗的詞面下，其內心卻充滿慨嘆，呈現出來的是令人感傷的詞情，如：

> 彩袖殷勤捧玉鐘，當年拚卻醉顏紅。舞低楊柳頭心月，歌盡桃花扇底風。（鷓鴣天）
>
> 鬥鴨池南夜不歸，酒闌紈扇有新詩，雲隨碧玉歌聲轉，雪繞紅綃舞袖回。（前調）
>
> 題破香牋小砑紅，詩成多寄舊相逢。西樓酒面垂垂雪，南苑春衫細細風。（前調）

幾道詞華貴氣象的流露，一如殊詞，無需以華麗字眼多加鋪陳，而氣度自現，宋晁无咎論詞亦頗稱美幾道對富貴氣象的表現技巧，其云：「晏叔原（原誤作晏元獻）不蹈襲人語，而風調閒雅，如『舞低楊柳樓心月，歌盡桃花扇底風』知此人不住三家村也。」〔註16〕正說明了小山詞之幽雅不俗。

除華貴之外，「風流」更是小山詞的一大特色，〔註17〕晏殊因位居高官，身份所繫，故雖有大量的言情之作，但不免有所顧忌，較難暢快淋漓地表達，而幾道就不同了，無其父之身份顧慮，遂能毫無拘束地縱情飲酒作樂，盡情地將其生活境遇與內在的感情世界，寫在詞裏，留下了許多風流艷詞，雖云艷詞，但卻非「淫詞」，有別於過份

〔註15〕宛敏灝《二晏及其詞》一書，頁 152～153，言幾道「其詞之華貴，不亞於同叔，且其表現力更較乃父為勝焉。……同叔詞雖每首均有華貴氣象，然色彩尚不及小山濃厚。」

〔註16〕見吳曾《能改齋漫錄》卷十六引。

〔註17〕本段所論主要參考宛敏灝《二晏及其詞》一書，頁 156～159 之說法，並加入筆者之體會與理解。

艷膩、引人邪思之作。黃山谷序小山詞曾云:「至其樂府,可謂狎邪之大雅,豪士之鼓吹。其合者高唐、洛神之流,其下者豈減桃葉、團扇哉!」此乃山谷對幾道風流艷詞之批評,其所稱「狎邪之大雅」意謂幾道艷詞乃寫其風流、歡愉之情境,然並無輕褻卑俗之失,茲舉例於後:

> 小令尊前見玉簫,銀燈一曲太妖嬈。歌中醉倒誰能恨,唱罷歸來酒未消。　　春悄悄,夜迢迢,碧雲天共楚宮遙。夢魂慣得無拘檢,又踏楊花過謝橋。(鷓鴣天)
>
> 妝席相逢,旋勻紅淚歌金縷。意中曾許,欲共吹花去。　　長愛荷香柳色,殷橋路,留人住,淡煙微雨,好箇雙棲處。(點絳脣)
>
> ……常記東樓夜雪,翠幕遮紅燭。還字芳酒杯中,一醉光陰促。曾笑陽臺夢短,無計憐香玉。此歡難續,乞求歌罷,借取歸雲畫堂宿。(六么令)

陳廷焯曾云:「小山詞如『去年春恨卻來時,落花人獨立,微雨燕雙飛』,又『當時明月在,曾照彩雲歸』既閒婉,又沈著,當時更無敵手。」〔註18〕又楊萬里云:「近世詞人,閒情之靡,如伯有所賦,趙武所不得聞者,有過之無不及焉,是得為好色而不淫乎?惟晏叔原云:『落花人獨立,微雨燕雙飛』可謂好色而不淫矣。」〔註19〕皆對小山詞頗為讚賞。此外,據載:「伊川(程頤)聞誦晏叔原『夢魂慣得無拘檢,又踏楊花過謝橋』長短句,笑曰:『鬼語也!』意亦賞之。」〔註20〕是知其詞具有優美的文學性,連嚴肅的道學家都覺其詞深具魅力,不由得讚嘆之,可見幾道確有獨到之處。

二、沉鬱悲涼之意境

悲涼哀感可說是晏幾道晚年心境的寫照。家道沒落、生活困頓,

〔註18〕見陳廷焯《白雨齋詞話》卷一。
〔註19〕見楊萬里《誠齋詩話》。
〔註20〕見邵博《邵氏聞見后錄》卷十九。

往日悅人耳目的歌舞美女，如今皆已不復存在，幾道詞多用「追憶」的筆法來呈現這種今昔盛衰之感，很自然地流露出鬱悶困頓、深沈悲涼的氣氛，形成淒楚哀怨的意境。黃山谷序小山詞云：「晏叔原，臨淄公之暮子也。磊隗權奇，疏於顧忌。文章翰墨，自立規摹，常欲軒輊人，而不受世之輕重。諸公雖稱愛之，而又以小謹望之，遂陸沈於下位。平生潛心六藝，玩思百家，持論甚高，未嘗以沽世。」是知幾道頗自重，雖「陸沈下位」，但終不屈於環境，從不會為了求取功名而攀緣附會或寫作應制文章，故黃庭堅稱其「仕宦連蹇，而不能一傍貴人之門，是一癡也。論文自有體，不肯一作新進士語，此又一癡也。……」〔註21〕王安石當政以後，環境更加惡劣，幾道愁苦不得志，滿懷感傷，因此後期作品多傷心語，詞風趨於沈鬱悲涼的意境，馮煦曾云：「淮海、小山，真古之傷心人也。」〔註22〕「傷心」正是晏幾道晚期詞作所呈現的格調。茲列舉數闋於下：

> 淡水三年歡意，危絃幾夜離情。曉霜紅葉舞歸程，客情今古道，秋夢短長亭。　　綠酒尊前清淚，陽關疊裏離聲。少陵詩思舊才名。雲鴻相約處，煙露九重城。（臨江仙）

> 醉別西樓醒不記，春夢秋雲，聚散真容易。斜月半窗還少睡，畫屏閒展吳山翠。　　衣上酒痕詩裏字，點點行行，總是淒涼意。紅燭自憐無好計，夜寒空替人垂淚。（蝶戀花）

> 墜雨已辭雲，流水難歸浦。遺恨幾時休，心抵秋蓮苦。　　忍淚不能歌，試託哀絃語。絃語願相逢，知有相逢否。（生查子）

這些詞讀來，不僅令人感受到一份濃濃的愁思，更體會到其情致之纏綿，意韻之悠長，幾道堪稱是多情銳感的詞人。此外，前已言及，幾道時常在詞裏使用「紅」、「綠」兩種色系來襯托沈鬱悲涼的氣氛。幾道把這兩種鮮艷、明麗的顏色巧妙地運用在詞裏，非但不覺其俗麗，反而令人在清麗優美之外，強烈地感受到那份深沈悽婉的情調，林明德先生曾

〔註21〕同註 6。
〔註22〕同註 11。

言：「對小山來說，他的詞篇外表是清麗優美的色澤，可是，它給人的感受卻是一種沈鬱悲涼的氛圍。這是小山詞的特殊處。」〔註23〕如：

　　君貌不長紅，我鬢無重綠。（生查子）

　　綠鬢舊人皆老大，紅梁新燕又歸來。（浣溪沙）

　　綠酒細傾堪別恨，紅箋小字問歸期。（前調）

幾道大膽地使用「紅」、「綠」，而得到了極佳的效果，實得力於其本身深厚的文學素養，以及寫作技巧之妙。

三、頓挫諧婉之情韻

　　晏幾道喜用體式整齊的詞調，如他寫《玉樓春》十三首、《木蘭花》八首、《鷓鴣天》十九首、《生查子》十三首、《浣溪沙》二十一首，這些都是句式類似五律或七律的詞調，讀來富有規律、勻稱之感，然而在整齊的格式之下，詞人巧妙地蘊含波瀾起伏的情感內容於其中，形成黃庭堅所謂「清壯頓挫」的美感，〔註24〕如：

　　日日雙眉鬥畫長，行雲飛絮共輕狂，不將心嫁冶遊郎。
　　瀲酒滴殘歌扇字，弄花薰得舞衣香，一春彈淚說淒涼。

　　　（浣溪沙）

由表面視之，詞式是整齊的七字句，短短數句，生動地刻劃出一位外貌冶艷，行徑看似輕狂的女子，其內心卻頗為執著，不願自甘墮落，在他美麗的外表下，隱隱約約可見到她的心酸與悲哀。因此詞式雖工整，然當中卻蘊含著耐人尋味的曲折情感，堪稱跌宕頓挫，饒富韻致，充份展現詞體韻律幽美，意蘊綿長的特質。

　　此外，幾道亦重視詞句的音樂性，善用疊字，造成音韻的諧婉，吟唱之間自然而然地受到音律的牽引而進入那纏綿悱惻的心靈世界，如：

　　雲渺渺，水茫茫，征人歸路許多長。（鷓鴣天）

〔註23〕見註13，頁20。
〔註24〕以上四行參考楊海明《唐宋詞史》，頁219。

　　人脈脈，水悠悠，幾多愁。（訴衷情）

　　春悄悄，夜迢迢，碧雲天共楚宮遙。（鷓鴣天）

　　長相思，長相思，若問相思甚了期，除非相見時。

　　長相思，長相思，欲把相思說似誰，淺情人不知。（長相思）

讀之，不僅詞境幽婉淒切，且音韻聲律的綿長順暢，更是令人沉醉在那抒情柔婉的感情世界裏。晏幾道將情感與聲韻適切地配合，聲情交融，合而爲一，營造出一片充滿情愛的天地，堪稱抒情的能手。

四、化用詩句之筆法

　　黃庭堅序小山詞云：「叔原樂府寓以詩人句法，清壯頓挫，能動搖人心。」晏幾道寫詞常借用或化用前人詩句，自然適切，使韻律清壯頓挫，更能深切感人。例如：《鷓鴣天》「今宵賸把銀釭照，猶恐相逢是夢中」與杜甫「夜闌更秉燭，相對如夢寐」、戴叔倫「還作江南客，翻疑夢裏逢」，以及司空曙「乍見翻疑夢，相悲各問年」等詩句用法相似，〔註25〕但幾道之句更爲曲折婉妙，陳廷焯曾評曰：「曲折深婉，自有艷詞，更不得不讓伊獨步。」〔註26〕另《鷓鴣天》「莫使金樽對月空」一句則與李白將進酒「人生得意須盡歡，莫使金樽空對月」僅一字之倒而已。又如《生查子》「無處說相思，背面鞦韆下」是本李義山無題詩「十五泣春風，背面鞦韆下」；《蝶戀花》「紅燭自憐無好計，夜寒空替人垂淚」與杜牧的贈別詩「蠟燭有心還惜別，替人垂淚到天明」相似；《臨江仙》「落花人獨立，微雨燕雙飛」則是借用五代翁宏春殘詩：「又是春殘也，如何出翠幃。落花人獨立，微雨燕雙飛。寓目魂將斷，輕年夢亦非。那堪向愁夕，蕭蕭暮蟬蟬。」此外，如《浣溪沙》「戶外綠楊春繫馬，床頭紅燭夜呼盧」乃用唐韓翃詩「門外綠楊春繫馬，床前紅燭夜呼盧」；〔註27〕《臨江仙》「東野亡

〔註25〕詳見李明娜《小山詞校箋注》，頁22，引《野客叢書》所載。

〔註26〕同註18。

〔註27〕詳見張宗橚《詞林紀事》卷六。

來無麗句，于君去後少交親。追思往事好沾巾。白頭王建在，猶見詠詩人。　　學道深山空自老，留名千載不干身。酒筵歌席莫辭頻。爭如南陌上，占取一年春。」一詞自張籍贈王建詩：「于君去後交遊少，東野亡來篋笥貧。賴有白頭王建在，眼前猶是詠詩人。」及劉禹錫戲贈崔千牛詩：「學道深山許老人，留名萬代不關身。勸君多買長安酒，南陌東城占取春。」化出；〔註28〕《蝶戀花》「斜陽只與黃昏近」或本李商隱登樂遊原詩「夕陽無限好，只是近黃昏」。〔註29〕幾道雖取法前人詩作，但全詞句句與自己的身世遭遇、心境感受密切契合，故無剽竊之失。

　　由以上所舉諸例，大抵可見晏幾道融化前人詩句，巧妙入詞，自然流暢，絲毫不覺突兀，運用得當。頗有畫龍點睛之妙！雖非創新，但亦不可視為抄襲，因為幾道自幼好學，「平生潛心六藝，玩思百家」〔註30〕飽讀詩書，滿腹經論，下筆如有神，於填詞時化用前人詩句入詞是很自然的事。

五、情景交融之筆調

　　情景交融是小山詞的另一風格特色。王夫之云：「情景名為二，而實不可離。神於詩者，妙合無垠。巧者則有情中景，景中情。」〔註31〕詩詞多為抒情、寫景之作，而一首感人的作品大都是「情中有景、景中有情」，情、景相互調配運用，達到「情景交融」的境界，正是趙叔雍所謂的「情景雜揉之作，所見者景，所動者情，以有所見方有所思，以有所思遂似更有所見」。〔註32〕晏幾道填詞深明此理，多以融情入景的手法言情，以景烘托所欲表達的情，表面上似寫景，但情卻已蘊含其中。小山詞中有許多作品，很技巧地揉合了情景，含不盡之意於言

〔註28〕見註7，頁237。
〔註29〕見註25，頁9。
〔註30〕同註6。
〔註31〕見王夫之《薑齋詩話》卷二。
〔註32〕見趙叔雍《填詞叢話》卷一。

外，細讀之令人有迴盪纏綿之感，如：

> 鞦韆院落重簾暮，彩筆閑來題繡戶，牆頭丹杏雨餘花，門外綠楊風後絮。　朝雲信斷知何處？應作襄王春夢去，紫騮認得舊遊蹤，嘶過畫橋東畔路。（木蘭花）

此詞是先寫景再言情，寫來自然順暢，無需多言，而情感自然流露。蓼園詞選云：「首二句是別後想其院宇深沈，門關緊閉，接言牆內之人，如雨餘之花，門外行蹤，如風後之絮，後段起二句言此後杳無音信，末二句言重經其地，馬尚有情，況於人乎？淪落之情，悽悽可感，小山寫來自然而又細膩。」〔註33〕

> 夢後樓臺高鎖，酒醒簾暮低垂。去年春恨卻來時，落花人獨立，微雨燕雙飛。　記得小蘋初見，兩重心字羅衣。琵琶絃上說相思，當時明月在，曾照彩雲歸。（臨江仙）

此詞由見到與昔日相同的景致，觸生情懷，而引起深摯的相思之意，然詞人並不抽象地陳述相思有多深，而是在寫景敘事當中，自然呈現，更形淒婉感人。自寫景著筆，進而言情，兩者合而為一，融鑄成哀婉、淒切的作品，其他如：

> 臥聽疏雨梧桐，雨餘淡月朦朧，一夜夢魂何處，那回楊葉樓中。（清平樂）

> 渡頭楊柳青青，枝枝葉葉離情，此後錦書休寄，畫樓雲雨無憑。（前調）

> 閒記憶，舊江皐，路迢迢，暗香浮動，疏影橫斜，幾處溪橋。（訴衷情）

這些詞都是在自然平淡中流露出感人的情懷，緣景入情或依情寫景，情景二者交互運用，不著痕跡。

六、譬喻與寄託之手法

詩詞可說是十分精緻短小的文學作品，在短短數言之中要表達深長的情感，非以譬喻、寄託的手法不易達到。

〔註33〕見朱古微輯。唐圭璋箋註《宋詞三百首欣賞》，頁75所引。

晏幾道小山詞善用譬喻筆法，傳達內心曲折幽怨的情感，劉勰文心雕龍有比興篇，「比」即「譬喻」，劉氏云：「夫比之為義，取類不常：或喻於聲，或方於貌，或擬於心，或譬於事。」〔註34〕即說：可比聲音，比形貌，比心境，比事物等等。譬喻之法運用得貼切、恰當，不僅能創造優美的意境，且予人較大的想像空間，體味出作者更深一層的思致，如小山詞中常出現蘋、蓮、蘋、雲、梅等字眼，表面上似描寫景物，實際是取這些植物名稱作譬喻，以雙關語意言情，如：

> 採蓮時節慵歌舞，永日閒從花裏度。暗隨蘋末曉風來，直待柳梢斜月去。（玉樓春）

> 小梅風韻最妖嬈，開處雪初消。南枝欲附春信，長恨隴人遙。（訴衷情）

> 渚蓮霜曉墜殘紅，依約舊秋同，玉人團扇恩淺，一意恨西風。（前調）

> 蘋香已有蓮開信，兩槳佳期近。采蓮時節定來無，醉後滿身花影，倩人扶。（虞美人）

「蓮」、「梅」、「蘋」……等正是幾道身旁親近的女子之名，作者巧妙地運用「譬喻」與「雙關」相同的原理──「將兩種通常屬於不同範疇的觀念，藉其中隱含的類似之點，而加出人意表的替換或聯繫」，〔註35〕以婉曲、含蓄的文筆抒寫情意，自然呈現詞體婉約的特質。

其次談到「寄託」，劉熙載指出詞之妙在於寄託：「詞之妙，莫妙於以不言言之，非不言也，寄言也。如寄深於淺，寄厚於輕，寄勁於婉，寄直於曲，寄實於虛，寄正於餘皆是。」〔註36〕作者抒發情感時不直言，而託之於「比興」，多以詠物的方式委婉陳述，沈祥龍論詞隨筆言：「詠物之作，在借物以寓性情，凡身世之感、君國之憂，隱

〔註34〕見劉勰《文心雕龍》比興篇。
〔註35〕詳見黃慶萱《修辭學》第十六章。
〔註36〕見劉熙載《藝概》詞概。

然蘊於其內，斯寄託遙深，非沾沾焉詠一物矣。」晏幾道小山詞中有
多首作品是以詠花的筆法來寄託身世、象徵品格的，如：

> 笑艷秋蓮生綠浦，紅臉青腰，舊識凌波女。照影弄妝嬌欲
> 語，西風豈是繁花主？　　可恨良辰天不與，才過斜陽，
> 又是黃昏雨。朝落暮開空自許，竟無人解知心苦。(蝶戀花)

嬌美的蓮花錯過了開花的良辰，因而只能空懷著一顆無人知解的苦心，
獨自開放。下片數語充份流露遲暮之感，既暗示歌女淒苦無依之命運，
亦婉轉地反映出作者內心懷才不遇、生不逢時的身世怨恨。此詞「無句
非蓮，亦無句僅詠蓮，託喻遙深，在北宋詞中不多見。」〔註37〕

> 千葉早梅誇百媚，笑面凌寒，內樣妝先試，月臉冰肌香細
> 膩，風流新稱東君意。　　一捻年光春有味，江北江南，
> 更有誰相比，橫玉聲中吹滿地，好枝長恨無人寄。(蝶戀花)

作者讚美梅花之嫵媚及歌頌其不畏寒凍的精神，以那江南江北無人能
比，在橫玉聲中吹落的梅花象徵自己堅忍、高潔的品格，結句則寄託
其不遇之慨。

　　　幾道透過譬喻、寄託的寫作技巧，曲折地表達內心的情感、思致，
筆法純熟圓融，讀之韻味纏綿，令人低迴不已。

第三節　晏幾道與其他詞家之比較

　　　雖然作品的風格往往因作者的才性、學養，以及背景、環境之不
同而有所差異，但在浩瀚的文海裏，又常可在文人之間尋出一些彼此
影響、傳承的線索。馮煦蒿庵論詞云：

> 淮海、小山古之傷心人也，其淡語皆有味，淺語皆有致，
> 求之兩宋詞人，實罕其匹。子瞻欲以晏氏父子追配李氏父，
> 誠爲知言。

由馮氏這段話，促使筆者想在晏幾道小山詞與秦觀淮海詞及李後主詞
之間作一比較，試圖找出它們的異同之處，以期對小山詞有進一步的

〔註37〕見註7，頁181。

瞭解。

一、小山詞與李後主詞之比較

　　李後主，即李煜（937～978），是南唐中主李璟的第六子，資質聰穎，喜讀書，善詩文，尤工於詞。他與大小周后之間浪漫的愛情故事是眾所熟知的。後主可說是一位風流才子，而大周后亦是多才多藝的才女，〔註38〕南唐書注引清異錄云：「李煜居長秋宮，周氏居柔儀殿，有主香宮女，其焚香之器曰把子蓮、三雲、鳳折腰、獅子……凡數十種。」二人生活之浪漫多彩可以想見。後來大周后病重，後主愛上進宮探視其姊的小周，她長得如大周后一般姣美，亦頗富才思，且精通音樂，多情的後主有許多情詞便是描寫他倆偷偷幽會及彼此眉目傳情之作，如：

> 花明月暗飛輕霧，今宵好向郎邊去。剗襪步香階，手提金縷鞋。　　畫堂南畔見，一晌偎人顫。奴爲出來難，教君恣意憐。（菩薩蠻）

小周走進了後主的生命裏之後，更加添了生活情趣和色彩，此段充滿雅韻閒情與旖旎風光的深宮歲月，是李後主一生中最美滿的時日，因此其前期詞作，盡是一些描述宮廷內歌舞宴樂，以及與大小周后之間享樂、幽會的作品，充滿了歡愉幸福的氣氛。李煜於二十五歲（961）時繼承父業，成爲南唐國主，在金陵（即南京）的小王國裏，一直是過著極其享樂、寫意的生活。然而好花不常開，好景不常在，歡樂有時而盡，後來因妻子大周后病歿，又遭喪子之痛，且家愁國恨日益深

〔註38〕陸游《南唐書》卷十六載：「昭惠國后周氏，小名娥皇。……通書史、善歌舞、尤工琵琶。……故盛唐時，霓裳羽衣最爲大曲，亂離之後，絕不復傳。后得殘譜，以琵琶奏之。於是開元天寶之遺音，復傳於世。……」《御選歷代詩餘》卷一一三引《填詞名解》云：「南唐大周后，即昭惠后，嘗雪夜酣讌，舉杯屬後主起舞。後主曰：『汝能創爲新聲則可』后即命箋綴譜，喉無滯音，筆法停思，譜成，名『邀醉舞破』。又『恨來遲破』，亦昭惠作。二詞俱失，無有能傳其音節者。」

重，後主逐漸面臨了人世間的殘酷與苦痛，故心境由樂觀轉爲悲觀，此時所寫的詞作呈現別離愁緒與感傷情調，一改昔日的華麗溫馨。

西元九七五年宋太祖攻陷金陵城，後主投降，成爲宋朝的俘虜，自此墜入了痛苦的深淵，忍受無盡的屈辱，苟延殘喘，三年之後宋太祖派人將他毒斃，結束了南唐末主的一生。

晏幾道與李後主，無論在先天的情感賦性或後天的環境變化方面，都有類似之處，詞風的表現亦有相同之點，今試將二者比較於後：

（一）皆是純情詞人

晏幾道是個極重感情的人，其詞有許多是同情歌女命運以及歌頌她們心靈純美之作，如「悵恨不逢如意酒，尋思難値有情人，可憐虛度瑣窗春」（浣溪沙）即是哀嘆她們精神的虛空，極思託付情感的心情。又如「日日雙眉鬪畫長，行雲飛絮共輕狂，不將心嫁冶遊郎。」（浣溪沙）、「無端惱破桃源夢，明月青樓，玉膩花柔，不學行雲易去留」（采桑子）則是描寫女子們雖是流落風塵，但她們也有堅貞、高貴的心靈，不願輕狂、放浪，晏幾道以女子的立場，設身處地爲她們發出心聲，同時自己對她們的情感是一往情深、執著無悔的，如「兩鬢可憐青，只爲相思老」、「忍淚不能歌，試託哀絃語」（生查子）故言幾道是位純情的詞人，對男女情感始終抱持著一顆眞誠、堅持的心，而不似一些士大夫文人那般輕率、狂漫！

黃庭堅小山詞序所說晏幾道的第四癡——「人百負之而不恨，已信人，終不疑其欺己」即是他那眞摯、誠懇意志的寫照，他寧可別人辜負他，亦不願負人，且對人採取絕對信任的態度，從不懷疑別人會欺騙他，足見其性格之純正、眞誠，故反映在詞作上亦是那般「癡情」，如「絳蠟等閒陪淚，吳蠶到了纏綿。綠鬢能供多少恨，未肯無情比斷絃，今年老去年」（破陣子），即使因爲多情、癡心而令頭髮變白，也絕不願作個無情之人，纏綿摯愛之心流露無遺。

王國維人間詞話言：

> 詞人者，不失其赤子之心者也。故生於深宮之中，長於婦
> 人之手，是後主爲人君所短處，亦即爲詞人所長處。

又說：

> 客觀之詩人，不可多閱世。閱世愈深，則材料愈豐富……。
> 主觀之詩人，不必多閱世，閱世愈淺，則性情愈眞，李後
> 主是也。

李後主情感、性格的純眞即王國維所謂的「赤子之心」。此處，王國維
所肯定的不是見識少才成爲傑出的詞人，他是認爲「詞人者」應該「不
失其赤子之心」，亦即應該保詩一份最眞純的感受和心意。李後主在爲
人君方面有許多缺點，但對於作爲一個詞人而言，其情感之純眞是相當
可貴的。此爲晏幾道與李後主共同的性格特質。陳廷焯白雨齋詞話云：

> 李後主、晏叔原皆非詞中正聲，而其詞則無人不愛，以其
> 情勝也。情不深而爲詞，雖雅不韻，何足感人？〔註39〕

他倆皆有充實、純眞的情感，故能不假雕琢，不經掩飾地於詞作中，
自然揮灑筆墨而深刻感人，他們不虛情假飾、矯揉作態，完全呈現自
己最眞誠、純潔的一面，雖非雅正之作，卻以情韻取勝，感人尤深，
如李後主《一斛珠》：

> 曉妝初過，沈檀輕注些兒個。向人微露丁香顆，一曲清歌，
> 暫引櫻桃破。　　羅袖裛殘殷色可，杯深旋被香醪污。繡
> 床斜凭嬌無那，爛嚼紅絨，笑向檀郎唾。

此詞雖嫌側艷，亦曾遭後人譏評，〔註40〕但由此亦可看出他情感表現
之純眞而不作任何虛僞矯飾。〔註41〕如晏幾道《探桑子》：

> 別來長記西樓事，結徧蘭襟。遺恨重尋，絃斷相如綠綺琴。
> 　　何時一枕逍遙夜，細話初心？若問如今，也似當年著
> 意深。

此亦深情款款之作，以淺白顯易的字眼來訴說心曲，一如往日那般用

〔註39〕見註18。卷七。
〔註40〕如李漁《窺詞管見》云：「此娼樓婦倚門腔，梨園獻醜態也。嚼紅絨
　　　　以唾郎與倚市門而大嚼唾棗核瓜子以調路人看，其間不能以寸。」
〔註41〕詳見註24，頁133。

情深刻，毫不更改，纏綿純真的韻致躍然紙上。

晏幾道與李後主皆保有一顆文人最珍貴的「赤子之心」，以他們最純真、最敏銳的心靈，去感受人世間的喜、怒、哀、樂，形諸筆端，寫出情韻感人之作。

（二）一生皆可分為兩大階段

晏幾道與李後主的生命過程皆曾經歷劇烈的轉變，都是由愜意、浪漫的生活而轉入窮愁、淒苦的日子，其詞風亦因前後處境、心境的不同，而有極大的差異。

李後主在未亡國之前，生活極為豪華富麗、浪漫多彩，此時其詞具有一股「風流倜儻、豪邁清雅的胸懷與情趣」，〔註42〕如：

> 晚妝初了明肌雪，春殿嬪娥魚貫列。鳳簫吹斷水雲間，重按《霓裳》歌徧徹。　　臨風誰更飄香屑？醉拍闌干情未切。歸時休放燭花紅，待踏馬蹄清夜月。（玉樓春）

後主沈醉在一片歌舞美女賞心悅目的世界裏，直到明月高懸時才踏著月色歸去，何等瀟灑閒逸啊！及前引《菩薩蠻》「花明月暗籠輕霧」一首，細膩傳神地刻劃男女幽會的情景，俏皮、活潑，凡此皆表現了後主前期生活愜意、享樂的情調。

晏幾道在青少年時代，有過一段富貴而風流的生活，稱得上是一位翩翩「綺筵公子」，此期所作的詞，表現出「花間」的綺麗特色，情調趨於柔美、旖旎、愉悅，全然是一位富家子弟浪漫生活的寫照，但卻無輕褻淫靡之失，反而可自其中感受到他情感的濃厚、投入，如：「昭陽殿裏春衣就，金縷初乾，莫信朝寒，明日花前試舞看」（採桑子）、「常記東樓夜雪，翠幕遮紅燭。還是芳酒杯中，一醉光陰促。曾笑陽臺夢短，無計憐香玉。此歡難續，乞求歌罷，借取歸雲畫堂宿。」（六么令）晏幾道此類詞與李後主前期的作品頗為類似，同是以情意深刻的筆調，描寫風流歡愉的情境，而令人不覺其淫靡卑俗，幾道在

〔註42〕同前，頁 135。

詞風的傳承方面，多少受到李後主的影響。

　　晏、李在經過一段意氣風發、享受歡樂的生活之後，命運皆有所改變，詞作的內容、風格也有顯著的轉變。李後主在大周后死後，金陵城被陷之前，這段期間已告別了黃金歲月，國勢日衰，人事皆非，其詞篇滿是慨歎生活之寂寥、離別傷感與哀悼逝者之情，如：「深院靜、小庭空。斷續寒砧斷續風。無奈夜長人不寐，數聲和月到簾櫳」（搗練子）、「世事漫隨流水，算來一夢浮生，醉鄉路穩宜頻到，此外不堪行」（錦堂春）、「剪不斷、理還亂，是離愁，別有一番滋味在心頭」（相見歡）。亡國被俘後，飽嘗苦楚、屈辱，往事甘夢，不堪回首，於是沈痛絕望之際所寫之詞多是對以往的追憶與感懷，氣氛極其悲壯哀傷，字裏行間洋溢著緬懷故國的情感，流露出心中的悲哀悽愴，如：

> 林花謝了春紅，太匆匆。無奈朝來寒雨晚來風。　　胭脂淚，相留醉，幾時重？自是人生長恨水長東！（烏夜啼）

> 春花秋月何時了？往事知多少？小樓昨夜又東風，故國不堪回首月明中！雕欄玉砌應猶在，只是朱顏改。問君能有幾多愁，恰似一江春水向東流！（虞美人）

由往日春花秋月的歡娛，思及今日淒涼的下場，而發出悲憤的哀嘆。又如：

> 簾外雨潺潺，春意闌珊。羅衾不耐五更寒，夢裏不知身是客，一晌貪歡。　　獨自莫憑闌，無限江山，別時容易見時難。流水落花春去也，天上人間。（浪淘沙）

詞中充滿故國之思與無限感慨，往日位為人君，享盡榮華富貴，如今卻淪為階下囚，撫今追昔，怎不令人悲痛憾恨呢？

　　晏幾道在神宗熙寧年間因好友鄭俠事被牽連入獄，後雖被釋，但生活已漸趨貧困潦倒。﹝註43﹞幾道詞的分期雖不似後主有明顯的亡國前後之分，但也因其遭遇之前富後貧、昔盛今衰，而充滿了追昔憶往、感慨惆悵之音，如：

﹝註43﹞見本文第二章第一節。

夢後樓臺高鎖，酒醒簾幕低垂。去年春恨卻來時。落花人
獨立，微雨燕雙飛。　　　記得小蘋初見，兩重心字羅衣。
琵琶絃上說相思，當時明月在，曾照彩雲歸。(臨江仙)

……狂情錯向紅塵住，忘了瑤臺路。碧桃花蕊已應開，欲
伴彩雲飛去。回思十載，朱顏青鬢，枉被浮名誤。(御街行)

此概爲追念昔情、悔恨未及時把握光陰之作。

（三）皆表現出悽婉的詞風

　　婉約派是詞之主流，故自唐、五代以至兩宋，大抵皆籠罩於措辭
曼妙幽雅、婉轉細緻的婉約詞風之下，晏幾道與李後主亦屬之。然婉
約詞又可分爲婉雅、婉麗、悽婉等三派，〔註44〕徐釚詞苑叢談評李後
主《烏夜啼》一詞云：「南唐李後主重光，名煜，作烏夜啼一詞，最
爲悽婉。」〔註45〕陳廷焯亦謂：「後主詞思路悽婉，詞場本色。不及
飛卿之厚，自勝牛松卿輩。」〔註46〕後主歷盡了人世間的喜怒哀樂，
本身又具有多愁善感的性格特質，故在大周后歿後及身陷北宋時，詞
作大抵皆用悽婉的筆調，書寫經過強烈痛苦後的血淚情感，那是無限
的悲哀與無邊的憾恨，在這樣的處境下所產生的作品，很自然地流露
出感慨深刻、悽惻委婉的詞情，如《烏夜啼》「林花謝了春紅」、《菩
薩蠻》「人生愁恨何能免」、《浪淘沙》「簾外雨潺潺」、「往事只堪哀」、
《虞美人》「春花秋月何時了」、《破陣子》「四十年來家國」、《臨江仙》
「櫻桃落盡春歸去」等詞，由回憶或夢境之中表達內心的悽愴與哀
感，此種沈痛幽婉的心緒是後主歷盡滄桑後的忠實表白。

　　晏幾道詞中悽婉之作亦佔多數。由於境遇使然，晏詞帶有濃厚的
淒涼感傷的音調，如《蝶戀花》「醉別西樓醒不記」、「夢入江南煙水
路」、《鷓鴣天》「醉拍春衫惜舊香」、「陌上濛濛殘絮飛」、《生查子》
「墜雨已辭雲」、《破陣子》「柳下笙歌庭院」、《思遠人》「紅葉黃花秋

〔註44〕見深榮基《詞學理論綜考》上編，頁63。
〔註45〕見徐釚《詞苑叢談》卷二品藻。
〔註46〕同註18。

意晚」等詞皆是。幾道晚年的景況與李後主將亡國前面臨的情形相似
——物換星移、人事皆非，徒留往事空回憶，故詞篇裏洋溢著淒涼哀
婉的情調。雖然幾道的下場不似李後主那般悲悽，但基本上其境遇的
轉折型態是一致的，心靈的衝擊與感受應當相去不遠，故小山詞中有
與李後主詞相同的悽婉之音。

　　經由上列幾項分述，可看出晏幾道與李後主兩人詞作相近之處，
除了兩人在生活背景及性格方面相彷之外，李煜詞之「用語嫻熟、純
淨凝煉、不雕琢、不粉飾，恰到好處地反映了詞人本色」〔註47〕的風
格開拓了詞體的風貌，於是詞在進入北宋之後，漸漸孕育成熟，經過
一番耕耘創作，終成宋代文學的代表，而晏幾道或許也多少受到李後
主的啓發與影響。

二、小山詞與秦觀淮海詞之比較

　　秦觀（1049～1100）〔註48〕字少游，號淮海居士，揚州高郵（今
江蘇省）人。秦觀爲蘇門四學士之一，宋史秦觀傳說他「少豪雋慷慨，
溢於文辭」，頗負文名，元祐初年因蘇軾的推薦，任太學博士、祕書
省正字、國史院編修官等職。至紹聖初年，章惇當權，排斥元祐黨人，
秦觀先後被貶杭州、郴州、橫州、雷州等地。及徽宗立，放還，至藤
州卒。有淮海詞，又名淮海居士長短句。

　　秦觀與晏幾道年齡相仿，在詞作方面的表現，各有特色，然亦有
相似之處，論者或將二人並論，或以爲秦觀高於幾道，如馮煦云：「淮
海、小山，古之傷心人也。其淡語皆有味，淺語皆有致。」〔註49〕劉
熙載則言：「少游詞有小晏之妍，而其幽趣則過之。」〔註50〕王國維
更云：「馮夢華謂『淮海、小山，古之傷心人也，其淡語皆有味，淺
語皆有致』，余謂此唯淮海足以當之；小山矜貴有餘，但可方駕子野、

〔註47〕見陶爾夫《北宋詞壇》一書引言，頁9。
〔註48〕詳見《東都事略》卷一一六文藝傳、《宋史》卷一四四文苑六。
〔註49〕同註11。
〔註50〕同註36。

方回，未足抗衡淮海也。」〔註51〕文學評論本無絕對的標準，各人因所持觀點不同故其評價有異。〔註52〕晏幾道與秦觀在北宋詞壇各有其地位，晏氏承襲花間流風，而有所開拓與創新，陳振孫言幾道云：「其詞在諸名勝中，獨可追逼花間，高處或勝之。」〔註53〕秦氏之詞大抵亦與花間柔婉細緻的傳統相近，然又獨具風格，劉熙載云：「秦少游詞得花間、尊前遺韻，卻能自出清新。」〔註54〕況周頤也說：

> 有宋熙豐間，詞學稱極盛。蘇長公提倡風雅，爲一代山斗；黃山谷、秦少游、晁无咎皆長公之客也。山谷无咎皆工倚聲，體格與長公爲近，惟少游自闢蹊徑，卓然名家，蓋其天分高，故能抽祕騁妍於尋常濡染之外。〔註55〕

是知晏幾道與秦觀詞均具柔婉妍美的花間特質，但在內涵、意境、風格及手法方面則別有發展，故皆能在詞壇佔有一席之地，比較二人之詞，可發現其間的異同，試述於後：

（一）皆因境遇之變而影響詞風

作者的身世、際遇與作品的風格關係密切，晏幾道與秦觀皆於經歷挫折及逆境之後，詞作呈現不同的風貌。秦觀淮海詞的特色是「善於表達心靈中一種最爲柔婉精微的感受，與他人之以辭采、情事，甚至於學問、修養取勝者，都有所不同」，〔註56〕故馮煦言：「他人之詞，詞才也。少游，詞心也，得之於內，不可以傳」〔註57〕正說明秦詞具有細緻婉約之美，能讓人在看似平淡無奇的作品中，感受到那份深刻的思致，如《浣溪沙》：

> 漠漠輕寒上小樓，曉陰無賴似窮秋。淡煙流水畫屏幽。

〔註51〕見王國維《人間詞話》。
〔註52〕林明德先生亦認爲這些評論有些地方還有待商榷，其〈晏幾道及其詞〉一文，曾加以辨明。
〔註53〕同註9。
〔註54〕同註36。
〔註55〕見況周頤《蕙風詞話》卷二。
〔註56〕見葉嘉瑩《唐宋詞名家論集》，頁249。
〔註57〕同註11。

自在飛花輕似夢，無邊絲雨細如愁。寶簾閒掛小銀鉤。

葉嘉瑩氏曾對此詞有詳細的詮釋，〔註58〕他認爲此首作品既無穠麗的辭藻，亦無強烈的情緒反應，只是以一些極平常、普通的景物「輕寒」、「曉陰」、「畫屛」、「寶簾」、「小銀鉤」等等，加上「感受」的字眼「漠漠」、「無賴」、「幽」、「夢」、「愁」、「閒掛」，便令人體味到作者發自心靈的幽思。

秦觀少年時代豪雋慷慨，關懷國事，亟思有用於世，〔註59〕但卻事與願違，紹聖初，因黨禍事起，蘇軾等人被流放，秦觀亦遭到無情的政治打擊，遠流至南方，元符三年（1100）甚至被放至偏遠的雷州，這是當他官至國史院編修，顯赫通達後的悲苦命運，與晏幾道同樣在生命中有由盛轉衰的變化，皆有令他們「傷心」的重大改變，而二人詞風亦因之有所轉變，晏幾道由早期的「華貴風流」變爲後期的「沈鬱悲涼」，秦觀則由「悽婉」變爲「淒厲」，王國維人間詞話曾說：「少游詞境最悽婉，至『可堪孤館閉春寒，杜鵑聲裏斜陽暮』則變而淒厲矣。」

北宋婉約詞由晏、歐開先路，柳永的創作更穩固了婉約詞的基礎，秦觀、賀鑄則更加以發揚光大，〔註60〕而朱德才先生言「秦觀的從事詞的創作活動，正處于宋代詞壇上新舊交替的時代，大家紛紛出現的時代，這就使他有可能充分博取各家之長，特別是婉約派各家之長……」〔註61〕因此秦詞具有婉約詞中的多種風格，如溫柔敦厚、樂而不淫的婉雅之作，清新婉麗的清麗之作，及悽惻委婉的悽婉之作。〔註62〕總之，秦觀早期的詞風是偏向悽清和婉的表現，後期則因被貶，過著流離的生活而嚐到了人間的淒苦，遂將身世之感與貶謫之苦融入篇章，故詞情達到了「淒厲」的境界，如《踏莎行》一首最具代表性：

〔註58〕見註56，頁249～251。
〔註59〕《宋史》秦觀傳謂其「少豪雋慷慨，溢於文辭」、「強志氣盛，好大而見奇。讀兵家書，以爲興己意合。」
〔註60〕同註44。
〔註61〕見朱德才論〈婉約派詞人秦觀〉一文。
〔註62〕「婉雅」、「清麗」、「悽婉」的定義，詳見註44，頁63～67。

> 霧失樓臺，月迷津渡，桃源望斷無尋處。可堪孤館閉春寒，杜鵑聲裏斜陽暮。　驛寄梅花，魚傳尺素，砌成此恨無重數。郴江幸自繞郴山，爲誰留下瀟湘去。

此詞爲秦觀貶謫郴州時所作，情感淒苦哀厲，表現出作者絕望的心緒。首句描寫夜色之迷濛，已暗示了詞人心境的陰暗、茫然，「孤館」、「春寒」、「杜鵑」……更令人體會到詞人那無限的愁思與淒涼，眞是「千古傷心之人」。

　　嚴格說來，秦觀命運的乖違較晏幾道更深，他曾遭受貶謫流放的生活，飽受折磨，因此二人雖都在詞中反映心境、遭遇，皆有悽婉的「傷心」之詞，但其表現的詞情與感受程度卻有所不同，鄭騫先生曾針對晏、秦二人之異提出看法：

> 小山詞傷感中有豪邁，淒清中有溫暖，與小游之淒厲幽遠異趣。小山多寫高堂華燭酒闌人散之空虛，淮海則多寫登山臨水棲遲零落之苦悶。二人性情、家世環境、遭遇不同，故詞境亦異，其爲自寫傷心則一也。〔註63〕

此段肯棨切要的論述，正可說明二人詞作的異同點。

（二）皆寫離別相思之詞

　　作品是作者情感、思想、生活的反映，晏幾道與秦觀皆是善感、多情的詞人，很自然地會在詞中流露出對身世的哀思以及對離別的感傷。幾道一生多次奔徙，故有不少抒寫離情別怨之詞，〔註64〕不論是刻劃愛情或友情，均寫得曲折往復、情眞意切，如《清平樂》「留人不住」、《鷓鴣天》「一醉醒來春又殘」、《生查子》「輕輕製舞衣」……等詞皆表達了詞人心中無窮的離恨幽怨，且用辭清麗婉轉，堪稱「淡語有味、淺語有致」。

　　秦觀多年的謫居生涯，引來無限的羈旅愁思，故亦不乏相思別怨之作，如《滿庭芳》一首：

〔註63〕見鄭騫〈成府談詞〉一文，收於《景午叢編》上編，頁252。
〔註64〕約四十首見本章第一節。

山抹微雲，天黏衰草，畫角聲斷譙門。暫停征棹，聊共引離尊。多少蓬萊舊事，空回首，煙靄紛紛。斜陽外，寒鴉萬點，流水繞孤村。　　銷魂當此際，香囊暗解，羅帶輕分。謾贏得，青樓薄倖名存。此去何時見也，襟袖上，空惹啼痕傷情處，高城望斷，燈火已黃昏。

此詞周濟宋四家詞選言其「將身世之感，打并入艷情」，正說明作者於抒寫離愁的同時，亦表露己身不遇無成的哀感。詞人將個人的失意與青樓女子不幸的命運聯繫起來，抒發文士懷才不遇的深悲，〔註65〕面對淒苦的命運，他只能作這般無奈的慨歎，詞中情思悠悠，充滿蒼涼之感。

　　雖然晏、秦均寫了不少離別相思之詞，但比較之後，可發現二人表現方式有所不同，葉嘉瑩氏言：「晏幾道詞之辭藻似較華麗，筆致亦較重；而秦觀詞之寫情則似乎更為精純，筆致亦較輕。」〔註66〕而周濟宋四家詞選目錄序論亦云：「少游意在含蓄，如花初胎，故少重筆。」此誠為知言，難怪黃山谷小山詞序稱幾道詞「清壯頓挫」，而張炎論秦觀詞則云：「體制淡雅，氣骨不衰，清麗中不斷意脈，咀嚼無滓，久而知味。」，〔註67〕凡此皆說明了晏、秦筆法的差異。

（三）皆善用象徵筆法

　　「象徵」的表現方式與詩六義中的「興」相近，文心雕龍比興篇云：「興者，起也。起情者依微以擬義」，故「象徵」是一種以外在具體、形象的事物來徵示心中抽象、難言思緒的手法，和「比喻」同樣具有寓託的深意，但並非以外物來作比喻。黃慶萱先生曾加以定義曰：「任何一種抽象的觀念、情感與看不見的事物，不直接予以指明，而由於理性的關聯、社會的約定，從而透過某種意象的媒介，間接加以陳述的表達方式，名之為『象徵』。」〔註68〕小山詞中有許多此類

〔註65〕見王鈞明・陳泝齋選注《歐陽修秦觀詞選》，頁10。
〔註66〕見註56，頁273。
〔註67〕見張炎《詞源》卷下。
〔註68〕見黃慶萱《修辭學》第十八章象徵。

形象化之詞，如「紫騮認得舊遊蹤，嘶過畫橋東畔路」（木蘭花）是說幾道徘徊於舊日同遊的路上，尋找往日的回憶，但他不直接抽象地說自己有多懷念過去，而是以紫騮馬認得舊遊的蹤跡，欣喜、快速地奔向那昔日與戀人相約見面的畫橋東畔道路，表示紫騮是多情、懷舊的，象徵他內心對往日情懷念念不忘及一往情深的執著。〔註69〕此種筆法與溫庭筠經李徵君故居詩「惆悵羸驂往來慣，每經門巷亦長嘶」及張蠙上所知詩「而今馬亦知人意，每到門前不肯行」〔註70〕同是以馬的行徑來象徵作者之情，是很形象化的寫法。此外，如「紅燭自憐無好計，夜寒空替人垂淚」（蝶戀花）作者將蠟燭擬人化，融入自己的情感，視蠟燭燃燒時蠟油滴落是傷心流淚的象徵，多情的紅燭自憐無計解我的煩憂，所以在夜裏為我感傷流淚，〔註71〕詞人以此象徵自己內心的淒苦、無奈。晏幾道小山詞常用此類象徵性筆法抒情寫意。

　　秦觀寫詞亦善於以形象化語言，表達極其抽象微妙的情思，如「柳外畫樓獨上，憑闌手撚花枝」（畫堂春）作者將傷春、怨別之情，透過閨中少婦「獨倚」、「撚花」這種百無聊賴的動作，很巧妙地傳達出來，無需多言，而幽怨自現。又如「欲見回腸，斷盡金爐小篆香」（減字木蘭花）以金爐上裊裊的香煙，象徵自己因思念遠人已是愁腸百轉千迴，糾葛難解，葉嘉瑩氏言秦觀此二句詞「把極抽象的斷腸之情，作了極具體的形象化的喻寫」。〔註72〕秦觀將抽象的愁怨之情，透過「腸之回轉，如煙之回轉」這樣的具象描繪來表達，與南宋李清照「只恐雙溪舴艋舟，載不動許多愁」（武陵春）的表現手法一樣，充份發揮象徵筆法的妙處。

　　由以上所述，知晏幾道與秦觀皆善於在詞中運用象徵性喻寫的手法表情達意，詞人寫來婉轉動人，別具情味。

〔註69〕意參林明德〈晏幾道及其詞〉一文。
〔註70〕見註7，頁104所引。
〔註71〕意參見註7，頁203。
〔註72〕見註56，頁266。

第七章　結　論

　　二晏父子在詞壇同享盛名，各有千秋，況周頤蕙風詞話云：

　　　　小山詞從珠玉詞出，而成就不同，體貌各異，珠玉比花中
　　　　之牡丹，小山其文杏乎？〔註1〕

說明了晏幾道詞雖家學淵博，受到晏殊的影響，而不乏相同之點，但
終因彼此的襟懷、個性、思想、生活環境等方面的差異，以致詞風各
具特色，詞的內容與寫作手法亦頗有不同，此或如曹丕典論論文所
言：「文以氣為主，氣之清濁有體，不可力強而致。譬諸音樂，曲度
雖均，節奏同檢，至於引氣不齊，巧拙有素，雖在父兄，不能以移子
弟。」人皆有其內在蘊涵獨特的氣質、才性，雖受種種外來影響，卻
始終能保有個人特殊的風格。茲就二晏詞各方面的表現，作一綜合性
的比較，以為本文之總結。

一、就其相同點而言

　　於詞面視之，晏殊珠玉詞與晏幾道小山詞不乏詞句全同或辭意相
近之作，〔註2〕如：珠玉詞《破陣子》「海上蟠桃易熟」一首中有「蠟

〔註1〕況氏此句評語，見於史偉貞〈二晏及其詞淺論〉一文及葉嘉瑩《唐
　　　　宋詞名家論集》，頁202，但筆者翻檢詞話叢編本及世界書局版之《蕙
　　　　風詞話》，卻無此句，今僅能自葉氏文中引之。
〔註2〕此處所列舉之例句，前四組為葉嘉瑩於《唐宋詞名家論集》，頁202

燭到明垂淚」句，小山詞《蝶戀花》「醉別西樓醒不記」一首中有「夜寒空替人垂淚」句；珠玉詞《喜遷鶯》「花不盡」一首中有「花不盡，柳無窮」句，小山詞《鷓鴣天》「題破香牋小砑紅」一首中也有「花不盡，柳無窮」句；珠玉詞《浣溪沙》「一向年光有限身」一首有「酒筵歌席莫辭頻」句，小山詞《蝶戀花》「東野亡來無麗句」一首中也有「酒筵歌席莫辭頻」句；珠玉詞《破陣子》「憶得去年今日」一首中有「珍叢又睹芳菲」句，小山詞《臨江仙》「長愛碧欄干影」一首也有「霜叢如舊芳菲」句；珠玉詞《木蘭花》「燕鴻過後鶯歸去」一首有「挽斷羅衣留不住」句，小山詞《木蘭花》「小顰若解愁春暮」一首中有「挽斷羅衣容易去」句；珠玉詞《訴衷情》「露蓮雙臉遠山眉」一首中有「心心念念，說盡無憑，只是相思」句，小山詞《風入松》「心心念念憶相逢」一首之首句與之相類；珠玉詞《踏莎行》「細草愁煙」一首中有「垂楊只解惹春風，何曾繫得行人住」句，小山詞《梁州令》「莫唱陽關曲」一首中也有「南樓楊柳多情緒，不繫行人住」句。此外，尚有整首作品的詞意近似者，如：小山詞《臨江仙》：

> 長愛碧闌干影，芙蓉秋水開時。臉紅凝露學嬌啼，霞觴熏冷艷，雲髻嬝纖枝。　　煙雨依前時候，霜叢如舊芳菲，與誰同醉采香歸，去年花下客，今似蝶分飛。

珠玉詞《破陣子》：

> 憶得去年今日，黃花已滿東籬。曾與玉人臨小檻，共折香英泛酒卮，長條插鬢垂。　　人貌不應遷換，珍叢又睹芳菲。重把一尊尋舊徑，所惜光陰去似飛，風飄露冷時。

上舉二詞除「霜叢……」、「珍叢……」兩句近似之外，整首詞之句意與筆法亦頗相近。又如小山詞《生查子》：

> 官身幾日閒，世事何時足？君貌不長紅，我鬢無重綠。　　　榴花滿琖香，金縷多情曲，且盡眼中歡，莫歎時光促。

言人的青春有限，應及時行樂，與珠玉詞《清平樂》：

春花秋草，只是催人老，總把千山眉黛掃，未抵別愁多少。

勸君綠酒金盃，莫嫌絲管聲催。兔走烏飛不住，人生幾度三臺。

感慨歲月不饒人，勸人及時行樂，兩首詞之表現方式相似，而就內容而言，此類感時之詞二晏皆有多首，且均流露「人生有限，應及時把握（或及時行樂）」的意味。

再探二晏詞之藝術風格，其相同點是皆具華貴詞風，且同屬婉約派詞家代表。「華貴」是二晏詞共有的風格，晏殊詞華貴氣象的呈現乃在於鮮麗色澤的烘托及雍容氣質的自然流露，正是其富貴顯達生活的反映。晏幾道向來善用色彩加強詞情的表達，故其詞所呈現的華麗富貴氣氛更勝其父，但鄭騫先生曾言小山詞「高華綺麗之外表，不能掩其蒼涼寂寞之內心」，〔註3〕因此，華貴氣象對幾道來說是「幻麗的呈現，是落寞、悲劇的表徵」。〔註4〕儘管如此，但在表現手法方面，不靠金、玉，珠、翠等字眼的堆砌，而運用色澤與氣氛的營造來呈現華貴氣象，二晏是一致的。

二晏同屬婉約派詞風格，二人詞作的表現皆符合婉約詞的特徵，其內容多為兒女之情或離情別緒，寫景取近景或細緻之景，音節悠揚緩慢，句法多雙式句，措辭輕靈曼妙，多著色語，筆法含蓄委婉。二晏詞充份體現了詞體之美，於詞中可領會作者那份纖柔幽微的思致，更感受到詞人的款款深情。

二、就其相異點而言

晏幾道在耳濡目染之下，受到其父晏殊某種程度的影響是很自然的事，然而幾道卻於汲取養料之餘，跳脫其父的籠罩，在性格、閱歷、境遇等與晏殊差異的情況下形成與晏殊不同的詞風，茲就其內容、意境、風格等三方面加以說明：

〔註3〕見鄭騫〈成府談詞〉一文，收於《景午叢編》上集，頁152。
〔註4〕見林明德〈晏幾道及其詞〉一文。

（一）內　容

　　首先，在詞的分類上，筆者鑑於二晏詞內在情感的差異，因此類目無法完全一致，例如珠玉詞中的言情類主要是表達詞人的綿綿情思，與寫人一類著重描寫女子情態之詞不同，故筆者將它們別為二類；但在小山詞，因幾道與許多歌女、婢女往來頻繁，交情深刻，因此於描寫女子的容態、聲情時，多注入詞人深深的情意，而追憶、思念及離情別怨之詞亦多含男女之情，所以筆者將此三類詞皆歸為言情類，故在類目上雖同是「言情」類，但內容包涵的廣狹不同。

　　珠玉詞中祝頌之詞有二十四首之多，而小山詞僅一、二首而已，就數量上而言十分懸殊，其原因不難想見，由於晏殊位為大臣，世俗所趨，故不免多作歌功頌德之詞，而晏幾道因性格較率直耿介，且又非居臺閣，不事應酬，所以絕少歌詠昇平、祝壽頌禱之作。其次，在描寫女性方面，小山詞寫歌女、婢女之詞將近四十首，且多融入作者憐惜的感情成份；而珠玉詞中偏重描寫女子情態的僅寥寥六首，且多以客觀敘述的口吻出之，這也許是基於身分的考慮，晏殊不便多作摹繪女性容貌情態之詞，而幾道則率性且無需顧及自己的身分、地位，故能以精微柔婉的筆觸作細膩的刻劃，並盡情地表達情意。比較詞的內容，幾道多有特定的描寫對象，如蓮、鴻、雲、蘋、杏、梅、瓊、珍等，或直道其名，或間接擬喻，宛轉陳述。晏殊則不然，此類作品多是一般的泛指，未道出女子之名，而直陳其貌，真情流露，故主角呼之欲出，毫不抽象、空泛。此外，小山詞中有許多追昔憶往之詞；珠玉詞則少有。而在寫離情方面，晏殊所寫幾乎都是與同性朋友間的惜別感懷，但幾道所寫的則較多男女之間依依不捨的纏綿之情。就寫閒（愁）情而言，珠玉詞關於閒情之作，內容所敘述描繪的是一種淡然閒雅之情，較少愁怨之句，充份流露其閒逸的情懷；而小山詞雖亦名之為「閒」詞，卻蘊含著愁情，令人感受到一股帶有感傷或輕愁的氣氛，異於晏殊的閒適之情。

（二）意　境

在意境方面，二晏各自呈現其特色。大體而言，晏殊詞的意境較為廣闊，知性、理性的成份較重；而幾道詞則較狹小，多懷思、傷感的情緒。於詞中蘊含哲思、表現理性的反省，開拓思維的範疇，擴大詞作的意境是珠玉詞獨到之處，詞人在寫景抒情之中融入己身的經驗、思想，自然地流露「言外之意」，耐人玩索，故言珠玉詞於抒情中含有深刻的思致，如「滿目山河空念遠，落花風雨更傷春，不如憐取眼前人」（浣溪沙）、「昨夜西風凋碧樹，獨上高樓，望盡天涯路」（蝶戀花）等是其典型的代表。晏幾道本就多愁善感，加以生活諸多愁悶困頓，因此詞境趨於沈鬱傷感，多抒傷心懷抱與愁苦感觸，反映的生活面較狹。然而在意境的廣度上雖不及其父，但若結合幾道的性情及行跡來看，可知這些作品是其至情至性的呈現，表達了他「遠避仕途而自樂其樂的純真感情」，〔註5〕具有一股觸發心靈感動的力量，故在深度上毫不遜色。此外葉嘉瑩氏亦曾舉例說明二晏詞意境的差別，〔註6〕她舉的是晏殊《破陣子》「憶得去年今日」一詞與晏幾道《臨江仙》「長愛碧欄干影」一詞，葉氏云「小晏詞在結尾之處所寫的『去年花下客，今似蝶分飛』乃是一種情事的實指；而大晏在結尾之處所寫的『重把一尊尋舊徑，所惜光陰去似飛，風飄露冷時』，則能把筆墨宕開，不再拘於狹隘的情事，而表現一種頗為超遠的人世無常的蕭然寂寥之感。」由這段話我們可以對二晏詞所表現的意境作更清晰的區分。

（三）風　格

二晏詞雖皆屬婉約派，但風格卻有極大的差異，其不同點在於晏殊詞展現一份清新閒雅的情調，而幾道詞則流露悽婉的詞風。珠玉詞反映了晏殊安逸的生活及閒適的情懷，作品中少有淒厲之音或哀絕之

〔註5〕見繆越《靈谿詞說》論晏幾道詞一則。
〔註6〕見註2，頁204。

語，多以清麗淡雅之筆，表現閒逸安然的情致，含蓄蘊藉、圓融平靜，故王灼謂其詞「風流蘊藉」、「溫潤秀潔」，〔註7〕而小山詞正是晏幾道境遇不順、心靈衝擊的投射，故作品時時流露感慨傷懷、悽惻哀婉的詞情，難怪馮煦稱之爲「古之傷心人」。〔註8〕在文字的表現方面，晏幾道用字較爲穠麗、雕飾，如小山詞中的「玉欄」、「霞觴」、「雲鬟嬝纖枝」（臨江仙）等字樣，比珠玉詞的「小檻」、「酒巵」、「長條插鬢垂」（破陣子）諸句更多琢飾之意，〔註9〕故葉嘉瑩氏謂晏殊詞的風格是「溫潤而疏朗」，晏幾道詞則是「秀麗而綿密」。〔註10〕

此外，二晏尚各自具一些特有的風格，如晏幾道善於化用詩人句法入詞，適切地融合己身情感，不著痕跡，這是晏殊所缺乏的，而詞作具清壯頓挫的情韻及穠麗的辭采也是小山詞的特色。但在另一方面，晏殊因凡事能加以理性的思辨，自然不致於陷溺在感傷悲觀的漩渦裏，而能以開闊的胸襟、達觀的懷抱處世，故珠玉詞具有一股曠放的詞風，此爲幾道所無。凡此種種皆說明了二晏詞不論是花中之「牡丹」或「文杏」，各有其獨到之處。

三、成　就

北宋令詞一方面承續著晚唐五代以來溫婉蘊藉、言短意長的傳統風格而發展，另一方面在經過多位士大夫文人的參與之後，宋詞漸摒除前代詞中的淫鄙之氣，而邁向精美雅致之途，號爲「北宋倚聲家初祖」〔註11〕的晏殊，其詞即爲宋初的典型代表，後來的歐陽修與晏幾道等大抵皆依此路線前進。雖說幾經發展演變之後，詞體衍爲慢詞，形式鋪張排比，講求音律，且風格不限於婉約一端，內容亦趨多樣化，大異於晏殊所作，然而非經晏氏上承晚唐五代之遺緒，下開宋詞之先

〔註7〕見王灼《碧雞漫志》卷二。
〔註8〕見馮煦《蒿庵論詞》。
〔註9〕同註6。
〔註10〕同前。
〔註11〕同註8

路，何能使詞體具有後來多樣化的風格與面貌呢？故宛敏灝先生謂「宋詞之盛，晏氏有其先導之功」。〔註12〕

此外，晏殊一生雖較少窮困不幸之遇，但其詞亦非無病呻吟之作，正如鄭騫先生所云：

> 同叔……與物有情而地位崇高、性格嚴峻，更易蘊成寂寞心境，故發爲詞章，充實眞摯，安得謂之無病呻吟！文人哀樂與生俱來，斷無作幾日官即變成「心溷溷面團團」之理……〔註13〕

尤其晏殊本具銳感的詩心，對生活周遭的事物較一般人多些敏感與關注，因此縱無嚴重的挫折與憂患的刺激，亦能於四時代序之中感受到時光匆促的無奈、於生離死別之際體會到聚散無常的悲哀，自然地將內心的感觸及心緒發爲詩文，且因浮沈宦海，親身經歷政治圈內勾心鬥角、爭權奪利的生活，使他對人生有更深刻的體認，同時也提高了詞作的內涵，故「表面是傷春、悲秋、念遠、懷人之情而已，然而卻有足以引起讀者較深遠之聯想者」。〔註14〕此爲晏殊詞之另一成就。

其次，晏殊詞在描寫人物方面，已逐漸脫離了溫庭筠及花間詞中只注意描繪人物外表的衣飾裝扮及敘述其慵懶嫵媚的容態，而開始著眼於人物的精神面，反映他們的內心世界，並刻劃其神韻情致，融入自己的情感，豐富了作品的生命，如《山亭柳》「家住西秦」一詞、《點絳脣》「露下風高」一詞等便是，詞人對於命運坎坷、境遇淒苦的歌女，寄予深切的同情，尤其是前一首，其小題是「贈歌者」，內涵主旨與白居易《琵琶行》近似，別具深義。

再就其影響而言，除其子幾道曾受其影響之外，其他如吳文英《浣溪沙》「門隔花深夢舊遊」一詞、《思佳客》「迷夢無蹤曉夢沈」一詞及周邦彥《浣溪沙》「樓上晴天碧四垂」一詞、《虞美人》「金閨平帖

〔註12〕見宛敏灝《二晏及其詞》，頁45。
〔註13〕見註3，頁151。
〔註14〕見註2，頁139。

春雲曉」一詞等等皆與晏殊珠玉詞風格頗近,宛敏灝先生認爲這些詞作多少受到晏殊的影響。〔註15〕而作品常與晏殊詞互見的歐陽修以及秦觀,其詞更受晏殊抒情溫婉柔厚、怨而不怒、哀而不傷的影響,詞中亦有與珠玉詞相類者,如歐陽修《蝶戀花》「畫閣歸來春又晚」一詞及秦觀《踏莎行》「霧失樓臺,月迷津渡」一詞即是,足見晏殊詞實有其可取之處。

次論晏幾道詞之成就。幾道常在詞中表現出婉曲跌宕的詞情,頗似慢詞所具的轉折感,這是他在令詞技巧方面的提昇與改進。〔註16〕幾道詞作一方面承繼自晏殊、歐陽修以來所保有的情景交融、意境含蓄等特色,一方面又吸收了詩人句法及慢詞長調的某些技巧,融入令詞中,運用自如,形成清壯頓挫、回環轉折的詞情,如《浣溪沙》「日日雙眉鬥畫長」一首、《蝶戀花》「夢入江南煙水路」一首等,雖是短小的令詞,卻表現出層次漸進、音韻頓挫的情調,〔註17〕正如劉永濟先生所云:「其(指晏幾道)詞能于小令之中,具有長調之氣格」,〔註18〕故幾道實有開拓小令章法之功。

在詞的內容與筆法方面,晏幾道於小山詞跋曾云:「不獨敘其所懷,兼寫一時杯酒間聞見所同游者意中事。曾思感物之情,古今不易」,可見幾道所寫之詞已與花間娛賓遣興之作有別,不僅抒發個人的悲今悼昔之情,且敘述與朋友飲酒作樂間所聞見之事,故在詞的發展過程中,幾道詞雖走著類似花間詞的路線,但卻非因襲不前,而是向前邁進了一大步,另闢天地,與原來的花間集不可同日而語。因此葉嘉瑩氏言:「晏幾道的小山詞在性質上雖然是屬於承襲花間的回流嗣響,但在風格與筆法方面,卻也有不少異於花間之處的開新」,〔註19〕而陳振孫亦謂小山詞「在諸名勝中,獨可追逼花間,高

〔註15〕見註12,頁184。
〔註16〕小山詞二百五十餘首,多是小令,慢詞僅十餘首。
〔註17〕以上五行參考楊海明《唐宋詞史》,頁220～221。
〔註18〕見劉永濟《唐五代兩宋詞簡析》,頁42。
〔註19〕見註2,頁193。

處或過之」，〔註20〕是知前賢對晏幾道詞的成就大多持肯定的態度。

　　綜上所述，二晏詞是屬於北宋令詞的繁盛期，雖然其總體風格仍有承繼花間、南唐二主和馮延巳的痕跡，內容亦大抵不外春恨秋愁、離情別緒、相思念遠、詠物酬唱等，但詞發展至二晏，不僅在藝術手法上呈現多樣化，有更臻成熟的表現，已與唐五代有所不同，且其思想內涵亦漸趨深刻真切，更鞏固了婉約派詞風在宋代詞壇的領導地位，於詞之演進過程中，有其代表性的意義與價值，因此二晏詞雖非每首皆為上乘之作，然亦不宜純以遣興娛賓、倚紅偎翠的綺靡之作視之，應給予它們合理的定位。

〔註20〕見陳振孫《直齋書錄解題》卷二十一。

參考書目舉要

　　本書目之編排不分書籍、論文、期刊一律以其首字筆劃爲序。

【二劃】

1. 《人間詞話》，清‧王國維，唐圭璋編詞話叢編本，台北：新文豐出版公司，民國 77 年。

2. 〈二晏家世事迹補辨〉，鍾陵，南京師大學報社會科學版，1986 年，第二期。

3. 《二晏及其詞》，宛敏灝，台北：台灣商務印書館，民國 24 年。

4. 〈二晏及其詞淺論〉，史偉貞，台北工專學報第十二期。

5. 《二晏詞選》，柏寒，山東齊魯書社，1985 年。

【三劃】

1. 《山谷外集内集》，宋‧黃庭堅，陳三立四覺草堂仿宋刻本，民國 26 年。

2. 《小山詞研究》，楊繼修，台北：黎明文化事業公司，民國 69 年。

3. 《小山詞箋註》，詹俊喜，政大中文研究所碩士論文，民國 56 年。

4. 《小山詞校箋注》，李明娜，台北：文津出版社，民國 70 年。

【四劃】

1. 《文心雕龍》，梁‧劉勰，台北：新文豐公司編叢書集成新編第八十冊，民國 74 年。

2. 《文獻學講義》，王欣夫，台北：文史哲出版社，民國 76 年。

3. 《元氏長慶集》，唐‧元稹，台北：台灣商務印書館景印文淵閣四

庫全書第一○七九冊，民國 74 年。

4. 《元獻遺文》，宋·晏殊，李氏宜秋館印宋人集乙編，中央研究院史語所藏。

5. 《中山詩話》，宋·劉攽，台北：台灣商務印書館景印文淵閣四庫全書第一四七八冊，民國 75 年。

6. 《中國韻文史》，龍沐勛，台北：樂天出版社，民國 59 年。

7. 《中國詞史》，胡雲翼，台北：經氏出版社，民國 66 年。

8. 《中國文學發展史》，劉大杰，台北：華正書局，民國 69 年。

9. 《中國詞學現代觀》，葉嘉瑩，台北：大安出版社，民國 77 年。

10. 《中國詩學·設計篇》，黃永武，台北：巨流圖書公司，民國 67 年。

11. 《中華民國台灣地區公藏方志目錄》，王德毅，台北：漢學資料中心，民國 74 年。

【五劃】

1. 《玉海》，宋·王應麟，台北：華聯出版社，民國 53 年。

2. 《石林詩話》，宋·葉夢得，台北：新文豐公司編叢書集成新編第七十八冊，民國 74 年。

3. 《石林燕語》，宋·葉夢得，台北：新文豐公司編叢書集成新編第八十三冊，民國 74 年。

4. 《古今詞話》，宋·楊湜，唐圭璋編詞話叢編本，台北：新文豐出版公司，民國 77 年。

5. 《古典詩詞藝術探幽》，夏紹碩，台北：漢京文化事業公司，民國 73 年。

6. 〈古典詩詞時間空間藝術美探尋〉，魏耕原，文學雜誌，1988 年。五月

7. 《永樂大典》，明·解縉，姚廣孝等，台北：世界書局，民國 51 年。

8. 《四庫全書總目提要》，清·紀昀等，台北：藝文印書館，民國 46 年。

9. 《白雨齋詞話》，清·陳廷焯，唐圭璋編詞話叢編本，台北：新文豐公司，民國 77 年。

10. 《北宋詞壇》，陶爾夫，陝西人民出版社，1986 年。

【六劃】

1. 《老學庵筆記》，宋·陸游，台北：新文豐公司編叢書集成新編第八十三冊，民國 74 年。

2. 《全芳備祖集》，宋・陳景沂，台北：台灣商務印書館景印文淵閣四庫全書第九三五冊，民國 74 年。

3. 《全宋詞》，唐圭璋，台北：中央輿地出版社，民國 59 年。

【七劃】

1. 《宋名臣言行錄》，宋・朱熹、李幼武，台北：文海出版社，民國 56 年。

2. 《宋文鑑》，宋・呂祖謙，台北：世界書局，民國 51 年。

3. 《宋史》，元・脫脫等，台北：鼎文書局，民國 68 年。

4. 《宋六十名家詞》，明・毛晉，台北：台灣商務印書館，民國 45 年。

5. 《宋詩紀事》，清・厲鶚，台北：台灣中華書局，民國 60 年。

6. 〈宋四家詞選目錄序論〉，清・周濟，唐圭璋編詞話叢編本，台北：新文豐出版公司，民國 77 年。

7. 《宋人軼事彙編》，丁傳靖，台北：源流出版社，民國 71 年。

8. 《宋詞通論》，薛礪若，台北：台灣開明書店，民國 71 年。

9. 《宋詞三百首欣賞》，唐圭璋，台南：北一出版社，民國 57 年。

10. 《宋人生卒考示例》，鄭騫，台北：華世出版社，民國 66 年。

11. 《宋人傳記資料索引》，昌彼得，台北：鼎文書局，民國 63 年。

【八劃】

1. 《花間集》，後蜀・趙崇祚，台北：台灣中華書局，民國 59 年。

2. 《花草粹編》，宋・陳耀文，台北：台灣商務印書館景印文淵閣四庫全書第一四九〇冊，民國 75 年。

3. 《直齋書錄解題》，宋・陳振孫，台北：台灣商務印書館，民國 69 年。

4. 《宛陵集》，宋・梅堯臣，台北：世界書局景印摛藻堂欽定四庫全書薈要第三七三冊，民國 77 年。

5. 《東都事略》，宋・王稱，台北：文海出版社，民國 56 年。

6. 《東軒筆錄》，宋・魏泰，台北：新文豐公司編叢書集成新編第八四冊，民國 74 年。

7. 《東京夢華錄》，宋・孟元老，台北：新文豐公司編叢書集成新編第九十六冊，民國 74 年。

8. 《邵氏聞見后錄》，宋・邵博，台北：新文豐公司編叢書集成新編第八十三冊，民國 74 年。

9. 《青箱雜記》，宋・吳處厚，台北：新文豐公司編叢書集成新編第八十六冊，民國 74 年。

10. 《雨村詞話》，清・李調元，唐圭璋編詞話叢編本，台北：新文豐公司，民國 77 年。

【九劃】

1. 《重校陽春集》，南唐，馮延巳，台北：世界書局，民國 54 年。

2. 《南唐二主詞校注》，南唐，李璟、李煜，台北：世界書局，民國 54 年。

3. 《南唐書》，宋・陸游，台北：新文豐公司編叢書集成新編第一一五冊，民國 74 年。

4. 《侯鯖錄》，宋・趙令時，台北：台灣商務印書館景印文淵閣四庫全書第一○三七冊，民國 74 年。

5. 《苕溪漁隱叢話》，宋・胡仔，台北：木鐸出版社，民國 71 年。

6. 《修辭學》，黃慶萱，台北：三民書局，民國 74 年。

7. 《美學概論與藝術哲學》，李普斯・戴納著，陳永麟譯，台北：正文書局，民國 60 年。

8. 《迦陵論詞叢稿》，葉嘉瑩，台北：明文書局，民國 76 年。

【十劃】

1. 《珠玉小山詞合鈔》，宋・晏殊、晏幾道，台北：德志出版社，民國 52 年。

2. 《珠玉詞研究》，蔡茂雄，台北：文津出版社，民國 64 年。

3. 〈珠玉詞版本考〉，鄭騫，大陸雜誌第三五卷第十二期

4. 《珠玉詞校訂箋註》，張紹鐸，文化大學中文研究所碩士論文，民國 60 年。

5. 《能改齋漫錄》，宋・吳曾，台北：新文豐公司編叢書集成新編第一一一冊，民國 74 年。

6. 《草堂詩餘》，編者不詳，台北：台灣商務印書館景印文淵閣四庫全書第一四八九冊，民國 75 年。

7. 《涑水紀聞》，宋・司馬光，台北：新文豐公司編叢書集成新編第八三冊，民國 74 年。

8. 《唐宋諸賢絕妙詞選》，宋・黃昇，台北：台灣商務印書館編四部叢刊正編第一○○冊。

9. 《唐宋元明百家詞選》，明・吳訥，台北：廣文書局，民國 60 年。

10. 《唐宋詞史》，楊海明，江蘇古籍出版社，1985 年。

11. 《唐宋詞的風格》，楊海明，台北：木鐸出版社，民國 76 年。

12. 《唐宋詞名家論集》，葉嘉瑩，台北：國文天地出版社，民國七十六年。

13. 《唐宋詞簡釋》，唐圭璋，上海古籍出版社，1985 年。

14. 《唐宋詞人年譜》，夏承燾，台北：明倫出版社，民國五十九年。

15. 《唐宋名家詞賞析》（1）（2），葉嘉瑩，台北：大安出版社，民國 77 年。

16. 《唐五代詞研究》，陳弘治，台北：文津出版社，民國 74 年。

17. 《唐五代兩宋詞選釋》，俞陛雲，上海古籍出版社，1985 年。

18. 《唐五代兩宋詞簡析》，劉永濟，上海古籍出版社，1981 年。

19. 《晏殊晏幾道詞選》，陳永正，台北：遠流出版社，民國 77 年。

20. 〈晏幾道及其詞〉，林明德，人文學報，民國 64 年，五月份。

21. 〈晏幾道及其小山詞〉，葉慶炳，文學雜誌第二卷第三期。

22. 〈晏幾道生卒年小考〉，鍾陵，南京師大學報社會科學版 1989 年，第四期。

【十一劃】

1. 《梅苑》，宋·黃大輿，台北：台灣商務印書館景印文淵閣四庫全書第一四八九冊，民國 75 年。

2. 《張惠言論詞》，清·張惠言，唐圭璋編詞話叢編本，台北：新文豐公司，民國 77 年。

【十二劃】

1. 《揮塵前錄》，宋·王明清，台北：新文豐公司編叢書集成新編第八十四冊，民國 74 年。

2. 《隆平集》，宋·曾鞏，台北：文海出版社，民國 56 年。

3. 《畫墁錄》，宋·張舜民，台北：台灣商務印書館景印文淵閣四庫全書第一○三七冊，民國 74 年。

4. 《硯北雜志》，元·陸友仁，台北：新興書局，民國 67 年。

5. 《復堂詞話》，清·譚獻，唐圭璋編詞話叢編本，台北：新文豐公司，民國 77 年。

6. 《詞源》，宋·張炎，唐圭璋編詞話叢編本，台北：新文豐公司，民國 77 年。

7. 《詞品》，明・楊慎，唐圭璋編詞話叢編本，台北：新文豐公司，民國 77 年。

8. 《詞林紀事》，清・張宗橚，台北：河洛圖書公司，民國 64 年。

9. 《詞譜》，清・陳廷玉、黃弈清等，台北：洪氏出版社，民國 69 年。

10. 《詞律》，清・萬樹，台北：商務印書館景印文淵閣四庫全書第一四九六冊，民國 75 年。

11. 《詞綜》，清・朱彝尊，台北：廣文書局，民國 51 年。

12. 《詞概》，清・劉熙載，唐圭璋編詞話叢編本，台北：新文豐公司，民國 77 年。

13. 《詞苑叢談》，清・徐釚，台北：廣文書局，民國 70 年。

14. 《詞說》，蔣兆蘭，唐圭璋編詞話叢編本，台北：新文豐公司，民國 77 年。

15. 《詞話》，宋咸萃，台北：黎明文化事業公司，民國 72 年。

16. 《詞籍考》，饒宗頤，香港大學出版社，1963 年。

17. 《詞史》，劉子庚，台灣學生書局，民國 71 年。

18. 《詞選》，鄭騫，台北：中國文化大學出版部，民國 71 年。

19. 《詞學考詮》，林玫儀，台北：聯經出版社，民國 76 年。

20. 《詞的對比技巧》，王熙元，古典文學第二集，台北：學生書局，民國 76 年。

21. 《詞學論叢》，唐圭璋，台北：宏業書局，民國 77 年。

22. 〈詞學理論綜考〉，梁榮基，國立編譯館館刊第八卷第二期

23. 《景午叢編》（上）（下），鄭騫，台北：中華書局，民國 61 年。

24. 〈馮延巳詞的審美價值〉，張自文，文學遺產，1989 年，5 月。

【十三劃】

1. 《歲時廣記》，宋・陳元靚，台北：新興書局，民國 66 年。

2. 《詩人玉屑》，宋・魏慶之，台北：九思出版社，民國 67 年。

3. 《誠齋詩話》，宋・楊萬里，台北：台灣商務印書館景印文淵閣四庫全書第一四八〇冊，民國 75 年。

4. 《填詞叢話》，趙叔雍，新加坡文化印務公司，出版年代不詳。

【十四劃】

1. 《賓退錄》，宋・趙與峕，台北：新文豐公司編叢書集成新編第十二冊，民國 74 年。

2. 《碧雞漫志》，宋・王灼，唐圭璋編詞話叢編本，台北：新文豐公司，民國 77 年。

3. 《蒿庵論詞》，清・馮煦，唐圭璋編詞話叢編本，台北：新文豐公司，民國 77 年。

【十五劃】

1. 《歐陽文忠公集》，宋・歐陽修，台北：世界書局，民國 50 年。

2. 《歐陽修秦觀詞選》，王鈞明、陳沚齋，台北：遠流出版社，民國 77 年。

3. 《樂府雅詞》，宋・曾慥，台北：新文豐公司編叢書集成新編第八○冊，民國 74 年。

4. 《墨莊漫錄》，宋・張邦基，台北：新文豐公司編叢書集成第八六冊，民國 74 年。

5. 《論詞隨筆》，清・沈祥龍，唐圭璋編詞話叢編本，台北：新文豐公司，民國 77 年。

6. 〈論晚唐五代詞風的轉變〉，莫礪鋒，文學遺產，1989 年，5 月。

7. 〈論婉約派詞人秦觀〉，朱德才，山東大學學報，1961 年，第四期。

【十六劃】

1. 《遺山先生新樂府》，金，元好問，台北：台灣商務印書館編宛委別藏第一一七冊。

2. 《彊村叢書》，清・朱祖謀，台北：廣文書局，民國 59 年。

3. 《窺詞管見》，清・李漁，唐圭璋編詞話叢編本，台北：新文豐公司，民國 77 年。

4. 《蕙風詞話》，清・況周頤，唐圭璋編詞話叢編本，台北：新文豐公司，民國 77 年。

5. 《歷代詩餘》，清・沈辰垣等，台北：台灣商務印書館四庫珍本第十集三六七～四○○冊，民國 72 年。

6. 〈歷代詞話敍錄〉，王熙元，師大國文研究所集刊第八期，民國 52 年。

【十七劃】

1. 《避暑錄話》，宋・葉夢得，台北：新文豐公司編叢書集成新編第八十四冊，民國 74 年。

2. 《薑齋詩話》，宋・王夫之，台北：木鐸出版社，民國 71 年。

3. 《臨川縣志》，清・童範儼、陳慶齡，清同治九年序縣學尊經閣刊

本，中央圖書館善本書室藏。

【十八劃】

1. 《歸田錄》，宋·歐陽修，台北：新文豐公司編叢書集成新編第八三冊，民國74年。

2. 《叢書子目類編》，台北：中國學典館復館籌備處編，民國56年。

【廿一劃】

1. 《續資治通鑑長編》，宋·李燾，台北：世界書局，民國50年。

2. 《續資治通鑑長編人名索引》，梅原郁，台北：宗青圖書公司，民國75年。

【廿四劃】

1. 〈靈谿詞說〉，繆越，四川大學學報，1982年。第三、四期。